Élite:
al fondo de la clase

Abril Zamora

Élite:
al fondo de la clase

Planeta

Obra editada en colaboración con Editorial Planeta – España

Diseño de portada: Pixel and Pixel
Fotografía de portada: © Netflix, Inc. 2019
Fotografía de la autora: © Jesús Romero de Luque

© 2019, Abril Zamora
© 2019, Netflix, Inc.

© 2019, Editorial Planeta S.A. – Barcelona, España

Derechos reservados

© 2019, Editorial Planeta Mexicana, S.A. de C.V.
Bajo el sello editorial PLANETA M.R.
Avenida Presidente Masarik núm. 111, Piso 2
Colonia Polanco V Sección, Miguel Hidalgo
C.P. 11560, Ciudad de México
www.planetadelibros.com.mx

Primera edición impresa en España: noviembre de 2019
ISBN: 978-84-08-21436-6

Primera edición impresa en México: noviembre de 2019
ISBN: 978-607-07-6324-3

Impreso en los talleres de Litográfica Ingramex, S.A. de C.V.
Centeno núm. 162-1, colonia Granjas Esmeralda, Ciudad de México
Impreso en México – *Printed in Mexico*

Marina tenía una expresión neutra. Casi un atisbo de sonrisa, de calma…, casi un montón de cosas, pero su rostro no reflejaba ninguna emoción. Uno piensa que cuando mueres de un modo brutal, en este caso con la cabeza abierta por el golpe de un objeto pesado, tu última expresión tendría que ser de espanto o de sorpresa, pero lo último que mostró Marina a los demás, antes de que la cremallera de la bolsa mortuoria la escondiera para siempre, fue… nada. La nada.

Ninguna pista más allá de lo evidente, y demasiadas preguntas. ¿Fue obra de un solo asesino o de varios? Nada estaba claro y apenas tenían a qué aferrarse para arrojar luz sobre el caso.

Pero de pronto algo cayó en la mesa de la inspectora. Un diario rosa, de cartón malo, probablemente comprado en algún bazar oriental. En la portada, un arco iris y dos gatitos abrazados poco hacían pensar que en aquellas páginas se escondiera tanto odio.

—¿Y esto? —preguntó al joven policía que se lo había traído y aguardaba expectante frente a ella. Lo miró como si se tratara de una broma pesada.

—Lo han dejado de forma anónima en el buzón de ruegos y propuestas de la comisaría. Sin sobre, sin remitente.

La inspectora bajó la vista al diario, lo abrió y no necesitó ojear mucho más de dos páginas para descubrir que todo él era una carta de odio hacia Marina: insultos, desprecio y tachaduras en cuarenta y cinco páginas de color rosa.

Ahí había algo, estaba segura. Debían encontrar al autor. Si daban con él, probablemente lograrían aclarar el asesinato de Marina…

Capítulo 1

—

Paula no se lo podía creer, el camarero de La Cabaña estaba entrando por la puerta de su clase. A ver, ella sabía que la escuela San Esteban se había hecho papilla, pero no podía imaginar que algunos de sus alumnos serían dirigidos a Las Encinas... Se sentía un poco mal, pero no podía evitar alegrarse del derrumbe ya que eso hacía que Samuel estuviera en su clase durante un curso entero..., un curso en el que Paula pensaba intentar todos sus trucos (aunque ni siquiera ella misma supiera qué trucos eran esos) para conseguir que se fijara en ella. Samuel. Era lo único que sabía de él.

Se llama Samuel, es lo único que sé de él: su nombre. Samuel. Bueno, sé dónde vive. Está mal, pero alguna vez le he seguido hasta su casa, sin ninguna intención, de verdad, pero no lo pude evitar. Cuando estás pillada hasta las trancas por un tío con el que no tienes ningún tipo de vínculo, pues te las ingenias como sea para acercarte a él, para saber cosas de él. Nosotros no tenemos ningún amigo en común, amigos en común, ninguno..., y probablemente seamos de mundos totalmente opuestos, pero yo no puedo evitar sentir esto cuando él se me acerca en La Cabaña, la hamburguesería donde trabaja, para tomarme nota.

¿Lo que más me gusta de Samuel? Pues no sé… Esa nariz respingona que tiene. La sonrisilla. Bueno, y su barbilla y sus pestañas tan negras y espesas… Vale, me gusta todo. Y lo que más, su cara de buena gente, de no haber roto nunca un plato. Sé que carga el peso de su familia en su mochila y eso me parece muy tierno… Qué tonta. No, no soy idiota. Estoy apavada porque estoy colada, pero en realidad no soy tan boba. Lo justo. ¿Y por qué sé que estoy enamorada? Pues muy fácil. Es una reacción… como química, como animal. Mi cuerpo reacciona. Por mucho que intento controlarlo, cuando él se acerca se me seca la boca, me tiemblan las rodillas y no puedo ni mantenerle la mirada. Samuel es lo primero que pienso en cuanto me levanto por la mañana, y cuando me voy a dormir… ¡Lo mismo! Es que no me puedo dormir si no pienso en él un rato, un ratito aunque sea. No, guarrerías no, no siempre. Pienso de todo. Cosas normales. Le imagino en una noria, en un parque de atracciones o acurrucado en mi sofá mientras se queda frito, porque es un currante, mientras vemos alguna serie de Netflix. Le imagino un domingo por la mañana en pantalones de chándal y sin camiseta…, y riendo, siempre riendo. Creo que la vida de Samuel no es fácil, pero aun así siempre sonríe y eso es bonito. Vale, sí, y se parece a Harry Potter y yo siempre he sido fan, pero eso prefiero no decirlo mucho por ahí. Sobre todo porque en Las Encinas la gente aprovecha la mínima para saltarte al cuello, para ridiculizarte. Supongo que es la lucha normal en la carrera hacia el éxito: cuantos más cuellos pises más alto llegas.

La gente piensa que, como todos somos niños bien, somos educados o como mínimo bienquedas, pero no, nada de eso… Yo soy una chica maja, mona, sí, no soy creída, pero, chico, yo qué sé, siempre he sido resultona... Tengo el pelo largo y rubio y tengo el tipo que tenía mi abuela cuando era joven. Ella fue actriz de cine, ¿sabes? Y entonces, ¿por qué no soy popular? Pues muy fácil, por algo relacionado con la sangre. No, no he matado a nadie, que yo sepa. Pero en tercero de la ESO tuve mi primer periodo y me llegó como un torrente de vergüenza roja en medio de una clase de matemáticas. Intenté levantarme e ir al baño, pero fue inútil. En ese momento odié que los uniformes de las chicas fueran con falda; si hubiera llevado unos pantalones en condiciones, lo habría disimulado mejor. Pues eso, que todos se rieron de mí... Vale, puede que mi reacción fuera exagerada, pero es que las chicas de mi clase menstruaban desde hacía tiempo y yo no.

Una vez leí que las chicas que tienen un padre de mala calidad menstrúan antes para hacerse fuertes antes, para hacerse mujeres antes, pero mi padre es un señor bonachón que me ha protegido siempre... Igual por eso tardé tanto en tener mi primera regla. A partir de ahí la gente empezó a llamarme Carrie, por lo de la sangre y tal. Un cuadro. Y esto ¿a qué venía? Ah, sí: el porqué de mi no-popularidad, pero, a ver, a mí eso nunca me ha afectado y es infinitamente mejor. Si fuera una chica muy popular no me podría acercar a Samuel, y el anonimato me da confianza. No me juego nada, no me expongo a nada...

De lo que Paula no se había percatado era de que, nada más cruzar la puerta de la clase, Samuel ya le había echado el ojo a Marina, la hermana de Guzmán. ¿Y por qué? Pues a saber. Tal vez porque Marina disparó su sonrisa primero o porque Paula estaba sentada demasiado al fondo y la melena rizada de la otra tapó la visión del camarero.

Pero, ojo, que Paula no fuera popular no quería decir que no tuviera amigos, no, nada de eso. Es normal que a simple vista, cuando ves la foto de un anuario, te fijes solo en la gente que destaca. Y es normal, entonces, que tus ojos se posen en Carla, Lu, Guzmán, Polo, Ander… Pero, si te fijas bien, a su lado o una fila por detrás verás al resto de los alumnos, y no es que sean menos guapos, no tiene que ver con la belleza, es que su carisma ha sido eclipsado por un montón de alumnos alfa.

Paula es muy guapa, sí, y tiene un cuerpo muy bonito y un pelazo que mueve de un lado a otro, pero nunca ha tenido el don de gentes que la catapultara a los primeros puestos de popularidad de Las Encinas.

Gorka, por ejemplo, tiene orejas de soplillo y eso fue motivo de burla, pero la verdad, y esto él no lo sabe, es que en unos años sus orejas van a traer locas a un montón de chicas, porque a veces lo que nos hace diferentes nos hace personales y hasta sexis y sus orejas lo son, aunque sus compañeros ahora no lo vean. Y lo cierto es que no es muy alto, pero se machaca haciendo abdominales al lado de su cama y no hace alarde, pero se levanta la camisa siempre que puede.

Janine es maja, elocuente y encantadora, pero tiene la talla 40 (la 40, ya ves tú) y eso hace que, no sé…, que no sea apta para la realeza escolar.

Y por último tenemos a María Elena, más conocida como Melena. ¿Por qué? Lo de «Melena» era otra historia. Hija de una famosa modelo internacional que llegó a ser Miss España a mediados de los noventa, no era tan guapa y esbelta como su madre, no, pero la chica no estaba mal. Lo que pasa es que en cuarto de la ESO se le juntó un poco todo y la ansiedad le derivó en una alopecia areata, algo así como una alopecia nerviosa que hacía que el pelo de la cabeza se le cayera por zonas. Imagina la luna. Ahora imagínala peluda. Ahora quita el pelo de todos sus cráteres. Pues eso era la cabeza de la pobre muchacha. Estaba semicalva y sus compañeros, con muy mala saña, convirtieron su nombre en su insulto. La alopecia le duró poco y el pelo volvió a crecer, se hizo un corte tipo Demi Moore en *Ghost* y la gente se olvidó, pero el mote se quedó y ya nadie le llama por el nombre; de hecho, si alguien le llamara Elena o María Elena, ella ni se giraría... Y Melena, que siempre ha pasado desapercibida, es ahora el centro de atención al inicio de curso porque aún no ha aparecido en clase y sus amigos le han perdido la pista durante todo el verano. Lo cierto es que Gorka lo tenía claro.

Buah, chaval, he escuchado un montón de historias y de movidas sobre Melena. ¿La gente? La gente es lo peor y a la mínima están creando bulos. Hombre, a mí me jode que no me haya pillado el teléfono en todo el verano, porque siempre ha dicho que es mi mejor amiga, ¿o no? Sí, siempre lo ha dicho y a tu mejor amigo no le dejas tirado todo el verano. Que a ver, no me ha hecho falta, porque he estado genial en la casa de mi tía, en la piscina y en la escuela de surf del camping, pero yo qué sé... Si hubiera tenido una emergencia, algo que quisiera contarle, me habría jodido, ¿no? Sí.

*   ¿Que qué dicen de ella? De todo. DE TODO. Que si se ha ido a Londres a abortar, porque conoció a un tío mayor y la dejó preñada. Que si ha ido a Colombia a ponerse tetas y a hacerse una lipoescultura o no sé qué mierdas. Que eso yo sé que*

no es verdad, porque no le hace ninguna falta, que yo la he visto en bikini un montón de veces. También escuché que unas señoras del barrio decían que se la había llevado su madre de vacaciones por todo el mundo. Por todo, ¿eh? O que si se había quedado calva del todo, como Charles Xavier, sí, joder, el de los X-Men, el de la silla de ruedas, coño, y que por eso no quería salir de casa... Sinceramente no tengo ni idea, pero espero que me lo cuente. Es lo justo, ¿no? La verdad es que le he dado un puñado de vueltas a la última vez que nos vimos. Creo que fue un botellón en el garaje de su casa y no pasó nada memorable, no estaba enfadada ni nada como para hacernos el vacío. Al revés, hicimos exaltación de la amistad, nos acordamos de historias de parvulitos y hablamos de Pokemon como si tuviéramos putos diez años... Yo siempre fui de Charmander y ella de Jigglypuff.

Mientras todos hablaban de la chica, Melena estaba en el asiento de atrás del lujoso coche gris marengo de su madre. El chófer había parado hacía ya rato en la puerta de Las Encinas, pero ella no quería bajar y se lo tomaba con calma. Volvió a encender su porro y miró al conductor por el retrovisor como amenazándole. No dijo nada, pero su mirada estaba cargada de amenazas: «Si le dices algo a mi madre, te juro que te despide, maldito imbécil». No, ella no era mafiosa, pero le gustaba saber que tenía la sartén por el mango, y lo cierto es que no estaba en su mejor momento. El cristal tintado la protegía de la mirada de sus compañeros, que entraban como borregos ávidos de un nuevo curso escolar.

Dio la última calada al porro, cogió aire y abrió la puerta de golpe. Salió y apretando su coleta de caballo caminó hacia la majestuosa entrada. Y no era falsa, pero, ¡zas!, armó su cara con una gran sonrisa de oreja a oreja y hasta las mejillas se le sonrojaron como si hubiera una adolescente saludable bajo su piel blanquecina. Pasó al lado de Carla y luego de Lu y les preguntó qué tal el verano, ellas sonrieron amables y le contestaron de un modo cortés. ¿Eran amigas? Bueno… Antes sí, pero la amistad se fue deteriorando en cuarto de la ESO a la misma velocidad que el cuero cabelludo de la chica. Eso sí, su pelo volvió a crecer, pero la relación con ellas ya no fue la misma. Por supuesto, en cuanto Melena cruzó por delante de las dos chicas más populares de Las Encinas, ellas se quedaron cuchicheando, pero tampoco demasiado, en plan: «¿Y esta? ¿De qué va?», pero Melena no era tan importante, no iban a gastar mucha saliva destripándola, ya no.

Claro que Melena saludó a Janine, a Gorka y a Paula al entrar en el aula, pero no era la de siempre… Un saludo con sonrisa de medio lado y manita levantada no era un saludo propio de ella. ¡Habían pasado separados todo el verano! Nadie tuvo tiempo de acercarse a preguntarle nada: llegó el profesor y se quedaron con las ganas.

En cuanto sonó el timbre que anunciaba el final de la primera clase, Melena se levantó y salió del aula rumbo al baño. Gorka no se lo pensó y salió corriendo tras ella; la interceptó a mitad de pasillo.

—¿Qué coño te pasa? —le gritó el chico a varios metros de distancia, justo antes de que ella entrara en el baño de chicas.

—¿Perdona? —contestó ella.

—¿Que qué coño te pasa conmigo? No me has hecho ni puto caso en todo el verano. Ni un mensaje, ni un comentario en una puta foto de Instagram. ¿He hecho algo?

—Gorka, no tengo que darte ninguna explicación de nada. He estado por aquí y por allá… —Melena seguía intentando quitarle hierro a la situación.

—¿Y no tenías cobertura? —insistió él.

—¿Me dejas ir al baño? Me estoy meando y no quiero llegar tarde a la siguiente clase, ¿vale? Ya hablamos.

Ella no le dio ocasión a réplica y se refugió en el baño. Gorka se quedó con la palabra en la boca y, refunfuñando para sí, volvió a clase.

Lo cierto es que Melena no tenía ganas de hacer pipí, no, solo quería estar sola, escondida sin necesidad de sonreír o de ser amable o social con el resto. No estaba bien y no quería estar ahí. Aquel día no. Se echó agua en la cara, se mojó la nuca y se miró en el espejo. Negó con la cabeza y salió armada de su falsa actitud positiva.

*

Christian, uno de los estudiantes del colegio que se había derrumbado, corría desnudo por el pasillo. Todo porque, mientras él se duchaba después de la hora de gimnasia, alguien le había escondido la ropa en el vestuario para hacer la gracia. Esa era la clase de bienvenida que te daban allí cuando no encajabas en los patrones que los populares establecían.

Mientras el muchacho en bolas volaba pasillo abajo,

Gorka interceptó a Paula. Para nada, solo para decirle si podían ir juntos a la fiesta que Marina había organizado para ese finde, y a la que había invitado a la clase entera. El nerviosismo y titubeo del chico, algo impropio de él, provocaron en Paula un montón de preguntas, pero ella se limitó a sonreír y a decirle:

—Claro, Gorka, iremos juntos.

—Genial.

—Genial. —Sonrió de nuevo—. Probablemente venga Janine con nosotros.

El muchacho tragó saliva y se soltó un poco el nudo de la corbata del uniforme.

—Claro, claro. —Se mordió el interior del carrillo en un gesto inconsciente, antes de pasarse la mano por la nuca—. Sí, yo me refería a si íbamos a ir en el mismo coche y tal… No sé, por ir juntos no en plan… Bueno, en plan…

Salvado por la campana. Literalmente. La campana sonó y todos volvieron a clase dejando el pasillo vacío. Aunque ese día algunos, como Janine, no llegaron a anotar una sola frase. Sentada en su silla, miraba por la ventana. Solo repetía una y otra vez que no se lo podía creer.

No me lo puedo creer. O sea, que Marina me haya invitado a su fiesta es como mucho… Vale, sí, nos ha invitado a todos, a toda la clase, pero yo nunca he sido su amiga, creo que no hemos cambiado más de dos palabras… Es lo que tiene ser una nueva rica, que te llevas raro con los ricos que lo son de siempre. A mis padres les tocó la lotería. Ya está. Por eso tenemos tanta pasta. No la ganamos ni con esfuerzo ni con nada. Mi padre dejó la panadería y nos vinimos a vivir aquí y me metieron en Las Encinas para que en un futuro yo pudiera hacerme rica por mis propios medios y no por un juego absurdo de azar. El caso es que más allá de Gorka o de Paula no tengo amigos, no los necesito, yo me apaño sola con mis mangas, mis animes, mis ovas y mis cosas… No necesito llenar el silencio con conversaciones tontorronas o con critiqueos estúpidos. Yo no. Aun así reconozco que el que Marina me haya invitado a su fiesta me hace sentir… incluida. Normal.

Normal soy. Mucho. Muy normal. A ver, «normal» es un adjetivo que da bastante rabia, pero qué quieres que te diga. Muchas veces me he sentido discriminada o marginada en clase y que Marina, una tía que… que mola, me haya invitado a su fiesta hace que me sienta una más y eso da mucha tranquilidad. El problema: ¡QUE NO SÉ QUÉ COÑO PONERME! Sí, puedo ir de compras con mi madre, pero mi cuerpo no es el de Paula o el de Carla o el de Marina, que aunque no se saca mucho partido es un pibón. Yo soy de hueso ancho, no estoy gorda, aunque me lo hayan pintarrajeado un par de veces en la taquilla. Pero no, no me da inseguridad…, vamos, para nada. PARA NADA. Reconozco que siento un poco de envidia de las chicas de clase que pueden comprarse ropa en cualquier tienda. ¿Sabes que hay tiendas en la ciudad que solo hacen hasta la talla 36? Es muy lamentable y creo que empujan a muchas chicas a tener ciertos desórdenes alimenticios, pero a mí no. Vamos, con lo que me gusta comer. Me gustaría no hacerlo, pero disfruto, y cuando tienes dieciséis años te aseguro que hay pocas… poquitas cosas que te hagan disfrutar. Así que no pienso renegar de ello.

Lo que me asusta es que sé que en la fiesta de Marina va a correr el alcohol que flipas y yo estoy guardando un secreto, un secreto bastante importante. Mucho. Algo que prometí que nun-

ca contaría, pero lo tengo en la punta de la lengua tooooooodo el rato y sé que en cuanto me tome el primer chupito de Jäger me pondré a soltarlo a la mínima de cambio y no quiero. No quiero. Pero sí quiero, pero no puedo. No debo. Así que me callo. Lo intento. ¿QUÉ ME PONGO? Me quiero morir. Vale, odio mi ropa. ¡Grgh!

*

Omar, el marroquí que le pasaba los porros a Melena, aparcó la bici en la plaza. Ella, vestida con su uniforme, le estaba esperando. Hablaron poco, como siempre. Él era un chico de pocas palabras y no le interesaba mucho la vida de sus clientes. Se limitaba a preguntar «¿cuánto?», a soltar el costo y a pillar la pasta. Cuando eres un camello de adolescentes, mejor no crear mucho vínculo con tus clientes, y eso es algo que a ella le venía fenomenal, porque ese año Melena era como la caja de Pandora. Una caja llenita de secretos oscuros, pero cerrada a cal y canto.

—Pensé que lo estabas dejando —dijo Omar mientras le daba los veinte euros de hachís.

—Y lo dejé —contestó ella con poco interés.

—¿No tienes clase?

—Sí, tener tengo…

—Pero pasas, ¿no?

—¿Y tú? —arremetió ella.

—Yo nada.

Con esta última frase él levantó las cejas, achicó sus ojos casi negros haciéndose un poco el misterioso y volvió a pedalear cuesta arriba.

¿Qué le pasaba a Melena? ¿Por qué tenía esa cara tan agria? ¿Por qué no se abría a nadie? ¿Y por qué fingía normalidad delante de todos cuando era obvio que llevaba un nubarrón cargado de truenos, granizo y todo lo demás encima?

Llegó bastante tarde a clase y se inventó una milonga sobre un pinchazo en la carretera y lo hizo poniendo ojitos, sonriendo y disculpándose. Las matemáticas se le daban fatal, pero mentir era su asignatura favorita... Estaba muy acostumbrada a hacerlo en casa, sobre todo delante de su madre. Había tenido que perfeccionar sus técnicas, porque su madre ya no le pasaba una. Su madre... Lo cierto es que tenían una relación bastante complicada, diría.

Mi madre me odia. Mi madre hubiera preferido abortar en México antes que tenerme. No me quería y llegué en el peor momento, justo cuando su carrera estaba en lo más alto. Cuando eres una famosa modelo con el título de Miss España, es complicado tirar tu carrera por la borda porque te quedes preñada. Pues ella se quedó preñada. Joven, muy guapa, con una herencia que flipas y con un bombo que la apartó de las pasarelas más importantes. Mi madre me odia porque le llené el vientre de estrías, siempre lo dice, y porque su cara cambió después de parir. Dice que le dolió tanto el parto y el desgarro que le hice al salir con mis casi cinco kilos que se le agrió la expresión y nunca volvió a parecer una persona dulce. Mi madre me odia. Lo sé, porque lo dice por lo bajo cuando se enfada o cuando la decepciono, que suele ser tres o cuatro veces al día. Ella cree que no me doy cuenta, pero sus labios llenitos de ácido hialurónico se mueven de un modo sutil pronunciando un «te odio» mudo.

Pero no me importa, porque yo también la odio a ella. Odio sus fotos enseñando sus kilométricas piernas, odio su pasado, su presente y me gustaría perderla de vista en el futuro.

Cuando cumpla los dieciocho me piraré. Sí, no sé qué haré con mi vida, pero sé que pase lo que pase y haga lo que haga no lo haré cerca de esta imbécil que tengo por madre. Sí, la llamo imbécil, pero también se lo digo a la cara, no me gusta insultar a nadie a la espalda. Ella me odia, yo la odio y hacemos por soportarnos, pero se nos da mal. Todo se nos da mal. Yo suspendo siempre matemáticas y ella suspende maternidad. Yo apruebo mentir y ella aprueba emborracharse en cinco minutos. Supongo que lo consigue gracias al efecto de las pastillas mezcladas con el ron con Coca-Cola, porque aunque sea rematadamente pija tiene gustos chabacanos: el resto de las madres de alumnos de Las Encinas se emborrachan con carísimas botellas de vino tinto reserva de no sé qué, cosecha de no sé cuánto, pero mi madre muestra su vulgaridad cuando se mete lingotazos del peor ron de Mercadona. Y de todos modos se conserva bien, la cabrona, y a veces la admiro al caminar como un fantasma por la casa, con su bata de seda china, escalera arriba, escalera abajo… Ojalá un día te resbales y te abras la cabeza. Aunque estoy convencida de que no me dejarás ni un céntimo en tu testamento. ¿Por qué? Porque me odias, y me da igual. ¿Por qué? Pues porque yo también te odio.

*

Y llegó el día de la fiesta. Acababa de empezar el curso y los alumnos ya tenían una excusa perfecta para dar rienda suelta al jolgorio y a la bebida. Y más si eso ayudaba a quitarse movidas de la cabeza. Gorka estaba rayado, porque Melena seguía pasando de él de una manera muy explícita, y cada vez se la veía más amiga de Lu y de Carla. En realidad, quizá no más amigas, pero desde luego Melena hacía un esfuerzo notable por que las chicas la incluyeran en sus cosas. Y se reían las tres en clase, idiotizadas en la línea de esas chicas guapas y ligeras que pocos conflictos tienen por resolver.

Janine eligió para la fiesta un vestido un poco excesivo. Paula le dijo que igual era demasiado ajustado, pero a ella le hacía ilusión ponérselo. Lo cierto es que el color morado le favorecía, pero se la veía un poco embutida, aunque el tutorial de maquillaje que había visto en YouTube había surtido su efecto e iba monísima. Embutida en el vestido, pero monísima. Como una bella morcilla con labios rojos Rouge Pur Couture de Yves Saint Laurent.

Gorka pasó a recogerlas y la verdad es que se quedó impresionado al ver a las dos chicas tan... tan... tanto. Paula estaba preciosa con su vestido de dos piezas rosa y su chaqueta de cuero que rompía lo naif del *look*. Era muy mona y no hacía falta que se arreglara mucho para destacar sobre el resto. Y tenía esa melena comodín, que se podía secar al viento y siempre le daba un resultado impecable, asalvajadamente ordenada.

—Guau —balbuceó Gorka.

—Guau dijo el perro —contestó Janine intentando hacer un chascarrillo que solo le hizo gracia a ella.

—¿Nos vamos?

Los tres se montaron en el coche del padre de Gorka y llegaron a la fiesta de Marina.

—¡Guala! —Janine miraba a su alrededor con la boca abierta.

Era imposible no notar la cámara lenta cuando entrabas en esa mansión. Todo era tan bonito que hasta la vida se ralentizaba para darle la importancia necesaria a los pequeños detalles.

Madre mía. El jardín estaba iluminado de un modo precioso, bombillas de esas chiquititas, que antes eran navideñas y ahora copan las terrazas *cool,* y unas grandes letras coronaban el espacio con el nombre de la joven anfitriona. Era su fiesta de «presentación» en sociedad. Las malas lenguas decían que entre la gente de su «estatus» se hacía este tipo de paripés para que los jóvenes se relacionaran, flirtearan y se conocieran un poco más. Algo así como para sembrar la semilla del matrimonio entre adolescentes que estuvieran en su misma posición.

Janine esto no lo sabía, porque hacía poco que había llegado al poder adquisitivo, pero para el resto era un secreto a voces.

Alto y atlético, con el mentón marcado y un aspecto nada propio de un adolescente, porque aunque Mario tuviera dieciocho años parecía un hombrecito hecho y derecho, esa clase de tío al que nunca le habían pedido el DNI en la puerta de una discoteca, no porque estuviera forrado, que también —su padre era el multimillonario creador de la *app* AparcaCar, una aplicación que te decía dónde tenías sitio para aparcar—, sino porque siempre había parecido un poco mayor que el resto. De todas formas, eso solo era un rasgo físico, porque por dentro seguía comportándose como un auténtico niñato, pero un niñato con gracia y estilo, un niñato con el pelo estratégicamente colocado. Mario estaba en el último curso en Las Encinas y todo lo que tenía de guapo lo tenía de mal estudiante, y como los profesores no siempre podían hacer la vista gorda, había repetido en un par de ocasiones. Si preguntaras a cualquier alumno de Las Encinas te diría que…

… Mario es lo que nosotros llamamos un «rompebragas». Él pasa de trabajar en clase, pero siempre aprueba, el cabrón. Cada semana lo ves con una tía diferente agarrada a su cuello. Dicen que perdió la virginidad con doce y que se acostó con una profesora… Eso me lo han contado, pero no creo que sea verdad, sobre todo porque aquí son todas viejas y no le pega mucho el rollo MILF, pero es el típico tío que siempre está en la lista y en los reservados de los garitos más chulos, en las fiestas más punteras y tiene ciento veinte mil seguidores en Instagram. Igual son comprados, pero los tiene, aunque tiene un contenido facilón. Mira, mira… Todo fotos de abdominales, de caritas intensas y de hashtags *en inglés. Pero la verdad es que Mario lo peta bastante. Lo peta todo…*

Y ahí estaba él, el más popular de Las Encinas, al lado de la barra con una copa de champán y rodeado de un séquito de tíos guapos, no tanto como él, y de cuatro o cinco pavas vacías y sonrientes.

La fiesta avanzaba con normalidad. Un baile por aquí, un morreo por allá, unos secretitos frívolos… Si hacías una ruta turística por casa de Marina, podías ver a Melena charlando con Carla y su novio Polo; a Lu acercándose de un modo raro a Nadia, la chica nueva del hiyab; a Ander, el hijo de la directora y jugador de tenis estrella, empinando el codo como si no hubiera un mañana; y en una esquina verías a Paula, Janine y

Gorka dando buchitos de una botella de Jägermeister que habían colado. El alcohol de la fiesta estaba bien, pero una fiesta sin chupitos de Jäger no era una fiesta de verdad.

Janine, reacia, prefería pasar de los chupitos —«No quiero, no quiero, no debo, no quiero. No, Gorka, aleja esa botella de mi boca, no quiero, no quiero, no quiero»—, pero al final acabó sucumbiendo —«Trae para acá, anda»—: ERROR. ¿Por qué? Fácil… Cuando cenas nada para caber en un vestido ajustado y te tomas cinco chupitos seguidos de ese brebaje negro, a los quince minutos estás dando tumbos como una peonza, y eso no es nada grave si estás en cualquier discoteca, pero en la fiesta de Marina Nunier Osuna no está muy bien visto.

Empezó a sonar *Perdona (ahora sí que sí)*, de Carolina Durante, y Janine se sobreexcitó y dejó a sus amigos a un lado para ir corriendo a la improvisada pista de baile en el jardín. Todo daba vueltas, ella también. Lo cierto es que era una gran bailarina, cuando no estaba borracha…, y en ese momento lo estaba. Mucho. Pobrecilla.

—«Te pido perdón por no ser mejor que nadie» —canturreaba a voces como si estuviera en un concierto.

Algo maravilloso cuando no eres una chica popular es el gran poder de la invisibilidad, pero ella ya no lo tenía, porque su danza llamaba mucho la atención. Como mínimo seguía con su secreto en la punta de la lengua, aunque las palabras latían en su boca intentando abrirse camino. Palabras que golpeaban los dientes, que se hacían hueco entre los labios, pero que volvían adentro con el aire que tomaba a bocanadas… Sí, bailar a lo loco te deja exhausta y respiras con dificultad. Si una vidente hubiera irrumpido en la sala y hubiera cogido la mano de la chica de la talla 40, habría escupido un tajante: «Se avecina una catástrofe», pero por desgracia para ella no había videntes en la sala, solo los ojos de Mario y su mentón esculpido resaltando entre la multitud…, ¡boom!

Janine dejó de bailar y decidida se acercó a él separando al grupito de chicas que le hacían casi de guardaespaldas como si se abriera paso hasta el escenario de un concierto.

—Mario, hola.

No hizo falta que dijera nada más para que el grupo entero guardase silencio. Todos la miraron fijamente, como si ella fuera la encargada de seguir la conversación, pero no dijo nada. Su sonrisa se deshizo y la de ellos empezó a brotar. Sí, se rieron de ella.

—Mario…

Él no dijo nada, la miró de arriba abajo con el ceño apretadísimo, cada vez más apretado, y susurró un «Qué asco de gorda» sin ningún tipo de esfuerzo. Todos salieron de la zona de la barra alejándose de Janine entre susurros y risitas. Ella, desconsolada, no podía creerse lo que estaba pasando. «Qué asco de gorda», cuatro palabras que retumbaban golpeándole todos los órganos de su cuerpo.

Qué: golpe en el bazo.

Asco: patada en los riñones.

De: pellizco en el estómago.

Gorda: puñetazo en los pulmones.

Le costaba respirar y el sabor a Jäger le volvió a la boca recordándole que la culpa era solo de ella. Corrió hacia el baño, pero Lu se le adelantó, alguien le había vomitado en la falda y llevaba cara de pocos amigos.

—Ocupado, gordita —soltó la mexicana, y le cerró la puerta en las narices.

Janine emitió una especie de sonido animal, como un rugido, y siguió el pasillo de la casa hasta el salón desierto, por suerte todos estaban en el jardín y a ella le venía de fábula un poquito de oscuridad. Se sentó y escondió la cabeza entre las manos. Sí, todo le daba vueltas…, la cabeza, el corazón. Una pequeña arcada hizo que se echara para atrás y que se tumbara en el sofá. Ella se sentía como la Ofelia de aquel cuadro que vio una vez, flotando, aunque más bien parecía una chica que había caído de un cuarto piso y que se había aplastado contra el asfalto.

Alguien se acercó, pero no hizo el esfuerzo de levantarse. Además, le parecía una aventura dificilísima el incorporarse, había perdido el control sobre su cuerpo. Hasta que ese alguien en cuestión la golpeó en el pie. Un golpe fuerte. Una patada. Janine alzó la mirada para descubrir a Mario en la penumbra del amplio salón y por su cara no parecía que la hubiera buscado para ver cómo se encontraba precisamente.

—¿Tú eres gilipollas o qué te pasa? —le gritó inclinado sobre ella—. ¿Quién coño te crees que eres para venir a hablarme delante de todos? ¿Eh? ¡Que me respondas! ¿Quieres que te hunda? ¿Es eso lo que quieres? Mira, maldita idiota… Lo que pasó en verano se queda en verano. Estaba borracho y te aprovechaste, pero sobrio nunca me hubiera acercado a una tía como tú, porque no me gustas, porque eres un puto bicho y porque no creo que puedas gustar a nadie en su sano juicio, porque das asco. ¿Me escuchas? ¡DAS ASCO! Así que será mejor que te calles la boca y que cuando nos crucemos agaches la mirada y ni me mires. ¿Me oyes? NI ME MI-RES —dijo remarcando cada sílaba. Tenía los ojos inyectados en sangre—. Joder, no me podía haber quedado quietecito, no, tenía que enrollarme con la gorda del colegio… Esto no es un aviso, ni es una amenaza. Es un puto ultimátum, ¿estamos? Si te me vuelves a acercar a menos de diez metros, si me vuelves a hablar o si me mencionas por ahí, me enteraré y te reventaré como a un mosquito, bueno, como a un puto moscardón. ¡QUE NO ME MIRES! Joder.

No, Janine, no pudo replicar, se quedó temblando sentada y empezó a respirar con dificultad —otra vez— por lo desagradable de la estampa mientras el chico salía con paso firme del salón.

Vale, Janine no pretendía que fueran amigos y mucho menos que tuvieran o empezaran una relación, pero él había sido muy… muy… hijo de puta. Y ahí estaba sola en la oscuridad con su secreto rondando en la sala: se había enrollado con el chico más popular del colegio. Ella no se aprovechó. No. Él estaba borracho, pero tomó todas las iniciativas. Es lo que tienen las fiestas en los pueblos. Veranearon en el mismo sitio. Él iba solo con sus padres, Janine sola con los suyos, y en la disco móvil y bien cargados de macetas de tinto de verano surgió una chispa entre ambos. Probablemente si le preguntasen a él diría que fue un horror, pero ella te diría que…

… Fue precioso. Nunca hubiera imaginado que él se fijara en mí, en circunstancias normales nunca se hubiera fijado en mí, pero las vacaciones de verano no son circunstancias normales. Sí, nos liamos, después de beber, de bailar y de reír, y él fue encantador, majísimo. No es que yo sea una romántica aunque sea fan de Grease *y de las historias japonesas de amores de instituto, es que todo se convirtió en una de esas historias donde un chico conoce a una chica y ve mucho más allá de su físico. Él no sabía que íbamos al mismo instituto y yo no se lo dije… ¿Qué hubiera pasado si se lo hubiera dicho? ¿Que él no me hubiera llevado a su casa? Pues tal vez…*

Subimos la escalera y me besó contra la pared, un beso húmedo pero tierno, aunque con un puntito justo de violencia, porque él manejaba la situación y eso estaba claro. Mi coleta golpeó una foto de su comunión que cayó al suelo y nos reímos, pero todo daba igual porque nos lo estábamos pasando tan bien. Entramos en su cuarto en su casa de veraneo y mantenía la decoración de cuando él era pequeño, casi como si nos hubiéramos montado en el Delorean de Regreso al futuro *y hubiéramos llegado a su pasado. Una cama pequeña, un mueble nido lleno de pegatinas y de pósteres de Ben 10 o de las Tortugas Ninja, no me acuerdo muy bien… Me tumbó en la cama y se quitó la camiseta. Se puso sobre mí y su cadenita me daba golpes en el pecho, estaba fría y rozaba mi escote como si fuera un tintineo… simpático, no sé. Me quité la blusa, me quitó el sujetador, me bajó la falda y se quedó atascada y nos reímos más. Volvió sobre mí y me besó, el romanticismo dio paso al desorden: su boca, la mía, su lengua, mi saliva, y sin darme cuenta su mano estaba en mi entrepierna. Estuve a punto de quitarla, como un acto reflejo, estuve a punto de decirle que no lo había hecho nunca…, pero no hice nada de eso, solo le dejé que controlara la situación.*

Dio un salto y trasteó…, luego entendí que estaba buscando un condón, algo que quieras que no me infundió un poquito más de seguridad, y el resto es historia… y qué historia. No fue largo, no fue bonito, ni hipnótico, ni él cambió de ritmo… Sí, he visto películas, he visto muchos vídeos, las chicas vemos vídeos y los chicos cambian de ritmo y sus pelvis hacen como una ola sobre unas rocas… No sé, es difícil de explicar. No, nuestro polvo tenía una partitura solo de dos acordes, el ñic y el ñac de los muelles de su cama vieja. Y no, claro que no fue como lo hubiera imaginado. Yo nunca había imaginado que mi primera vez fuera apresurada y poco sorprendente. Era su pene entrando en mi vagina, nada más, sin mucho artificio y sin mucha magia; pero me gustó y sé que le gustó. Yo me tapé con las sábanas, unas sábanas que tenían dibujitos de animales que hacían deportes. Había un elefante que lanzaba una jabalina, una jirafa que jugaba al bádminton, un león que saltaba vallas y un canguro boxeador. Unas sábanas muy muy antiguas y con bolitas, pero todo daba igual. Él, yo y la luz de la luna que lo bañaba todo. Ais…

Seguimos un poco de charla y empecé a vestirme, no quería que mis padres sospecharan y me sometieran a un tercer grado. Mario me preguntó si tenía Insta y ojalá le hubiera dicho que no. Pero se lo di: @Janine_Sakura12, y cuando él entró en mi perfil fue una catástrofe porque descubrió mis fotos con el uniforme de su colegio. De SU colegio. Todo mal. Que si esto no tenía que haber ocurrido nunca, que si no lo digas… Bla, bla, bla… Yo estaba tan contenta por lo que había pasado que no le di mucha importancia. No le volví a ver hasta el primer día de clase, y como era de esperar me ignoró. Podría apañármelas para no hablarle, para no mirarle como me había pedido, pero la experiencia, mi primera vez y las sábanas de animalitos no podría borrarlas de mi cabeza nunca.

La fiesta…, la fiesta estaba llegando a su fin y la verdad es que Paula estaba un poco decepcionada, porque no había cruzado ni una sola palabra con Samuel. La noche había pasado de prometer mucho a ser una noche cualquiera. Janine se acercó a Gorka y a ella, con la cara un poco desencajada, pero ni se paró a hablar con sus amigos.

—Chicos, el Jäger me ha sentado como el culo, me voy ya.

Paula y Gorka se miraron un poco desconcertados, pero si Janine decía que se iba, se iba, y Gorka prefería estar solo con Paula, eso es así.

—Pues yo me voy también, ¿no? —dijo Paula—. Esto es un poco coñazo y me duele la cabeza. ¿Llamas a tu padre?

Y en ese momento, cuando ya no podía hacer nada para retenerla, Gorka se dio cuenta de que estaba enamorado totalmente de ella y de que no había marcha atrás.

Odio a Marina. O-D-I-O-A-M-A-R-I-N-A.

Cortar su cuello y separar con mis manos la grieta en su garganta y escupirle desde lejos viendo cómo mi saliva se desliza por su herida y se mezcla con su sangre…

Marina atada en una tabla de madera en medio de la selva amazónica, mientras unas minúsculas hormigas carnívoras se alojan en su cuerpo como si fuera un todo incluido. Hormigas a sus anchas entrando por sus orejas y devorándole el cerebro. Hormiguitas desayunando en el bufé libre de sus ojos abiertos. Que no quede nada de esa puta. Solo huesos. Que sienta el dolor de cada minúsculo mordisquito como si fuera fuego y que el fuego la haga arder y morir entre gritos desgarradores. Guillotina. Garrote vil. La horca me parece una tontería comparada con todas las cosas que me pasan por la mente… Las mil maneras de destruir a esa idiota. Muérete y luego púdrete, pero antes MUÉRETE.

La inspectora leía esas palabras entre asqueada y curiosa. No sabía si enviar el diario a analizar inmediatamente, si era preferible terminar de leerlo o si no valía la pena ni tomárselo en serio porque era una chiquillada rabiosa…

¿Era demasiado fácil que el asesino hubiera escrito esas palabras de odio?

A veces el camino correcto podía ser el más sencillo... Pero ¿sería tan torpe el asesino como para haber dejado una prueba que le inculpara de ese modo? ¿Quién encontró el diario y por qué no dio ninguna otra pista? ¿Por qué no dijo dónde lo había encontrado? Era cierto que la inspectora nunca había tenido sobre la mesa un caso tan brutal, pero aun así... ¿A quién inculparía un diario rosa comprado en el chino? Tendría que averiguarlo. Fotocopió las páginas y envió el original a analizar esperando dar con las huellas..., seguro que tanta ira había dejado rastro.

Capítulo 2

Samuel no me hace caso. No solo no me hace caso, sino que a veces empiezo a plantearme si no sabe de mi existencia... No lo sabe. Puede que no sepa ni cómo me llamo. Espero que sí lo sepa, sí, lo debe saber... O no. Yo entiendo que él esté a mil cosas, que estudie, trabaje y que tenga que adaptarse al cambio de instituto y lidiar con sus problemas familiares. Todo lo que su hermano Nano tiene de guapo lo tiene de chungo y peligroso... Eso le da mucho rollo, pero no es el rollo que a mí me tira. A mí me gusta lo otro, la calma, la tranquilidad, los paseos y por supuesto espero algún día hacer todo eso con Samuel, cogerle de la mano y poder presentarlo como mi chico. Mi chico... Yo no soy muy navideña, pero te mentiría si te dijera que no imagino la cena de Nochebuena con mi familia, con mi tía Amalia, que está puto loca, con los gemelos, con Richard y su novio, y allí, entre ellos, Samuel. Primero se sentiría cohibido, pero luego, después de que mi prima Concha soltara su clásico speech sobre su divorcio o mi abuela dijera que probablemente esa sea su última Navidad como hace cada año..., se relajaría, me pondría la mano en la pierna y sonreiría en plan: «Todo va bien, estoy contento de estar aquí, tranquila».

35

Pero supongo que esas fantasías todavía están un poco lejos en el mundo real. En el mundo real sí, pero en el mío... En el mío Samuel y yo ya llevamos varios meses saliendo. Vale, eso sonaba menos loco en mi cabeza... Pero estoy convencida de que tú puedes entender la sensación, ¿a que sí? Querer a alguien de un modo grande, querer a alguien a lo grande. Todo el mundo ha estado enamorado alguna vez, pero yo no lo había estado nunca... Nunca así... Tanto. Claro que creí haber estado enamorada alguna vez, obviamente, pero luego siempre llega un amor más fuerte que te hace pensar que tu amor anterior era una chorrada. Creí estar enamorada de Leonardo Beltrán, que iba a mi clase de mecanografía cuando tenía nueve años... Yo me sentaba detrás de él y su nuca me tenía totalmente hipnotizada. Fue una amor veraz que duró dos semanas y se me pasó cuando le pusieron las gafas nuevas. Odiaba las gafas de pasta y eso hizo que las mariposas de mi estómago se convirtieran en polillas mediocres que a su vez se convirtieron en larvas indiferentes que a su vez se convirtieron en una extraña sensación de hambre y en mi adicción por los Phoskitos, pero eso es otro tema, sí, yo estaba ceporra con nueve..., pero luego cambié de colegio y allí, en mi nueva clase, estaba Bernard, un chico canadiense con el pelo rubito y que ya con doce marcaba los pectorales (pectoralcitos) debajo de la camiseta...

Igual eso formaba parte de mi despertar sexual, que, a ver, yo había jugado a médicos con mis primas y nos habíamos dado besos en la boca jugando al fantasma, pero nunca había... fantaseado con un chico y con Bernard fantaseaba cosas que hubieran escandalizado a mi madre y a todas mis vecinas. Cosas normales, pero supongo que ellas habrían catalogado de prematuro el que una niña de doce años se ima-

gine a un canadiense surfero tumbándola en la cama y tocándola suavemente por encima de las braguitas. No era tan pervertida... Imaginaba escenas un poco «puercas», pero nunca las imaginaba sin ropa interior. Imaginé que Bernard me tocaba con los dedos por encima de las braguitas o que Juan Carlos Saltre, un compañero de mi padre, atractivo y gay —esto lo sé ahora—, me besaba en el cuello y me magreaba por encima de la camiseta de Bob Esponja. No, no es escandaloso, porque yo imaginaba esas escenas..., esa escena en la que mi padre le decía «te puedes quedar con la niña un rato» y el señor me toqueteaba, pero si eso hubiera pasado de verdad, si un hombre o un chico me hubiera puesto la mano encima..., yo me habría echado a llorar y probablemente me habría hecho pipí, era muy propensa.

Samuel. Y el sexo con Samuel. No, nunca imagino a Samuel de ese modo, creo que ya lo he dicho anteriormente, pero eso no quita que mi mente me traicione mientras sueño y me lo presente en distintas escenas tórridas, de esas que hacen que te levantes con un poquito de taquicardia y sudores. El último sueño era bastante raro, y la ropa interior ya no pintaba nada...

Estaba en un auditorio, en un teatro o algo así, y había mucha gente, pero iban desapareciendo por momentos, hasta que me quedaba sola en el patio de butacas y sentado en el borde del escenario estaba Samuel. Tenía una mirada diferente, menos de «buena gente» y me atrevería a decir que casi lasciva... Ay Dios, no debería contar esto. No, no debería contarlo... No. Sí. Lo cuento. Su boca entreabierta insinuaba un exceso de saliva, él tragaba y su nuez hacía un vaivén, como un pequeño ascensor que llegaba a su lengua. Él me descubría entre las butacas, sola, y clavaba su mirada en mí, como si hubiera un *imán entre sus ojos y los míos… Su mano derecha se metía por dentro del pantalón y se tocaba mientras emitía un «shhh» como para que yo no dijera nada…, y yo no decía nada. Obedecía. Con un gesto de cabeza me indicaba que me acercara a él. Yo obedecía. Llegaba frente a él, que seguía con la mano por dentro del pantalón, la sacaba y sus vaqueros marcaban una erección, que aunque yo no haya visto muchas de cerca, me parecía bastante exagerada. Cogía mi mano con la suya, sí, con la que había estado tocándose segundos antes, e iba a meterla por dentro, pero en ese instante se encendían las luces del escenario, yo me giraba y el patio de butacas estaba lleno de payasos de circo, cutres y mal pintados. No se reían, estaban impactados porque mi mano estaba casi dentro del pantalón de Samuel. Y entonces empezaba a llover a cántaros en el teatro. Ais…, si Freud levantara la cabeza. Sí, el sueño acababa y yo me despertaba un poco como el teatro del sueño. Como si hubiera llovido a cántaros en mí. Pues con Samuel, como ese sueño, un montón: en parques, en supermercados o en un videoclub que había en el barrio cuando yo era pequeña y que luego se convirtió en una tienda de cigarrillos electrónicos. Pues allí también. A veces le metía la mano por dentro del pantalón o a veces no hacía falta porque él ya me esperaba con el pantalón bajado.*

Pero, bueno, las imaginaciones son solo eso y los sueños poco tienen que ver con la realidad, porque si echamos un vistazo a esta mañana en clase, él ni me ha mirado, ni me ha saludado, y cuando el profesor ha dicho que teníamos que hacer un trabajo por parejas y yo he visto el cielo abierto y una gran oportunidad para acercarme a decirle «Hola, Samuel, ¿lo haces conmigo? El trabajo, digo». Pero como la vida no es una comedia romántica, Samuel ya estaba emparejado con otra: Marina, otra vez Marina, siempre

Marina… Otra oportunidad perdida para hacer que la vida real tenga unas salpicaduras de fantasía, de la mía propia.

Fuera de contexto, la crisis de Paula por no hacer el trabajo por parejas con su amado Samuel podía parecer una tontería, un capricho propio de la edad del pavo. Si la vida fuera una serie, al ver a la chica encerrarse en el baño y resoplar e hiperventilar un poquito, bastante triste por su oportunidad perdida, los espectadores dirían en Twitter: «Eso le pasa por tonta, por no lanzarse», «Si siempre está callada, ¿de qué se queja?», «No es capaz de decirle dos frases seguidas a Samuel. ¿Qué espera?», «Mírala cómo llora, qué pava…».

Sí, estaba llorando, y sí, era muy pava, pero todo era fruto de la sensación tan potente de amor que sentía. Era algo tan incontrolable, tan complejo pero a la vez tan básico, que ocupaba el cien por cien de su mundo. Y cuando ves que una tía con el pelo rizado se alegra y no solo eso, sino que tontea y sonríe al cien por cien con tu mundo, cuando tú eres solo una figurante en el mundo de él, pues pica. Pero Paula era superdiscreta, mucho, nadie notaría que por dentro tenía fuegos artificiales (o fuegos a secas) cuando el chico que se parecía a Harry Potter pasaba por su lado. No, nadie lo adivinaría, porque por fuera era todo templanza, templanza *fake*. Lo gracioso de esto y lo típico del A quiere a B que quiere a C es que había otra persona que sentía lo mismo por ella. Pero la vida está siempre así de mal repartida, como el reparto de las parejas.

Paula se había emparejado con Janine y nadie había elegido a Gorka para formar pareja. Melena también estaba sola, así que se acercó al que, hasta aquel curso, era su mejor amigo y antes de que abriera la boca él le dijo:

—Vale, lo hago contigo, pero porque no tengo alternativa... Si no, me pondría con cualquier otro.

La chica sonrió amable y le tocó la cabeza, a lo que él le respondió con un gesto de cejas en plan «No me molan un pelo estas confianzas».

El trabajo consistía, básicamente, en crear un perfil a tu compañero para una red social y era una excusa para que los chicos se conocieran un poco más. A priori era sencillo, pero requería de un compromiso como mínimo para hipotecar un par de tardes con charlas, gustos y fotos. A la hora de comer, Melena y Gorka se vieron en uno de los jardines exteriores de Las Encinas. A él se le hacía muy raro, porque desde la vuelta de vacaciones no habían cambiado más palabras que las que se lanzaron en el pasillo el primer día de clase, eso y algunas miraditas furtivas. Él no entendía la distancia, no había recibido ninguna explicación y no sabía si era culpable o si cualquiera de los rumores que circulaban sobre el paradero de la chica en verano eran ciertos. Y por encima de todo eso le desconcertaba el que Melena estuviera tan extrañamente superficial, tan sonriente y casi falsa, acercándose a Carla y Lu, a las que varias veces había criticado en casa de Gorka mientras compartían una lata de cerveza.

—Para mí es facilísimo hacer un trabajo sobre ti, Mele —le dijo Gorka—. Pone que hay que rellenar esta ficha con rasgos de la personalidad y tal... Perfecto. Puedo poner que eres falsa, hipócrita y que tienes el superpoder de desaparecer del mapa sin echar cuentas a nadie. Eres mona, sí, eso no lo puedo negar, y hablando de tu pasado puedo decir que fuiste calva. A ver qué más. Aficiones: beber y escaquearte, pasar de tus amigos, sobre todo del más majo y atlético de todos, y pelearte con la loca de tu madre. ¿En familia qué pongo? La loca de tu madre y ya está, ¿no? Si tienes pareja… Pues a saber, porque ya no me cuentas nada. Y amigos… ¡Ja! Esta me encanta: pongo a Lu y Carla, esas chicas que según tú estaban vacías y no sabían hablar de nada más que de zapatos y de *contouring* y que ahora parece que sois almas gemelas. ¿Pongo eso? Sí. Pues pásame la foto y ya está aprobado.

Melena, que empezó tomándoselo a broma, había ido cambiando de expresión, sobre todo cuando él mencionó en dos ocasiones a su madre, y el ataque, que en principio ella creía merecer, le pareció excesivo. Así que cerró su táper con ensalada de pasta y se levantó.

—Que te jodan —le soltó sin mucha intención mientras se sacudía el césped de la falda, y se fue tranquilamente.

Gorka podía haberla detenido, podía haber hecho como en las películas, repetir su nombre tres o cuatro veces sin echar a correr tras ella, pero no hizo nada. Eso sí, el hambre se le pasó del todo. Vale, sí, el castigo había sido justo aunque excesivo, pero él tampoco se iba a arrastrar detrás de ella. Que aunque en el fondo la seguía queriendo y la seguía considerando una amiga, ella tenía que dar su brazo a torcer y contarle la verdad. A él le hubiera gustado decirle algo tipo: «Melena, en serio, cuéntame qué hiciste, por qué te has escondido todo el

41

verano, no te voy a juzgar, soy tu amigo, estoy aquí para lo que necesites, quiero ayudarte…».

Pero a la hora de la verdad le había soltado un montón de mierda. A veces es complicado hacerse entender y nos traicionan los vicios adquiridos: decimos lo que se supone que tenemos que decir, lo que encaja con nuestros patrones, pero nuestros patrones se modifican y lo que habría pegado en boca de Gorka en tercero de la ESO ahora puede que ya no encajara con su personalidad, pero él se seguía comportando como un tonto, aunque fuera solo a ratos. Nadie quiere que lo tachen de blando o de sensible, y menos cuando eres conocido por tus abdominales; como que no pega, ¿no? Es difícil resetear la manera de comportarnos, a él por lo menos le costaba, y aunque no hubiera salido corriendo, aunque fuera un orgulloso, se sentía mal por haberla herido. Aunque él sabía que Melena no era frágil ni material altamente sensible. Ella era como un armadillo sin piel, pero que se convierte en bola cuando la carretera lo requiere. Sin piel, pero dura como el alcoyano. (Nota: Sí, la expresión es «más moral que el alcoyano», pero la madre de Gorka la aprendió así y siempre la dijo mal y la perpetuó a través de sus hijos y amigos. Esto pasa. Muchas veces repetimos las frases que hemos oído por ahí, aunque no sepamos si son ciertas. ¿Y qué?)

*

Janine se sentía como una mierda, su lamentable espectáculo en la fiesta de Marina se le repetía en la cabeza como se le repetía el Jäger aquella noche. Un cuadro. Ella ya no era una chica insegura, pero cuando el tipo que te desvirga te insulta, te golpea el pie y te dice que ni lo mires si te lo cruzas por el pasillo, pues es difícil. En Las Encinas hay demasiados pasillos para estar alerta.

Desde la fiesta, Janine caminaba mirando en todas las direcciones con miedo de toparse con él, pero eso era inevitable: tarde o temprano se iban a cruzar, y ella estaba acongojadísima, pobrecilla. Había aprendido la lección, aunque no sabía que la cosa fuera tan sumamente en serio. El único sitio que le parecía zona segura era el baño de chicas; era complicado que Mario apareciera por ahí, aunque había rumores de que lo había usado de picadero varias veces… «Qué guarro», pensaba ella, menos mal que en aquel encuentro él se puso condón, porque Janine era tirando a aprensiva y un poco hipocondríaca y ya estaría pensando en un montón de ETS, pero respiró hondo y se quitó esa idea de la cabeza. La que no se podía quitar tan fácilmente era la idea de cruzárselo sin querer o toparse con sus ojos y que él le gritara delante de todos.

Era una pena que su primera vez, algo que recordar como un momento especial, se estuviera convirtiendo en una tortura.

Janine no era especialmente chismosa. ¿Cotilla? Lo justo. Pero no poder contarle a nadie tu primer encuentro sexual, o incluso fardar de que fue con el repetidor que está más bueno de todo el colegio, era un poco frustrante, para ella lo era. Y se le veía en la cara. Tenía expresión apretada. Cuando se te frunce el ceño porque sí, cuando tus labios se aprietan sin sentido, como si hubieras tenido una pequeña arcada, pues igual, cara de disgusto. Paula, que tampoco estaba en sus mejores días, estaba sentada frente a ella para empezar a hacer el trabajo por parejas. Ambas en silencio hasta que una lo rompió:

—¿Qué te pasa? —dijo Paula.

—¿A mí? ¿A mí? ¿Por? Qué tontería, a mí no me pasa nada… Que me da pereza esto de tener que hacer trabajos, no me apetece. Y estas cosas que no te puedes descargar del Rincón del Vago —contestó moviendo excesivamente las manos.

—Ah.

—Sí que me pasa, Paula, pero no te lo puedo contar, así que no me preguntes más, por favor.

—Vale.

—No te lo voy a contar.

—Ok. Lo entiendo.

—Joder, está bien, pues que… ya no soy virgen.

—¿En serio?

Con esto último, Paula se inclinó hacia delante creando un poco más de intimidad, aunque nadie las miraba en el comedor del colegio, todos pasaban bastante de ellas. Ya podían desnudarse y cantar una canción de C. Tangana a grito *pelao*, que nadie repararía en ellas. Pero tan pronto como Janine —a la que, recordemos, le quemaban las palabras en la boca— iba a empezar a relatar la historia «conocí a un chico en las fiestas de mi pueblo», se dio cuenta de que cometía un error y recordó la voz de Mario y su presencia, amenazándola. Así que censuró y lo convirtió en:

—Conocí a un chico, nos enrollamos en su casa y

44

bien, normal... meh... Y no me apetece hablar de ello.

—¿En serio, Janine? ¿Hola? ¿Te desvirgan y no te apetece hablar de ello? Pues, ¿sabes?, a mí me apetece la vida hablar de ello. Escupe.

Janine estaba cada vez más nerviosa y no sabía muy bien cómo salir del atolladero en el que ella misma se había metido. Y la escena empeoró aún más cuando, casi a cámara lenta, entró Mario con su séquito de pánfilos y pánfilas al comedor. Todo se ralentizó, menos el corazón de Janine, que se aceleró exageradamente, tanto que le dio la sensación de que Paula podía escucharlo. Era como en aquel cuento de Edgar Allan Poe que tuvo que leerse en clase de inglés: *El corazón delator...*, pues ahora el corazón delator era el suyo. Por suerte, el chico ni se percató de su presencia y salió por donde había entrado, después de decir tres o cuatro chorradas a uno de los novatos de tercero.

Al ver la cara de circunstancias de la chica, Paula siguió insistiendo:

—¡Janine! ¡¿Qué pasó?!

—¿Qué? ¿Qué...? Ay, por favor, Paula, no seas inmadura. De verdad, qué pesada. Pues lo normal. Nos dimos cuatro besos, se la toqué, se puso un condón, me la metió y fin. Ya está.

—Vale —contestó Paula al entender que no era el momento.

—¿Nos ponemos con el trabajo, mejor?

Y así, la chica de la talla 40 zanjó la conversación e hizo como si nada, aunque se moría de ganas de gritar a los cuatro vientos un: ME FOLLÉ A MARIO, PAULA,

ME LO FOLLÉ, ÉL ME ODIA, PERO SU PENE ESTU-
VO DENTRO DE MI VAGINA. FIN.

Pero, una vez más, se mordió la lengua.

*

Después de dejar plantado a Gorka, Melena había pasado las clases de la tarde deseando que acabasen, y luego había ido derecha a la pequeña plazoleta del pueblo,
había buscado a Omar y había pillado otros veinte euros
de hachís.

Cada vez le duraba menos, pero no podía evitarlo y
tampoco quería: disfrutaba fumando sola. Fumar era
algo que asociaba a no ser social, a no sonreír, a no
relacionarse, y eso era casi un lujo. Estar callada, estar
en ella. Por desgracia, le gustaba mucho más esa «ella»
que la otra, la sola, la oscura, la que no compartía
nada con nadie, la que no se abría, la que tenía un
mundo interior lleno de cosas, de paranoias, de preguntas, de fragmentos de poemas nunca escritos, de
canciones nunca compuestas…, ese era el lado oscuro
de Melena.

Poco le duró la calma. El coche de su madre pasó
justo por la calle de delante y se detuvo nada más verla. Asomada a la ventanilla del asiento de atrás, su madre iba vestida, como siempre, por encima de sus posibilidades. Todo su universo era por encima de sus
posibilidades: su lenguaje, por encima de sus posibilidades, pues no tenía ni el graduado escolar, no lo iba
a necesitar para desfilar en Cibeles; su pelo, por encima de sus posibilidades, extensiones de pelo natural

con mechas californianas, puesto que ella tenía cuatro pelos de rata (sí, los problemas capilares eran un poco cosa de familia); zapatos, por encima de sus posibilidades, no porque fueran excesivamente caros, sino porque los tacones no se llevaban bien con el ron con Coca-Cola y el Vicodin. La madre de Melena era indudablemente guapa, había sido miss, pero su apatía la manchó completamente de gris, y si mirabas juntas a madre e hija era obvio que ambas se habían desplomado del mismo árbol genealógico. Sí, todavía eran ricas, pero el dinero estaba volando muy rápidamente, pero mucho.

Ella se quitó las gafas y con una carretera de distancia le gritó a su hija:

—¿No tienes cole?

—¡Son las cinco y media! —contestó Melena también a voces.

Entraron en una extraña conversación a distancia en la que la madre le exigió que fuera para casa y Melena se subió al coche.

—¿Vas a quedar para follar con otro ricachón esta noche, mamá? —le preguntó en cuanto cerró la puerta.

¡Qué debía de pensar el chófer al presenciar tan espantosa conversación en la que la niña le dijo a la madre «¿Vas a quedar para follar con otro ricachón esta noche?», a lo que la madre contestó sin titubear algo como «Si no fueras una maldita esponja de dinero, nos iría mucho mejor, estúpida desagradecida».

Aquello derivó en bufidos y riñas, una pelea de gatas con el chófer como testigo imperturbable. Hay madres buenas, hay madres de peor calidad, hay madres que se esmeran en ser amigas de sus hijos y otras que prefieren guardar la distancia. Unas lo hacen lo mejor que pueden y otras se dejan arrastrar por la marea que les supone el mero hecho de ser madres, pero el caso de estas dos era totalmente distinto… No hacía falta ser un gran sociólogo o un psicólogo para ver que el problema que tenían era uno solo, pero uno muy muy grande. Tan grande como el ego de la madre o tan grande como el complejo de la hija. Eran lo mismo: dos hembras alfa encerradas en una jaula dorada llena de cachivaches caros y con un montón de cosas para echarse en cara —«Ojalá no me hubieras tenido», «Si no fuera por ti habría llegado muy lejos», etcétera—. Esas cosas duras, pero que de verdad pensaban.

Si la madre no fuera tan niñata como la hija, puede que no hubieran llegado hasta ese punto. Y si la hija no fuera tan retorcida y orgullosa como la madre, puede que hubieran echado el freno de mano, se hubieran abrazado, hubieran llorado y ambas hubieran dejado de tener esa mueca tan desagradable de amargura, como de sonrisa invertida. Pero tal vez ya era demasiado tarde, porque la situación era insostenible. ¿Se necesitaban? Creo que no. Pero ¿estaban obligadas a entenderse? Totalmente. Es normal que muchos adolescentes odien a sus padres en un momento concreto y es normal que los padres se estresen por la rebeldía de sus hijos, pero lo de ellas era otro nivel, habían desbloqueado la pantalla más allá del odio y era un camino sin retorno.

*

A la mañana siguiente, a Gorka le sorprendió mucho amanecer con un *mail* de su tutor, Martín, en el que le pedía que llegara cinco minutos antes a clase para tratar un tema. Acababa de empezar el curso, así que no se podía haber dado cuenta de lo poco que se estaba esforzando. Desayunó rápido, como siempre: el vaso de Cola Cao —nunca había entendido el café, aún sentía que eso era algo «de mayores» (el alcohol no, pero el café le parecía poco propio de su edad)—, un par de magdalenas y arreando.

Los pasillos del instituto estaban casi vacíos, la gente en Las Encinas se aplica muchísimo, pero solo en la jornada escolar, y pocos estudiantes llegaban antes o salían mucho después. Los alumnos de colegios públicos a veces aprovechan la biblioteca para estudiar en época de exámenes, pero los niños ricos de Las Encinas tienen sus propias bibliotecas en casa o como poco estupendos despachos superbién equipados, por lo que no necesitan echar más horas en el instituto.

Gorka llegó un poco descamisado, había corrido por el pasillo para que Martín viera que se había tomado la cita muy en serio. Nunca sabes dónde están los puntos que ganar y, cuando eres un estudiante mediocre, está bien que rasques de cualquier parte. Pero lo que Gorka no imaginaba es que esa cita era más bien para perder puntos.

—¿Qué te pasa con Elena, Gorka? —dijo el profesor después de indicarle que se acercara a la mesa.

El chico se quedó totalmente desconcertado por la pregunta.

—No me mires así, vino ayer a última hora para decirme que le resultaba dificilísimo trabajar contigo y que si era posible que hiciera el trabajo sola. La gracia del trabajo y el objetivo es hacerlo por parejas, pero la verdad la vi bastante agobiada.

Gorka no sabía qué decir. Podía entrar en lo personal y ponerla a caldo o explicar que se había comportado como una niñata bipolar. Podía. Pero prefirió sacar su lado más *polite* y lanzar balones fuera.

—Lo siento, Martín. Pensamos que nos vendría bien trabajar juntos, pero es cierto que estamos en momentos diferentes. Habría estado bien limar asperezas, pero creo que no es nuestro momento. ¿Tenemos alguna alternativa?

Martín, alucinado con el peso del chico al sentenciar un comentario tan maduro, decidió hacer la vista gorda por esta vez. Si ellos lo tenían claro y veían que iba a ser tan complicado, les daba la opción de realizar un trabajo individual alternativo, pero con la condición de que quedara entre ellos.

Si Gorka estaba herido por la ausencia de su amiga, por sus alardes hipócritas y porque no diera su brazo a torcer, más molesto estaba porque hubiera ido a chivarse al profe como si estuvieran en parvulitos. Sí, eran amigos desde hacía mucho y se habían peleado un millón de veces, como todos los amigos, pero eso no se hacía. Ellos siempre habían arreglado sus diferencias. A veces con peleas físicas (cuando eran unos críos), con discusiones en las que se faltaban un poco al respeto o con debates bien calentitos…, pero ir a chivarse como una niñata ni era propio de Melena ni era propio de una persona de su edad. Aunque él se hubiera comportado como un capullo el día anterior, Melena sabía que era un tipo razonable, no muy listo, pero sí con el que se podía hablar.

Gorka siempre había tenido mucha facilidad para entender a los demás, para ponerse en el lugar de los otros, y eso ella lo sabía, así que no entendía para nada el comportamiento inmaduro de su examiga. El inmaduro siempre había sido él. El que llamaba a los timbres y salía corriendo, él. El que robaba en la tienda de chucherías, él. Al que le pillaban todas las mentiras, tanto que era hasta gracioso y provocaba carcajadas, él. Es que Gorka era un tío majo, joder (eso pensaba él), y no era justo que Melena tirara por la borda tantos años de amistad, tantos buenos recuerdos. Como cuando los dos se intoxicaron con una tortilla de patatas y acabaron en el hospital. Cuando estuvieron mil horas despiertos compartiendo una partida de Zelda hasta que (casi) se lo pasaron. Cuando fumaron juntos por primera vez. Cuando se enamoraron como tontos de otras personas y cuando se desenamoraron de aquellas personas y desearon morir. Cuando quisieron fundar una secta en la etapa de emos que les duró dos semanas. Cuando les apareció aquel espíritu burlón en la ouija…

En resumen, recuerdos bonitos o dolorosos, pero recuerdos importantes que marcan una etapa muy concreta de la vida. Él viajó por todos ellos como si fuera el fantasma de las Navidades pasadas, recicló todos esos momentos vividos con Melena y los convirtió en un solo wasap muy claro y sincero:

> Eres gilipollas, Melena.

Si le preguntas a cualquier persona de más de cuarenta te dirá que la adolescencia es una etapa dura, emocionalmente una locura y donde las cosas se magnifican de manera exagerada. Es curioso que todos los adultos sepan eso, contesten eso, pero luego frivolicen con los conflictos de los adolescentes, restándoles importancia y casi menospreciando sus tontos problemas. Cuando eres adolescente vives todo con muchísima intensidad, pero no lo sabes hasta que creces y llega el aluvión del resto de los problemas, que en realidad no valía la pena sufrir, pero eso es algo que no se elige. Tú no eliges voy a sufrir esto, voy a pillarme este rebote o voy a llorar hasta que amanezca…, a veces sí, porque en la adolescencia se puede ser un poco masoquista emocional, pero normalmente las cosas pasan y ya, nadie puede evitar la bala del desamor, la de la traición, y menos si caminas a pecho descubierto. Y sí, son balas metafóricas, pero duelen igual.

Si no, que se lo digan a Paula, que ese mismo día recibió un dardo en toda la cara, un dardo que nadie había lanzado, que estaba ahí suspendido en el aire y ella se acercó sin más para recibir el impacto.

Lo de Samuel lo estaba gestionando bastante bien. Como era algo entre ella y ella misma, no tenía que dar explicaciones, ni esperar respuestas, ni nada. Solo transitar por todas las maravillas que le hacía sentir su amor secreto y tratar de sufrir lo menos posible el dolor de verlo inalcanzable, de notarle lejos o de sentirse poca cosa, insegura. Paula se sentía con este tema como si ella fuera una gran cantante que se presenta a *Operación Triunfo* y el día del *casting* final pierde la voz por los aires acondicionados, o por calarse una tarde bajo la lluvia.

Sentía que Samuel y ella encajarían perfectamente, pero había dos factores externos que le impedían a él saber este dato: uno, su inseguridad y el pánico al rechazo; y otro, Marina. Por eso con cada gesto de ella hacia él, cada vez que los veía tontear en el pasillo, el corazón de Paula se hacía añicos, podía notar el dolor de su corazón reduciéndose a pedazos y una presión en el plexo solar que casi no la dejaba respirar.

Justo eso había vivido al verlos haciendo el trabajo juntos y sentados al borde del estanque. Paula caminaba por el puente que pasa por encima y los encontró sonrientes, grabándose con una cámara de vídeo, entre risitas y golpes tontos en el brazo. No pudo negarse lo evidente. Deseaba que alguien viniera y le dijese: «No te preocupes, Marina es lesbiana» o «No te preocupes, Marina tiene novio desde hace años y es superfiel, solo son amigos», pero Paula sabía de buena tinta que no, que ni era lesbiana ni tenía ningún compromiso con nadie, así que esos acercamientos entre sus compañeros de clase solo querían decir una cosa: se gustaban…, y era más que obvio.

La parejita se levantó y corrió hasta llegar al puente donde Paula los espiaba, ella se puso muy nerviosa, intentó controlar la taquicardia, pero fue imposible. Pasaron por su lado veloces y ni la miraron porque iban demasiado centrados el uno en el otro. Paula se quiso morir una vez más. Si conquistar a Samuel hubiera sido una carrera, ella seguiría clavada en la línea de salida, inmóvil, petrificada, mirando al suelo, y Marina estaría a punto de llegar a la meta. Pero ¿dónde iban? ¿Por qué corrían de ese modo tan idiota? No eran novios, ¿verdad? No, no lo eran. No, no podían serlo todavía.

Paula empezó a llorar de un modo curioso. Las lágrimas corrían por su cara, pero no movió ni una pestaña, ni un gesto de dolor, ni un ceño fruncido, ni una boca apretada, solo dejaba salir las lágrimas y que hicieran su camino solas. Como si un bicho la hubiera picado, empezó a correr y hasta ella misma se sorprendió. ¿Qué estaba haciendo? ¿Por qué corría? No lo sabía, pero ahí estaba ella, corriendo detrás de Marina y Samuel, sin objetivo y sin intención, solo corría tras ellos.

Entraron al colegio, Samuel seguía grabando a la chica y aminoraron un poco el ritmo, así que Paula lo bajó también, sobre todo porque no quería llamar la atención o levantar sospechas de que estaba jugando a la espía del amor en Las Encinas. El gimnasio estaba vacío hasta que entró la parejita, Paula no quería que la descubriesen, así que dio la vuelta para esconderse al otro lado del gimnasio, tras la cristalera del fondo y ver para qué habían ido ahí. ¿Irían a darse su primer beso? Si fuera eso, ella no quería verlo, pero quería verlo. Desde donde estaba no podía ver muy bien lo que pasaba. Marina había sacado algo de la mochila y lo había puesto en el suelo… Un altavoz. Lo encendió y empezó a bailar mientras él la grababa. Pero ¿qué…? ¿Qué clase de…? Paula no entendía nada, sobre todo porque a ella bailar frente a los demás le aterraba, y suponía que su sudor nervioso se activara sobre su labio…, le daba una vergüenza extrema. Nunca hubiera bailado frente a un chico así porque sí, pero Marina era diferente. Conocía sus cartas y sus puntos fuertes y los aprovechaba al máximo.

En el gimnasio poco más había que ver. Así que la

pequeña espía se fue con una doble lección aprendida: la primera, que en la carrera por el amor de Samuel ella había sido descalificada por pava, por lenta y por insegura; la segunda, que Marina no bailaba tan bien como ella creía, pero eso daba igual, porque Samuel la miraba como si fuera un Pokemon legendario, como si fuera la criatura más maravillosa de la tierra.

*

A la madre de Janine le sorprendió que su hija, al volver de clase, no asaltara el armario de las galletas, sobre todo porque había un táper con pestiños que había hecho la abuela y la merienda era sagrada para ella, pero no, la chica se fue directa a la habitación, lanzó la mochila y también se lanzó a sí misma a la cama. Estaba contrariada, porque si tras la fiesta de Marina se había sentido como una mujer maltratada, como la víctima de la historia, etcétera, ¿por qué no podía dejar de pensar en Mario?

¿Por qué no puedo dejar de pensar en él? Estoy segura de que él también piensa en mí todo el rato, por motivos diferentes. Mario piensa en mí porque me odia. Eso salta a la vista. Sus ojos inyectados en sangre el otro día, las aletas de los orificios nasales abriéndose y cerrándose como un miura a punto de salir al ruedo y los ojos achicados eran síntomas de algo: él me odia y no va a andarse con chiquitas. Me pegó, sí, alguien podría decir que no fue para tanto, pero yo estaba tumbada, borracha perdida, mareada y muy confusa y Mario me golpeó el pie con violencia. ¿Podría denunciarle por eso? A ver, la

justicia tendrá casos de violencia más importantes que inves-
tigar, pero…

A Janine se le estaba haciendo una bola más y más grande la violencia del chico contra su pie. No paraba de
recordar el momento y el golpe cada vez era más y más
fuerte. Sí, habían follado, pero ese repetidor no tenía
ningún derecho a hacer aquello, no tenía derecho a pegarle. Le pegó. HABÍA SIDO VIOLENCIA. Le pegó. La
hoguera en su interior crecía y cada vez estaba más incómoda (cómo iba a comer pestiños si tenía el estómago
lleno de fuego). Su mente, movida por su fuego interno, se disparó y empezó a dar rienda suelta a las múlti-
ples posibilidades: podía denunciar al chico por aquello, hundirle, chantajearle, dejarle en evidencia; o algo
mucho más sencillo, cruzarse con él en el pasillo, mirarle directamente a los ojos y cuando él se rebotara, escupirle la amenaza en toda la cara…

Janine quería dar carpetazo a todos esos pensamientos. No le apetecía y sabía que la saña era un lugar muy
cómodo, pero no quería que eso la corrompiera por
dentro. Claro que no iba a denunciar a Mario, para
nada.

Intentó ponerse a leer unos tomos viejos de *Marma-
lade Boy*, le encantaban esas historias manga de instituto,
pero su cabeza no podía centrarse, no dejaba de pensar
en su pie golpeado…, y de su pie pasó a la cara de mala
leche de Mario, y de la mala cara pasó a sus manos apre-
tadas y de ahí pasó a las manos de él sobre el cuerpo de
ella, y de ahí pasó a pensar en aquella cama y en aquella
vez y de ahí pasó a desabrocharse la falda y de ahí a hu-

medecerse los dedos anular y corazón y a dar rienda suelta a su imaginación, aunque no hizo falta porque recordaba perfectamente todo lo que Mario hizo con su cuerpo aquel día, y el cuerpo desnudo de él hizo que se olvidara, por un momento, de su propio pie golpeado y del conflicto de la fiesta de Marina.

Mario era un cabrón, pero era el cabrón que la había desvirgado. Así que ella estaba condenada a lidiar con eso. «Es malo, es mala persona y me desprecia, pero siempre será el primero…».

*

Melena había recibido el wasap de Gorka, pero ni le había contestado. No estaba ella para entrar en esas chorradas. Pero, claro, Gorka vio el *check* azul de leído y era mucho más ofensivo el silencio de su examiga que el que hubiera entrado al trapo. Que no contestara era un silencio lleno de frases tipo: «Eres un niñato inmaduro», «No voy a entrar en estas chorradas», «Crece, maldito tonto»… Y eso le enrabietaba cada vez más. Gorka descargaba su rabia haciendo abdominales en el gimnasio y lo cierto es que ya no quedaba mucha grasa que quemar en su cuerpo: era un chico fibroso, fibrosísimo. Se hizo un par de *stories* frente al espejo del *gym* solo con una intención, que Melena lo viera y viera que él seguía a tope con su vida y que no le importaba lo más mínimo que no le hubiera contestado. Es más, su mensaje era una sentencia, no una pregunta. Pero en su carita de selfi casi se podía ver cómo le salía humo por las orejas esas de soplillo que tenía.

Ya en el vestuario se duchó, se hizo tres o cuatro fotos más frente al espejo en la típica sesión —enseño bíceps, saco la lengua y me tapo con la toalla— y se fue para casa caminando. Se puso los cascos. Esa tarde estaba muy Radiohead, que, aun sin ser de sus grupos favoritos, era algo muy recurrente cuando se sentía raro o desordenado. Antes de llegar a casa pasó por el inmenso jardín de Melena y pensó: «a tomar por culo». Quiso llamar al timbre, pero, antes de que pudiera pulsar, los gritos provenientes de dentro le detuvieron. Escuchó a la madre de Melena gritar como una descosida y a la hija devolverle los gritos. Algo se rompió, porque se escucharon cristales rotos… Gorka retrocedió sobre sus pasos dispuesto a irse, pero en las tres escaleritas del jardín pensó que lo mejor era interrumpir ese momento, que aunque ella se hubiera comportado como una imbécil, era su amiga y estaba discutiendo a gritos con su madre y un buen amigo impediría la escena, así que volvió corriendo y cuando iba a llamar se abrió la puerta y allí estaba Melena, con la cara descompuesta y el rímel corrido.

Los dos se miraron fijamente en una pausa de dos segundos que para ellos fue larga como un día sin móvil. Y ¿qué crees que pasó en ese momento?

A) Que Melena se enfadó una barbaridad al sentir que él la estaba espiando.

B) Que Melena le dio una bofetada por el mensaje de esa mañana.

Pues ni la A ni la B, sino una C, la más insospechada para Gorka: Melena se abrazó a él desmontando su actitud altiva y su fría expresión, mostrando lo que ya sabíamos todos, que aunque fuera de dura y de chunga, Melena seguía siendo una niña, una niña que estaba en apuros. El abrazo desconcertó a Gorka, pero él la abrazó con fuerza como si no hubiera pasado nada entre ellos, como si siguieran siendo los mejores amigos.

—Sácame de aquí —susurró la chica.

Y sin preguntar nada, él obedeció y ambos marcharon calle abajo como habían hecho tantas y tantas veces.

Cuando se sentaron en el banco de la calle Júcar, no hizo falta que Gorka preguntara nuevamente un par de porqués, no. Ella misma tomó aire y vomitó su historia.

—No he abortado. Qué va. ¿En serio han dicho eso de mí? No me lo puedo creer, pero si tengo la misma vida sexual que un zapato —decía riéndose entre las lágrimas—. Ni me he ido a hacer una lipoescultura a Argentina. Sé que también hay gente que piensa que me he ido a dar la puta vuelta al mundo con mi madre, pero si soy incapaz de ir con ella a la cocina, cómo voy a llegar al aeropuerto.

Gorka callaba, no quería decir nada que la frenase. Solo la escuchaba con los ojos muy abiertos.

—La versión oficial es que me fui a casa de mi tía en Barcelona, porque mi madre tenía eventos y movidas, pero eso también es una bola que flipas. Mi madre no tiene un contrato desde el puto 2003. Y la versión no oficial, la real, es que he estado dos meses en CAM, el centro de adicciones de Matalascañas, y no ha sido como esas clínicas a las que ha ido Lindsay Lohan, te lo aseguro. Mi madre se está gastando la herencia a una velocidad que flipas y los ingresos que le entran son nada. Cobramos el alquiler del piso de la Castellana, pero no llega mucho dinero a casa y ella sigue viviendo como si fuera un puto ángel de Victoria's Secret. ¿Tú crees que necesitamos el chófer?

Gorka negó con la cabeza, porque sabía que era lo que debía hacer. Melena resopló y se secó las lágrimas con la mano: en la mejilla quedó una línea negra.

—Pues claro que no, ni vivir en una casa de trece habitaciones, ni todos los abrigos que tiene, ni las clases de pilates particulares ni la sesión semanal de pinchazos en la cara que, como te imaginarás, no se hace en la trastienda de una peluquería como una madre normal. No me mires así. Sí, he estado en una clínica de desintoxicación… y no es que me diera vergüenza contártelo, es que para contártelo tendría que haber empezado por contarte cuándo empecé a ser una puta yonqui de las pastillas, de la cocaína después, de la keta para bajar la coca, del M para bailar y olvidarme de todo, del diazepam para poder dormir… Y el secreto se fue haciendo cada vez más grande, cada vez más secreto, y preferí tragar y tragar y tragar, y no me apetece volver atrás para remover la mierda. Tuve una sobredosis, Gorka. Salí de fiesta y acabé tirada en la pista de baile tumbada en el suelo, con la cara y el pelo lleno de vómito, inconsciente y pisoteada como si hubiera estado bajo la lucha de unos elefantes. Me encontraron cuando dieron la luz para cerrar. Nadie me ayudó, nadie me socorrió, la gente me vio arrastrarme por el suelo y debieron de pensar: «Mira, otra yonqui más, otra que va ciega…», y me di por vencida. Llamaron a una ambulancia, me llevaron a un hospital y mi madre me ingresó para que me desintoxicaran, y a ella le ha venido genial para desintoxicarse de mí, porque conoció a un tipo en Raya, el Tinder de la gente famosa, y se ha pegado un verano... la muy cerda. Mientras yo estaba encerrada en un cuartucho dándome cabezazos y alimentándome con arroz blanco. He pensado en morir varias veces. Muchas. ¿Entiendes que no te contara nada? No es que pensara que no sabrías gestionarlo, es que no quería que más gente me diera la brasa o que te sintieras culpable por no haber podido hacer nada por mí y supongo que no quise decepcionarte. Ha sido una mierda, Gorka, y la verdad es que si tienes medio dedo de frente puedes engañar a todo quisqui en ese tipo de clínicas. Creo que las caras son diferentes, pero en las baratas solo eres un número más. A nadie le importa si me curo o si no, a nadie le importo una mierda allí, por eso fue muy fácil hacerme la niña buena, la que sigue los tratamientos a rajatabla..., y sí, no me drogo ya, casi. Porros y tal sí, pero de lo otro nada, y no porque me hayan ayudado en la clínica o porque haya cogido la mano de Dios. Estoy limpia porque soy una tía lista y estaba hasta el coño, y mira la piel, hecha un cuadro. Muy mal. Supongo que cuando me pisotearon toqué techo, o sea, suelo, suelo y techo, y no me habría hecho falta ir a ninguna clínica para saber que tenía que cambiar y dejar de meterme de todo. Sí, Gorka, tu mejor amiga ha sido una puta yonqui, pero lo he sido en secreto... ¿Estás llorando? ¿Por qué lloras?

Él se había puesto a llorar, pero no como lloró Paula al ver bailar a Marina, no, él se había puesto a llorar como un niño, con la cara arrugada y con un puñado de lágrimas desbordándole por las mejillas. No sabía qué decir y había reaccionado así, llorando.

Le dolía saber que su amiga había estado mal y le dolía que ella hubiera sido hermética y no le hubiera hecho partícipe. Por mucho que ella insistía en que era un hueso duro de roer y que nadie podía haberla ayudado, él se sentía culpable por no haberla sacado de esa discoteca por el pelo si hubiera hecho falta, no haberla cogido de la mano cuando estaba mal, cuando empezó con eso… Le frustró ser un mal amigo, aunque no estuviese al tanto del problema; debería haberse dado cuenta en vez de estar tan pendiente de sus *stories*, de sus seguidores, de sus abdominales… Pero también era cierto que Melena era muy lista, mucho, y mentía genial, y era muy difícil intuirle esa mochila llena de cosas oscuras.

Lo sorprendente es que a Gorka no le llamó la atención el que ella hubiera caído en eso. Conocía miles de casos de niños con dinero que acaban metiéndose de todo en secreto y de padres que no son conscientes hasta que ya es tarde, hasta que los encuentran con sobredosis en la habitación y demás. Era algo lamentablemente habitual y cada año en Las Encinas había tres o cuatro bajas por eso. Pero ella era…, ella era…, era su amiga y eso le dolía mucho. Le asaltaban cientos de preguntas, pero no quiso seguir incordiando, así que se acercó aún más a la chica y ambos se fundieron en el abrazo más sincero y adulto que se habían dado nunca.

Gorka y Melena volvían a ser amigos, pero probablemente habían subido tres o cuatro peldaños en la madurez de su relación.

—Me da mucha pena lo que me cuentas, pero eres muy cabrona. Contarle a Martín que no nos llevamos bien para hacer un trabajo juntos… ¡Qué hija de puta! Así que cambia la cara y vamos a ponernos manos a la obra y a hacer el mejor trabajo de toda la clase.

Ella sonrió, se limpió el rímel corrido con la mano y asintió ofreciéndole el puño para que lo chocaran. Lo chocaron.

Hoy he imaginado que te tenía atada en una camilla. Te cortaba uno a uno cada uno de tus rizos y te obligaba a comértelos. Te los metía todos en la boca y te la cosía para que te callaras de una puta vez. Luego, cogía una cuchilla y te hacía pequeños cortes en la cara, pequeños pero muy profundos, y te echaba sal en todos ellos. Me encanta la idea de tu cara desfigurada, ya no serías tan guay si fueras deforme, ningún chico querría besarte si parecieras el puto jorobado de Notre Dame. No contenta con eso, también fantaseé con echarte ácido por todo el cuerpo y luego aclararte con agua para que no te matara. Si murieras, no podría disfrutar de tu hundimiento. Quiero que todos vean el monstruo que eres en realidad. Tienes esa carita de ángel, pero yo sé que estás podrida. Y luego, después de la humillación y del rechazo social, entonces sí que te mataría, no podría evitarlo porque te quiero muerta, enterrada, lejos de este mundo. Muérete, Marina, muérete de una puta vez...

Capítulo 3

—

«PUTA GORDA». Dos palabras que alguien había escrito con rotulador negro en la taquilla de Janine. El lunes por la mañana, la señora de la limpieza se apresuró a limpiarlo antes de que llegaran los estudiantes y la puta gorda en cuestión. Que, por cierto, la pobre no era ni lo uno ni lo otro. Janine no era gorda. Si desapareciera, sus padres no la describirían en la comisaría como gorda o rellenita, porque no lo era. No era delgada, no, ni había pasado por una anorexia como un gran porcentaje de chicas de su clase. Pero tacharla de gorda era ser muy vago para los insultos. Podías decir que tenía nariz de casporra o los pies grandes, o los dedos rollizos, pero gorda, Janine no lo era.

La limpiadora no solo se estaba esforzando por eso. Ella no sabía a quién pertenecía esa taquilla. Lo hacía porque ella sí que había sido gorda y en su colegio público la torturaron a más no poder y no le parecía una grata sorpresa para cuando llegara la dueña de la taquilla a dejar sus cosas… Si podía ahorrarle el mal trago, lo haría aunque tuviera que dejarse las uñas en ello. Eso y que la directora Azucena quería el colegio reluciente,

67

nada de chicles bajo la mesa, nada de bolas de papel de aluminio en el suelo, por supuesto nada de pintadas obscenas o insultantes en las taquillas. Pero por mucho empeño que puso frotando como si quisiera hacer salir al genio de la taquilla, el autor de semejante pintada se encargó de elegir un buen rotulador permanente para que nadie pudiera quitarlo, y eso es lo que pasó: que la pintada siguió hasta que Janine llegó y se encontró con esa bofetada en toda la cara en forma de dos palabras con nueve letras en mayúscula.

Primero se puso nerviosa, mucho, y miró a ambos lados del pasillo como si fuera una película de terror, como si pudiera encontrar al autor entre la multitud. Quiso llorar, pero no lloró, quiso gritar, pero hubiera parecido una loca. Quiso esconderlo, pero no supo cómo. Respiró hondo y pensó que los problemas solo se pueden solucionar con las virtudes de cada uno, y si ella tenía una era que dibujaba bastante bien. Estaba un poco limitada, porque solo dibujaba chicas manga, pero sacó sus rotuladores del bolso y en tres minutos convirtió su «PUTA GORDA» en una chica sonriente con un vestido espacial y una pistola láser, antes de que sonara la campana e incluso antes de que Paula y Gorka se encontraran en la puerta de la clase y se saludaran un tanto incómodos. Muy incómodos, en realidad. Y todo porque dos días atrás, el sábado por la noche, habían dormido juntos, y con «dormir» no me refiero a dormir…

Pero ¿cómo habían llegado hasta ahí? ¿Por qué se habían acostado? Y ¿quién había escrito eso en la taquilla de Janine? Sí, lo había escrito la persona en la que estás pensando.

Quizá sea mejor dar marcha atrás dos días, solo dos, y volver a aquella noche de sábado en la que una fiesta haría que las vidas de los protagonistas diesen un giro y las cosas se fueran de madre.

*

Habíamos dejado a Melena y a Gorka volviendo a ser colegas sentados en un banco y a Janine masturbándose pensando en su torturador. Por su lado, Paula estaba totalmente herida viendo que había perdido la partida del amor de Samuel, una partida en la que ni siquiera había tirado los dados. Pues las cosas cambiaron en una noche. Una noche cualquiera. Aquella noche de sábado.

Hacía tiempo que no se juntaban para hacer un botellón y aunque Melena era reacia, después de reconciliarse en aquel banco cerca de su casa, Gorka le insistió en que tenía que volver a coger las riendas de su vida. No es que él estuviera incitando a una exdrogadicta a pillarse una borrachera, pero tenía unas ganas locas de que las cosas regresaran a su sitio y sobre todo quería y necesitaba alguna excusa para poder acercarse un poco más a Paula, que desde que había empezado el curso parecía estar a otra cosa. Así que hizo un grupo de WhatsApp llamado «Esta noche poto» y metió a sus tres amigas.

No, no tenían más amigos, es lo que tiene no ser de los populares del colegio, pero tampoco creían necesitarlos. A todas les venía un poco a contrapelo, pero era cierto que no se habían pegado una buena desde que acabó el verano, porque la de casa de Marina fue un «meh» en toda regla. Así que todas pusieron emoticonos de confeti, caritas felices, brindis de cerveza y esas cosas que sintetizan emoción sin mojarse y decir lo que pensaban en realidad: «Joder, ¿sí? No me apetece porque estoy enamorada de un tío que se parece a Harry Potter y que no sabe que existo» o «Puff, me viene fatal, porque me torturo por haber perdido la virginidad con un chico que me tiene amenazada viva»… Pues mejor una sonrisa con o sin ojos achicados.

Para Janine no era difícil comprar alcohol, porque como era un poco más grande que los demás siempre colaba y nunca le pedían el DNI en el súper, así que ella se solía encargar de eso. Como la interpretación le gustaba mucho, era muy peliculera, cuando llegaba a la caja con un par de botellas de vodka, de ginebra o de lo que pillara fingía ser una alcohólica depresiva. Bordaba el papel, aunque nadie supiera que estaba actuando. Se humedecía los ojos, bajaba la mirada y su tempo pasaba de *allegro* a lento… Era una chorrada, pero ella se sentía Meryl Streep.

Quedaron sobre las diez, ya cenados. Las chicas pasaron de arreglarse, porque total, para beber en el parque…, decisión de la que luego se arrepintieron. Sobre todo Paula.

Melena recogió a Gorka en su puerta y bajaron juntos la cuesta. Ella insistió en que accedía a quedar, pero que no iba a hablar ni de drogas, ni de desintoxicaciones, ni de familias desestructuradas, así que le dijo que cerrara el piquito (le dijo eso tal cual), y se acercaron a comprar unos hielos en la tienda de los padres de Omar y Nadia y llegaron los primeros a la plaza.

Melena se sentía muy incómoda, porque aunque Janine y Paula, que eran un poco gatas viejas de las relaciones entre amigas, se lo estaban poniendo fácil, ella sentía que estaba engañando a ambas. No era engañar, era esconder un secreto por elección propia. Saber que ella había estado inconsciente con el pelo lleno de su propio vómito no iba a enriquecer a ninguna de sus amigas, ¿para qué decírselo, entonces? Las chicas se cortaron, porque sabían que Mele no estaba pasando por su mejor momento y le facilitaron el camino hacia el botellón y la normalidad sin preguntas, sin juicio y sin rencores. Ella había pasado completamente de las dos, pero hoy estaba ahí sentada con un vaso de calimocho en la mano y eso era lo importante.

Lo que empezó como una velada un poco tonta en la que comentaron frivolidades de aquel *reality* o de esa otra serie se tornó rápido en puro salseo cuando Paula, algo borracha, le preguntó a Melena si Lu y Carla las habían mencionado en alguna ocasión. A la chica le hubiera gustado decir que sí, que eran un tema recurrente, pero, para la rubia con los pechos más preciosos de todo Las Encinas y para la mexicana, Paula y Janine eran menos que un cero a la izquierda. Realmente las veían como unas figurantes en su vida. ¿Y qué hacen las grandes divas con los figurantes? Ignorarlos como si fueran atrezo parlante, parte de la escenografía. Las populares no eran villanas, no, al revés, eran bastante *polite* casi siempre, sobre todo si las pillabas de buenas y no estaban inmersas en sus propias vorágines, pero no tenían ninguna relación. Formaba parte del clasismo estudiantil. Con Melena era diferente, porque en un momento fueron más amigas y aunque luego se distanciaron no podían relegarla directamente a la categoría de figurante: era como figurante con frase, otra cosa, un peldaño por encima.

Aun así, Mele prefirió no mojarse e irse por los cerros de Úbeda. Eso fue lo que hizo desde el primer brindis: sonreír frente a comentarios tontos de sus amigos y mojarse poco. No quería abrirse, no quería contar sus cosas y los problemas banales del resto de los mortales le parecían una puta mierda. Melena no estaba ahí realmente. Y entonces tuvieron un debate muy tonto pero necesario sobre lo obsoleto que estaba Facebook.

—Está totalmente pasado de moda —decía Gorka—, la gente ya no entra.

—Pues yo entro, no siempre, pero entro, mira… —dijo Janine mostrando cómo entraba en la *app*.

Todos se rieron de ella, pero el debate y las risas se acabaron en cuanto vieron un evento creado por Samuel al que no estaban invitados, un evento llamado «Fiestuki» (sí, con K) para ese mismo sábado, mientras ellos estaban bebiendo un mal vino mezclado con Coca-Cola en enormes vasos de plástico. Un silencio se creó en la plaza. Paula se rellenó el vaso y le dio un gran trago; el evento y el que no estuviera invitada demostraban una vez más lo que ella ya sabía, pero aun así al cerebro le gusta remarcar lo obvio y hacernos sufrir un punto más, por eso la frase «No sabe quién eres, pasa de ti» resonaba a gritos dentro de su cabeza, hasta que Melena rompió el silencio y las miraditas de unos a otros.

—Es normal que no nos haya invitado. Es una fiesta en su casa, no cabrá mucha gente. Yo es que con ese chico no he hablado nunca. ¿Y vosotros?

Se miraron nuevamente. Gorka dijo que no, que alguna vez en el vestuario habían cambiado dos o tres palabras tontas o que en clase de Educación Física le había dicho algún «Pásala» o un «Aquí, aquí», pero no eran ni de lejos lo que viene a ser amigos. Janine se terminó el calimocho y haciendo alarde de chulería (y poco civismo) lanzó el vaso al suelo y dijo:

—Vamos. Yo voy. O sea, me trae sin cuidado que no me hayan invitado, es una fiesta, y para una vez que hay algo interesante que hacer en este pueblo, no pienso quedarme en casa. He pasado una semana de mierda y merezco algo mejor que estar bebiendo litros en la puta plaza, que, a ver, me encanta estar con vosotros... Me encanta que haya venido Melena, pero sinceramente estoy hasta el coño de que seamos los últimos monos de Las Encinas. No, no me da la gana. No. ¿Por qué la gente nos ningunea de esta manera? No, de verdad, o sea, es que mira..., ha invitado a casi toda la clase menos a nosotros y eso que él parece majo y tal... Y no, no le conocemos, yo nunca he hablado con él, es cierto, pero es que él tampoco me lo ha puesto fácil, tampoco se ha acercado a mí para preguntarme algo, para ver cómo estaba o simplemente para presentarse como hacen los vecinos en las pelis americanas cuando se mudan de vecindario. Que no quiero una tarta, pero, si vas a hacer una fiesta un sábado por la noche, ten la decencia de invitar a toda la clase. Y si no, vamos, que me eche de su casa si tiene huevos, maldito camarero.

Entre el alcohol y la luz cenital de la farola, el *speech* de Janine le quedó al más puro estilo *Braveheart*, pero convenció a sus colegas. Chequearon el alcohol que les quedaba y eso les pareció la mejor invitación a una fiesta en la que no habían sido invitados. Melena dijo que le parecía fenomenal que fueran, pero ella no estaba de ánimo para darlo todo y que prefería irse a dormir ya, así que se despidió amable y se marchó.

Cuando Gorka, Janine y Paula llegaron a casa de Samuel, la fiesta ya estaba en su punto más álgido: gente borracha bailando a lo loco, griterío, risas exageradas y un puñado de adolescentes jugando a la botella y besándose entre sí. Un descontrol que les provocó cosas totalmente diferentes a cada uno. A Gorka le daba igual no haber sido invitado, porque se sentía en su salsa y fue directo a la mesa de las bebidas seguido por las chicas. Samuel los vio desde el sofá y se levantó.

—Hola, Samuel, ¿qué pasa? —dijo Gorka mientras se servía una copa—. Mira, hemos traído cosillas, que no sabíamos cómo andaríais de priva por aquí.

Paula, que ya estaba un poco piripi, se sonrojó al tener a Samuel delante y apartó la mirada, no le apetecía que él pensara que la iniciativa de colarse en la fiesta había sido de ella, por lo que prefirió mantenerse al margen y callarse. Pero eso no era problema, porque Janine había sido poseída ese día por el espíritu de la seguridad y tenía para todos:

—Qué mal, Samuel. Anda que hacer una fiesta y no invitarnos… Que tú eres el nuevo en clase y nosotros los veteranos, un poquito de respeto, por favor.

Samuel se excusó sintiéndose fatal por el error y explicando que la fiesta había sido cosa de su hermano y que él había invitado un poco al tuntún.

—Lo siento, de verdad, ha sido un error y un lío.

Desde ahora yo os invito a la fiesta, hale, invitados, pasadlo bien.

Dicho esto, Samuel volvió al corrillo de beso, verdad o atrevimiento, y los chicos se quedaron más relajados, puede que demasiado relajados. Bailaron, bebieron, conocieron a un montón de gente a la que no habían visto nunca en su vida y se sintieron incluidos. Bastante incluidos. Porque en una fiesta, y sin uniforme, no hay ni populares ni marginados, ni nuevos ricos ni herederos.

Marina, que sin duda era el alma de la fiesta, se acercó a Paula, algo que a esta le sorprendió bastante. ¿Qué tenía esa chica para ser un imán para todos? Llevaba un moño mal hecho, una camiseta de tirantes una talla más de lo que le marcaría la silueta y un pantalón hecho polvo, pero había algo en ella que hacía que todo el mundo la mirara. Puede que fuera su despreocupación, su pasotismo, su poca intención de andarse con explicaciones. Un extraño poder que la colocaba al final de la escalera, en lo más alto, y aunque era una chica muy natural y nada engreída, era innegable que atraía todas las miradas. Marina estaba ausente muchas veces, pero, cuando te prestaba atención o te sonreía, el cielo se despejaba por completo, y eso le pasó a Paula. Envidiaba y detestaba un poco a la chica por lo que ella representaba, no era nada personal, pero claramente el chico que la traía loca estaba hipnotizado por el poder de la joven de la melena rizada con tinte caoba.

—¡Paula! —soltó la chica mientras brincaba hacia ella y le plantaba un beso en la mejilla—. Qué mona estás.

Paula dudó que eso fuera cierto, porque no iba maquillada, no se había planchado el pelo y llevaba una camiseta de tirantes que sí era su talla, pero que no resultaba muy favorecedora, solo funcional.

—Gracias.

Las dos entablaron una ligera conversación sobre el alcohol, sobre un borracho muy pesado que no paraba de molestar a la gente, o sobre lo majos que eran los nuevos. A las tres o cuatro réplicas, Marina hizo mutis y volvió a la pista, y desde la mesa Paula siguió observándola, casi como si estuviera haciendo un estudio exhaustivo para averiguar su don: parecía la narradora de un documental sobre animales de La 2, pero la narración la llevaba por dentro, y en vez de hablar de las hormigas nigerianas, enumeraba las cualidades de esa chica que de lejos parecía nada, pero que de cerca tenía la esencia de un ángel.

Ese pensamiento la llevó a darse cuenta de que, si llegara un extraño alienígena mágico de otro planeta y le concediera un deseo, ella no dudaría: se cambiaría por Marina sin pensarlo. Imaginarse en su cuerpo y con su vida le pareció excitante, pero le duró tres segundos, porque a la mínima reparó en algo que no era nada divertido: tener dieciséis años y querer ser otra persona no sonaba nada bien. Paula no tenía queja de ella misma, no se torturaba casi nada, se gustaba y le gustaba lo que le devolvía el espejo cada mañana, pero es cierto que no había brillo en ella y eso es algo que se tiene o no se tiene, pensaba; no puedes hacer un curso, no puedes ver un tutorial en YouTube para resultar magnética y tener ángel como Marina. No. Por eso se sintió apenada, no por el hecho de no poder cambiar, sino por el hecho de querer cambiar y de no sentirse cómoda consigo misma. Sí, Samuel tenía mucho que ver en todo eso. Sabía que Marina lo tenía comiendo en la palma de su mano, solo había que echar un ojo a la improvisada pista de baile que había montado en el salón. Y eso como siempre le dolía.

Tengo que coger el toro por los cuernos. Bueno, nunca he sabido bien lo que quiere decir esta expresión, a ver, lo que quiere decir sí, pero me parece un poco tonto coger un toro por los cuernos… Si veo venir un toro, yo me siento mucho más cómoda y segura escondiéndome tras el burladero, a resguardo, viendo alejarse el peligro. ¿Eso está mal? Yo creo que no. Porque puedes salir ahí, coger el toro por los cuernos y luego ¿qué haces? ¿Eh? ¿Esperas que alguien venga con un tranquilizante para animales grandes y lo noquee? ¿Alguien le dispara un dardo somnífero? Es que es muy fácil decir «el toro por los cuernos», pero cuando lo tienes ¿qué debes hacer? Supongo que esperar que venga el flautista de Hamelín y se lo lleve con una melodía de flauta.

Es mucho más fácil esconderse del problema, no enfrentarse de ningún modo, porque, claramente, entre un toro grande, un miura al que le acaban de clavar un pincho enorme con un palo para que salga bien bravo al ruedo y una chica de dieciséis años con poca gracia y poco brillo, sé quién saldría con varias cornadas y pisoteada por el animal. Yo no tengo banderillas ni nada con lo que enfrentarme a él, por lo que prefiero quedarme quieta sin hacer nada y esperar que los problemas se desvanezcan, que el toro se amanse y que la gente se vaya de la plaza a su casa… Metáforas aparte, odio los toros, no soy taurina y no entiendo cómo en el año en el que estamos se siguen perpetrando estas tradiciones tan absurdas.

Yo me gusto a mí misma, de verdad; si no me gustara, cam-

biaría lo que hiciera falta, pero me gusto, como mínimo mi físi-
co me gusta, y eso, cuando tienes dieciséis, te coloca en un por-
centaje bajísimo de gente cómoda con su aspecto. Lo que me
molesta es mi falta de iniciativa, el censurarme porque creo que
mis opiniones no van a interesar a nadie… No lo puedo evitar.
No me considero tonta, pero con el tiempo he ido dando el poder
a los demás, el poder de no escucharme o de no interesarles, no
lo sé. Igual debería ser más echada para delante, forzarme a ser
más abierta y carismática y no frenar cuando sienta impulsos
que me hagan querer llamar la atención o dar un dato impor-
tante. Pero ¿cómo? Muy fácil, para empezar voy a ponerme otro
calimocho.

Y luego se puso otro y luego otro más para ver si el alcohol la desinhibía un poco. Pero no era cierto que Paula pasara desapercibida entre la multitud, no. Había alguien que no le quitaba ojo, y es que Gorka sí que era
capaz de ver todas las virtudes que ella creía inexistentes
en su personalidad. A él sí que le parecía encantadora,
con ángel, magnética e imantada. A veces, la venda en
los ojos solo la tenemos nosotros mismos. Él sentía algo
así como lo que sentía ella por Samuel, pero más guarro. Porque Gorka sí que podía pensar en ella en todo
tipo de escenas tórridas. Muchas. Escenas picantes que
empezaban casi siempre igual, con ella tomando la iniciativa y arrodillándose frente a él bastante resuelta. Y
tenían finales muy diversos: en su imaginación, el adolescente con orejas de soplillo se había acostado con
Paula encima de la lavadora, en los bancos del vestuario,
en el pupitre y luego en la mesa de Martín, en medio
del parque, entre dos coches (esto es muy recurrente

entre los jóvenes), en una piscina (él no sabe lo incómodo que es, porque no tiene experiencia). Gorka piensa mucho mucho mucho en hacerlo con ella. Pero no es solo sexo: está colado por ella, y si ella quisiera, él podría ser su novio y esperar todo lo que hiciera falta para poder follársela encima de la lavadora. Eso no era un problema. Hasta donde él sabía, ella no estaba con nadie y nunca mencionaba que le gustara nadie, ¿por qué no iba a ser recíproco?

Yo no estoy mal. Si no le gusta nadie y se lo propongo, igual se lanza y sale conmigo, aunque sea para probar. Esto puede ser como Spotify: lo puedes pillar un mes y si no te gusta pues ciao, pescao. No sé... Mejor que estar solo. Vamos, es lo que yo pienso. Yo estoy loco por ella, pero si no lo estuviera y me pareciera más o menos maja o mona y me pidiera para salir o solo rollo le diría que sí. Vale, estoy tan salidorro que le diría que sí a casi cualquiera. Casi. Bueno, por probar..., cualquiera puede estar bien, todas las tías tienen su punto, y para darse cuatro besos... Besos. Besar. Besarse. La verdad es que es lo que más me apetece y hace tiempo que no me como la boca con nadie.

¿Qué haría Paula si fuera a la mesa en la que está apoyada y le plantara un beso en la boca? ¿Me lo devolvería? ¿Me daría una hostia? Probablemente se enfadaría conmigo o puede que se lo tomara a coña, como si fuera una apuesta o una broma. Joder, creo que voy bastante mamado y noto fuego en mi interior... por la pizza congelada de atún y cebolla y porque tengo unas ganas de que alguien me ponga la mano encima... Mira, ahora está sola. ¿Voy y le planto un beso? ¿Lo hago? Está fuera de lugar ¿no? Pero mira qué boquita tiene y cómo bebe de ese vaso de plástico. No lleva gloss, ni nada, no va maquillada

porque la fiesta nos ha pillado por sorpresa, pero su boca no me ha pillado por sorpresa a mí, la conozco bien, muy bien, porque he pensado que me metía dentro varias veces, he pensado que acariciaba esos labios con mis dedos, que le cogía la cara con las manos un poco ásperas por las mancuernas. Tengo que echarme alguna hidratante de las de mi madre o algo, que tampoco quiero hacer daño a las chicas cuando las acaricie, pero es que me salen unos callos en las palmas de las manos que son de todo menos agradables. Bueno, siempre he escuchado que a las tías les gusta un poco eso de ser bruto, y en cualquier caso, si yo me estoy mazando es para ellas, así que que no se quejen. ¿La beso? ¿Me acerco y la beso? ¿Sin decirle nada? Es que, la verdad, imaginar un monólogo tonto de «me gustas, molas, ¿te gusto?» me da pereza, no es mi estilo, y si lo era ya no lo es. Estoy bien, ella está bien. Ella está soltera y yo más, así que lo voy a hacer. Mira qué boca. Lo voy a hacer. Lo hago.

Gorka se abrió paso entre la gente que bailaba y caminó con la mirada fija en Paula, que se movía, pero poco, apoyada en la mesa. Él se humedeció los labios, se acercó a ella. Ella le miró desconcertada y le preguntó un no muy amable «¿Qué haces?» y a él le dio igual: en vez de cortarse, se lanzó, lanzó sus labios como una bala y la cogió por la cintura y ¡zas! Beso. Primero Paula hizo un gesto de apartarle, de empujarle y de quitárselo de encima con asco, pero la lengua del chico se abrió paso entre los labios de ella hasta rozar la suya. Y como si fuera parte de un hechizo, ella se quedó quieta. Las manos que intentaron apartarle se relajaron y le cogieron por la nuca y activó también su lengua convirtiendo su beso en un enredo húmedo entre ambos. Habían bebido, pero nada sabía a alcohol ahí y siguieron besándose hasta que alguien paró la música.

Nano, el hermano de Samuel, cogió un micro y empezó a rapear. En otras circunstancias, Gorka habría mirado a otro lado, presa de la vergüenza ajena; la gente que rapeaba le parecía bochornosa y no le gustaba un pelo, pero en ese momento la voz de Nano rapeando parecía la canción cursi de *Ghost* para él. Había besado a la chica que le gustaba y ella no parecía muy molesta.

Paula y Gorka se separaron, él levantó las cejas y esbozó un «guau» con sonrisa inocente. Ella tenía una expresión difícil de leer. Parecía extasiada y disgustada y feliz y enfurecida, todo en una sola mueca. Como si metes todas las témperas de colores en un vaso y las mezclas con un pincel. Te sale un color tan extraño, tan difícil de catalogar que los niños pequeños suelen llamarlo «color caca». Ella no tenía cara de caca, no: sus mejillas estaban sonrosadas y sonreía, pero estaba hecha un lío por lo que había pasado. Había disfrutado ese beso robado.

Gorka me ha besado. ¿Por qué? NI IDEA. ¿A santo de qué? Menudas confianzas raras… Igual era parte de una apuesta o de un juego extraño, pero ha sido muy creepy. *Eso sí, besa de maravilla, su boca parece hecha para la mía. No dejo de pensar en aquella canción de FOQ, «tu saliva en mi saliva…». ¿Besarse con un amigo está mal? Ya te digo yo que, si besa como Gorka, no está nada mal, está muy bien. Y tampoco hace falta ningún compromiso. Pero para ser sinceros, cuando me ha besado y me he soltado y me he dejado llevar he pensado en Samuel, he cerrado los ojos y me lo he imaginado besándome. ¿Eso me convierte en una arpía? Para nada, nada de eso.*

Gorka me ha besado sin mi consentimiento, y yo he preferido aprovechar lo que estaba pasando: coger el toro por los cuernos por fin y tirar el conflicto a mi favor. Te besa un chico por sorpresa, pues piensas en el que realmente te gusta. Sí, suena fatal, pero por un momento he estado en los brazos de Samuel y su lengua se frotaba con la mía, como una danza bajo el mar, como unos delfines corriendo y girando sobre ellos mismos en nuestra boca. Samuel besándome. Sé que no es la realidad, sé que no ha pasado, pero ahora estoy taquicárdica perdida.

Sin mediar palabra, Gorka cogió la mano de la chica y la llevó más cerca de Samuel y Nano, que seguían dando su espectáculo rapero. No la soltó. Gorka actuaba como si fueran novios de toda la vida, y Janine, que había visto el beso desde el otro lado de la sala, buscó la complicidad de Paula y le preguntó con los ojos «¿QUÉ COÑO ESTÁIS HACIENDO?». Paula se limitó a levantar los hombros y a seguir como si nada. Habían bebido mucho, demasiado, y la percepción de la realidad y sus límites se veía un tanto desdibujada. ¿Cómo no vas a sobrepasar una línea si no la ves muy clara? Intuyes lo que está bien y lo que está mal, pero está todo tan borroso que es mejor prescindir de eso, no intentar entrar en ningún patrón establecido. Al fin y al cabo, era lo que estaba demandándose Paula: ser ella misma, fluir, no pensar tanto y ser activa, tomar iniciativas. Así que la efervescencia interna que sentía por su beso con Gorka/Samuel se tradujo en susurrarle a su amigo al oído que se la llevara de ahí, y él asintió y, sin soltarle la mano, la sacó de la casa del chico al que amaba. ¿Sabes ese juego de la feria que es una cabeza de payaso pintada en una tabla de madera con la boca muy abierta por la que tienes que colar unas pelotas de tenis para ganar un oso de peluche? Pues la cara de Janine era tal cual eso. Una cara perpleja con la boca muy abierta que acaba de ver cómo sus dos mejores amigos se morreaban en una fiesta y se iban juntos de la mano, probablemente a… a eso.

*

No era la primera vez que Paula estaba en la habitación de Gorka. No, qué va. Había estado varias veces, es más, sus padres la saludaron con normalidad, pero nunca había estado sola. Ambos estaban nerviosos y muy cortados. Sabían lo que habían ido a hacer y no podían creer que eso fuera a pasar de verdad. Él se había tocado tantas veces pensando en ella en esa cama en la que ahora estaba sentada. Ella solo tenía una cosa en la cabeza: Samuel. Sabía que lo quería hacer y sabía que estaba siendo un poco cruel al utilizar a su amigo como herramienta sexual, como un objeto, pero era lo malo de que ninguno de los dos tuviera el valor suficiente para exclamar un «¡¿Qué carajo estamos haciendo?!». Él no dijo nada más que «¿Quieres que apague esa luz?», refiriéndose a la lámpara que enseñaba todos su temores. Ella asintió y él apagó la luz, se quitó la camiseta y se apoyó en el armario tapando con su cuerpo medio póster de Dani Pedrosa. Gorka no era gay, pero le gustaban las motos.

Paula se quitó la camiseta, como si no fuera la primera vez que lo hacía frente a un chico, él se quitó los pantalones y se quedó en bóxeres ajustados. Unos bóxeres ajustados que no dejaban mucho a la imaginación, pues la situación le parecía de lo más excitante. La luz de la lámpara de lava (Gorka no nació en los noventa, pero tenía una lámpara de lava) potenciaba muchísimo la sombra sobre los cuadraditos de sus abdominales y Paula se quedó embobada mirando su cuerpo, algo que por unos segundos le quitó a Samuel de la cabeza.

—¿Voy? —titubeó Gorka.

—Claro, ven —contestó ella.

Él avanzó lento, pero con una sonrisilla como un niño el día de Reyes con un montón de regalos por abrir. Paula imaginó que se tumbaría sobre ella, pero Gorka tenía otra idea: la noche era muy larga, así que se arrodilló frente a ella, que permanecía sentada en la cama, le quitó la falda y luego las braguitas de algodón de un lote de tres de Women' Secret, le separó las piernas delicadamente mirándola a los ojos y escondió su cabeza entre ellas…, y en ese momento la lengua de Gorka se convirtió en la de Samuel por arte de magia, ya no había nada de Gorka en esa habitación, solo estaban Samuel y Paula que perdía la virginidad con el chico que tan loca la volvía. Nunca nadie la había besado ahí, nunca nadie había tocado sus zonas más íntimas, pero ella no iba a cortar la escena. No se sentía muy cómoda, no se sentía muy limpia, pero daba igual: si ese chico quería hurgar por ahí, que lo hiciera, porque era super-placentero. Así que le dejó un rato más y otro rato y cuando vio que podía acabar y que el final estaba cerca, prefirió levantarle la cabeza, pues eso sí que le daba muchísimo corte.

Gorka se levantó y se puso de pie frente a Paula y se quitó los calzoncillos sin pudor, sin hacer ninguna tontería y sin frivolizar, calzoncillos fuera. Había un punto casi de exhibición, porque el chico empezó a tocarse sin miedo a ser visto, disfrutando al ver el cuerpo desnudo de ella que se acababa de quitar el sujetador. Se acercó de nuevo y se tumbó sobre ella mientras volvía a besarla. Un nuevo beso más salvaje y húmedo que el que se habían dado en la fiesta, más desordenado, pero igual de divertido; no había duda, Gorka era un gran «besador», aunque Paula no lo valorara, porque era con Samuel con quien estaba... Tanto que lo volvió a imaginar, ahora, mientras el chico entraba en ella suavemente.

Samuel respiraba por la boca mientras entraba dentro de mí. Dentro de mí. Él estaba dentro de mi cuerpo y desde ahí podía ver todos mis secretos. ¿Podría ver todos mis sueños? Claro que podría, y tocarlos, si quisiera. Me dolió, me dolió un poco, pero no quise parecer poco experimentada, así que intenté controlar cada músculo de mi cara para parecer una tía sexi y no una niña que sufría, pero lo cierto es que noté como una vara de hierro ardiendo que me desgarraba un poco. Samuel tocó con sus dedos las gotitas de sangre que me bajaron por la pierna y me miró, pero no le dejé que dijera nada, le besé y con mis manos en su espalda le incité a que siguiera. El dolor se fue desvaneciendo con mi vergüenza. Y mi intención de controlar los músculos se perdió mientras me soltaba y disfrutaba del cuerpo de él dentro del mío propio. Samuel dentro de mí mientras sus ojos estaban clavados en los míos. Qué pestañas tan espesas... Rocé mi nariz con su nariz respingona. Su respiración, cada vez más profunda, se convirtió en un sutil jadeo y él aceleró el movimiento. No sé si fue un minuto o tres horas, pero acabamos al mismo tiempo y fue un momento de conexión extrema entre ambos. Le dije que no saliera de mí, que dejara todo su peso muerto, que quería seguir notándole ahí, y él accedió sin decir nada. Notaba su corazón calmarse, pero el mío seguía haciendo una batucada de amor desordenado.

Gorka se quedó dentro de la chica y dejó su peso muerto sobre ella, y sin darse cuenta se quedaron dormidos.

Por la mañana las cosas eran diferentes. El silencio reinaba en la casa. Los padres se habían marchado a una competición de bailes de salón. Los cuerpos jóvenes y tersos que la noche anterior retozaban en la cama eran en aquel momento un par de pasas que olían a alcohol y que necesitaban una ducha. Paula se despertó como si su polvo con Samuel hubiera sido un sueño y en realidad así fue, porque Samuel, el de verdad, había estado en su casa vomitando hasta la primera papilla, el pobre, nunca estuvo en esa casa desvirgando a nadie. Gorka entreabrió los ojos, dio los buenos días, se levantó y se puso los calzoncillos. Se sentó en la cama y empezó a reír con las manos en la cabeza. Paula no hizo un drama, que es lo que cabría esperar. Se llevó el aliento de su mano a la boca y acusó el que debía parecer un mapache, porque aunque no se había maquillado la noche anterior, la máscara de pestañas no era maquillaje para ella, era algo básico, algo necesario y un protocolo que seguir después de lavarse los dientes por la mañana.

Gorka se dio cuenta de que las sábanas tenían unas manchitas rojas, y aunque ella se avergonzó, él le quitó peso y le dijo que ya se inventaría alguna excusa. Una cosa llevó a la otra y empezaron a hablar de tonterías, a frivolizar y a reírse, sobre todo cuando Janine les quemó el teléfono a wasaps como si fuera un tercer grado.

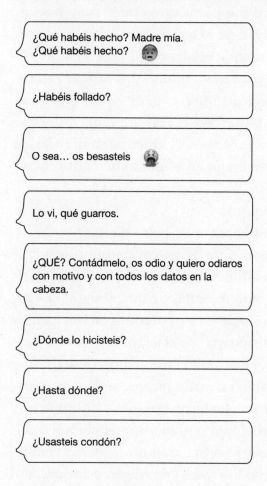

¿Qué habéis hecho? Madre mía. ¿Qué habéis hecho?

¿Habéis follado?

O sea… os besasteis

Lo vi, qué guarros.

¿QUÉ? Contádmelo, os odio y quiero odiaros con motivo y con todos los datos en la cabeza.

¿Dónde lo hicisteis?

¿Hasta dónde?

¿Usasteis condón?

Esta última pregunta hizo que las risitas tontas de ambos se esfumaran y dieran paso a la incomodidad de la mañana.

—Me voy a ir —susurró Paula levantándose y buscando por el suelo su camiseta.

La encontró y la olió porque apestaba a tabaco. Él le ofreció una, pero ella dijo que no sabría cómo expli-

87

carle eso a su madre en cuanto llegara, que ya sería buena la bronca matutina por haber dormido fuera sin avisar, como para darle pistas de lo que había hecho. Paula terminó de vestirse y Gorka no quería que se fuera. Tenía que decirle que estaba colado por ella, ¿o eso sería raro? No era muy listo, ni muy aplicado, pero un cobarde tampoco, y no quería, para nada, quedarse con un comecome, prefería lanzar la pelota y dejarla en su tejado. Así que cuando la chica se despidió con un gestito, ya con la mano en el pomo de la puerta, él la detuvo:

—¿Y ahora?

Paula le miró sin saber muy bien qué quería decir, pero de pronto su carita de mapache matutino se tornó blanquecina como si fuera una hermana de Edward Cullen, y prefirió adelantarse antes de que él siguiera y dijese algo que ninguno de los dos podría gestionar y que probablemente estropearía su relación.

—Gorka, no lo digas, no lo fastidiemos. O sea, no te voy a decir que ha sido un error, porque sería muy injusto para los dos, porque me he divertido un montón y me lo he pasado superbién, la verdad. Así que el tópico del error no. Gracias por hacérmelo, porque me ha venido muy bien y me siento liberada. Pero dejémoslo aquí, no me digas que te gusto ni te pilles por mí, porque eso sí que no va a ningún sitio. Somos colegas, somos tú y yo, Gorka, y vamos a la misma clase y es mejor que no lo estropeemos. ¿Vale?

—Pues jódete, pero me gustas —dijo él.

—Pues tú a mí no, amor. Me caes genial y tal, pero no siento mucho por ti.

—Nadie lo diría, porque, vamos, lo diste todo anoche…

En ese momento, Paula vio que tenía dos opciones. La primera, y probablemente la que hubiera elegido la antigua Paula, era sonreír, callarse y ya. Y la segunda era decirle a su amigo que, en realidad, si lo dio todo, como él decía, era porque estaba pensando en otro que sí le gustaba, otro por el que sí sentía algo. Esta respuesta era de ser bastante villana, pero ¿quién sabe? Tal vez la nueva Paula se había cansado de ir de buenecita por la vida.

—¿Sabes qué? Mira, igual vas a pensar que está mal, pero creo que es guay que sea sincera, Gorka. Ayer me lo pasé genial, pero no estaba contigo mientras lo hacíamos. O sea, estaba en otro lugar y con otra persona, no te besaba a ti, no te tocaba a ti… Sí, dicho en voz alta suena muy cruel y suena a que me aproveché de ti, pero tú también te aprovechaste de mí, ¿no? Puede que tú también estuvieras pensando en otra persona.

—No, yo solo pensaba en ti. Ok, lo entiendo.

—No te enfades, por favor, no quiero hacerte daño.

—Pues no me lo hagas —dijo Gorka mirándola fijamente, casi rogándole.

—Pero es la verdad. Fuiste tan majo conmigo… Bueno, primero me sorprendiste un poco, casi te giro la cara de una hostia, pero luego caí rendida en tus besos y… se me fue la cabeza a otra parte, porque estoy enamorada, Gorka, locamente, de un tío que no me hace ni caso, pero bueno. Ni me apetece a mí hablar de eso ni creo que te apetezca a ti escucharlo. Gracias por todo, no te enfades, de verdad. Nos vemos el lunes en clase.

Poca opción a réplica tuvo el chico, pero tampoco

hubiera sabido qué decir. Así que, como hacía cuando se sentía perdido, se calló.

*

Para Janine la fiesta no fue memorable. Aunque mejor eso que recordarla por haber hecho el ridículo bailando como una tonta delante de sus compañeros o por haber dicho demasiadas bobadas. Aun así, fiesta buena o fiesta mala, las resacas siempre eran iguales. Daba igual lo que hubiera bebido la noche anterior o lo mediocre o apoteósica que hubiera estado la cosa: el dolor de cabeza y las ganas de comer basura no se los quitaban ni el ibuprofeno, ni la vitamina B-12, ni remedios raros y caseros como tomarse un vaso de leche antes de dormir. Nada. Todo inútil para Janine.

Ese domingo había remoloneado en la cama. Dibujó en el iPad, ojeó unos tomos de *Cardcaptor Sakura* y acosó a sus amigos por WhatsApp para ver si se habían acostado. Todo pasó muy rápido, pero había visto cómo Gorka se acercaba a Paula y cómo le comía la boca y cómo ella se dejaba hacer, cómo se daban la mano y salían de la fiesta. A Janine le pareció muy bizarro, casi incestuoso, y se sintió un tanto perdida. Nunca ninguno de ellos había manifestado interés por el otro, por eso fue muy extraño. Como si estás viendo *Juego de Tronos* y Jon Snow y Cersei empiezan a revolcarse encima del Muro. No pega con la trama, no pega con el tono de la serie. De ahí la sorpresa de Janine. Pero por mucho que insistió esa mañana, no recibió respuesta. Supuso que, después de haber estado toda la noche como conejos, estarían totalmente fritos y pasando del móvil.

Se levantó en pijama y caminó por su casa sin mucho destino hasta que su madre la interceptó en la cocina cuando ella se disponía a abrir una bolsa de Doritos, los de la bolsa verde.

—Cariño, no comas esa porquería y vístete, que en nada nos vamos.

Janine lo había olvidado por completo. Era el cumpleaños de su madre, y como era tradición, toda la familia salía a comer fuera. Bueno, fuera no. Siempre iban al mismo sitio: a Mr. Palillos, una franquicia de cocina asiática con una de esas cintas en las que pasan platos chiquititos que se acumulan vacíos en la mesa. Los padres eran de buen comer, los hermanos también. Lo cierto es que al ser muy ricos podrían celebrarlo en cualquier restaurante caro con un estupendo menú degustación, pero a ellos les encantaba el Mr. Palillos del centro comercial y era un clásico. Cantaron cumpleaños feliz y se atiborraron de minirrollitos de verduras y de nigiris de un salmón un tanto sospechoso, pero la salsa de soja hacía que todos los platos fueran una fiesta.

Algo feo de ese tipo de restaurantes es que muchas veces te sentaban pegado al cristal, en una especie de escaparate, y ese día al encargado le pareció de recibo sentar allí a esa familia, porque daban una saludable y buena imagen del restaurante, comiendo como si no hubiera un mañana, brindando felices con chupitos de flores porque era un día especial. Pero, por otro lado, algo bueno de estar sentados en la parte del escaparate es que, aunque la gente te veía comer, también tú veías el centro comercial, sus tiendas abiertas en domingo, y eso hacía que nunca se acabara el tema de conversación.

En uno de esos momentos, cuando la mesa rebosaba de platitos vacíos, Janine vio salir de Game a Mario, el repetidor que la llevaba por el camino de la amargura. Era cierto que de lejos el chico parecía casi un treintañero; además, ese día llevaba una chaqueta de punto (había refrescado esa mañana) y con su porte y su temple parecía todo un señor. Janine terminó de masticar una *gyoza* de pollo y no lo pensó:

—Ahora vengo —dijo, y salió disparada de Mr. Palillos para ir a hablar con él.

A ver, ya sé que existe una gran posibilidad de que Mario me insulte en la cara, me grite, me empuje y me deje en evidencia... Pero ¿sabes? Me trae sin cuidado. No estamos en el colegio. Él fue muy claro con eso y me dijo que ni le mirara en el pasillo, pero este es el pasillo del centro comercial, no el de Las Encinas. No tiene ningún derecho a decirme nada. También espero que al estar solo todo sea más sencillo y no tenga que aparentar que es el más chungo de la Tierra. Solo quiero decirle que me hizo sentir muy incómoda en la fiesta de Marina y que no deseo caminar con miedo por el instituto, que eso me distrae de los estudios... Que ya somos mayores para esas tonterías. Yo no quiero que seamos amigos, pero tampoco vivir atemorizada, y ya llevo unos días muy angustiada, mucho, y no me concentro bien, porque solo pienso en que me voy a encontrar con él. Obviamente Mario siempre va a ser importante en mi vida, porque aunque él reniegue del temita, fue mi primer chico y eso no se olvida, ni se puede cambiar. No me voy a coser el himen y voy a fingir que no lo he hecho nunca. ¿Que fui una inconsciente?

Pues sí. ¿Que si volviera atrás no volvería a hacerlo? Ay, pues eso no lo tengo tan claro… Porque aunque la consecuencia fue un poco trágica y no fue un polvo muy memorable, el balance general es que me sentí princesa durante tres minutos llenos de mimos, caricias y lo otro. Así que no quiero tener que borrar ese recuerdo de mi cabeza. Y qué narices, que Mario está muy bueno y fardaré con mis nietos de que fue él el que…, pues eso, el que me lo hizo la primera vez. Voy a optar por lo fácil: acercarme, ser amable y aclarar las cosas sin nadie delante que nos moleste o que le incite a hacerme burlas, llamarme gorda y demás.

Janine caminó a paso ligero hasta la puerta de la tienda de videojuegos, donde Mario chequeaba lo que había comprado, el tique y esas cosas. Llegó frente a él y le saludó sonriente, casi como si fueran amigos, levantando la mano en plan *otaku* —había estado leyendo *Sakura* por la mañana y eso le había disparado los niveles de frikismo físico y se movía casi como una de esas lolitas japonesas de Akihabara—. Él alzó la mirada para descubrirla y su ceño fruncido y su boca apretada no aventuraban que el encuentro propiciado por Janine fuera una buena idea…, nada bueno.

—¡Hola, Mario! ¿Qué tal? ¿Qué has comprado? ¿El *Red Dead Redemption II*? Jo, mi prima lo tiene y es dificilísimo, pero a mí me encanta, la verdad. Nada, que estaba ahí con mi familia, comiendo en Mr. Palillos, y te he visto y no me quería quedar con las ganas de salir a saludarte. No, no digas nada. Es que…, a ver, sé que no soy santo de tu devoción, pero no quiero sentirme así de mal… Es que voy al colegio con miedo, ¿sabes?, y creo que no es justo para mí, porque yo no he hecho nada malo, Mario. No te he violado ni nada por el estilo. Fue una cosa de los dos, la chispa surgió entre los dos.

Ella parecía una metralleta idiota de palabras estúpidas. Y él estaba totalmente flipado por la falta de sentido común de la chica: la había amenazado antes y ahora se presentaba como si nada delante de él para contarle una sarta de chorradas. El chico no daba crédito. Janine siguió con su parlamento como si alguien le hubiera dado cuerda.

—Tú lo sabes. Fue idea tuya lo de llevarme a tu casa. Y, a ver, yo soy una menor y me dejé llevar, pero lo que hiciste en la fiesta de Marina el otro día estuvo muy muy mal. Yo sé que estaba ridícula y borracha por culpa del Jäger, pero eso no creo que me hiciera merecedora de tus insultos, de los desplantes y del golpe que me diste en el pie. No, no me mires así: me pegaste... y eso está muy mal, pero no te preocupes que no voy a tomar medidas de ningún tipo. Pero te he visto salir de Game y he pensado, jo, le encantan los videojuegos y a mí también. Tenemos un montón de cosas en común, seguro, y es una pena que nos veamos así como metidos en este conflicto y tal, cuando, a ver, no quiero que seamos amigos, pero un saludo sin acritud, un lenguaje más apropiado o solo levantarme la amenaza para que no tenga que caminar mirando al suelo..., pues me parece mucho mejor. ¿Qué te parece? ¿Qué opinas?

Lo que pasó a continuación fue inesperado, o mejor dicho, solo fue inesperado para Janine. Porque cada palabra que había salido por su boca había encendido más el fuego interno del chico. Y él tenía también un mon-

94

tón de cosas que decirle, todo insultos y palabrotas, pero se calló, regurgitó y le escupió en toda la cara. Fue un salivazo multicolor, muy desagradable. No era saliva transparente y ya está, no: Mario había estado toda la noche fumando con sus colegas en un garaje y bebiendo cerveza como el que más, por lo que su saliva tenía todo tipo de micropartículas asquerosas. Entre eso y el bocadillo de atún con aceitunas que se había comido un rato antes, su saliva era de todo menos aquella saliva limpia y agradable que transfirió a la boca de la chica el día en el que lo hicieron en el pueblo.

Si la vida fuera una película, se habría visto el escupitajo salir de la boca del chico e impactar contra el rostro de ella desde distintos ángulos y con diferentes valores de plano, pero como es la vida, solo había una oportunidad, la suficiente para que Janine se sintiera totalmente humillada y para que Mario se fuera de allí tras mirarla de arriba abajo y susurrarle lo patética que era.

Ahí estaba ella, derecha frente a la puerta de Game, con un lapo del chico que la había desvirgado chorreándole la cara. Y para complicarlo mucho más, para que ella se sintiera infinitamente peor, cuando volvió a Mr. Palillos, se dio cuenta de que toda su familia había presenciado la escena. Janine se limpió la saliva con la camiseta y fue al baño a convertir toda su impotencia en llanto. Entendía que muchos adolescentes se suicidaran en su etapa de instituto… Es que era muy duro. Ella solo había querido hacer las cosas bien y no era justo ser vapuleada de ese modo. Pensó en qué inventarse cuando volviera a la mesa con su familia.

«No, no me ha escupido, qué va, si somos muy colegas, pero tiene un resfriado, el pobre... Me acaba de dejar un wasap diciéndome que le perdone por haberme tosido en la cara y que se ha ido corriendo a sonarse los mocos, que le daba vergüenza...».

Era injusto que, aun habiendo sido la víctima, tuviera que mentir a su familia e inventar coartadas para protegerle a él. Pero, claro, ella no podía explicar que el chico ese tan guapo había regurgitado y le había escupido en toda la cara porque la odiaba por ser gorda. Janine se quería morir, no literalmente, pero se quería morir. Y pensó en todos esos artistas que hablaban de la época del colegio como la parte más trágica e inspiradora de su existencia. Ella no necesitaba esa inspiración, ella no se consideraba una artista, solo quería retroceder en el tiempo y no haberse levantado de la mesa del restaurante y haber seguido comiendo tallarines con verduras y salsa de ostras sin que nada la molestara. Ella no era popular, nunca lo había sido y nunca lo sería, pero en ese instante, sentada en ese retrete con restos de mocos y saliva de Mario por la cara, se sintió en el pozo más oscuro y en el lugar más bajo de toda la pirámide social. Mucho más que una perdedora. Pensó sus típicas historias tipo: «Si en realidad fuera una mutante, esta rabia que tengo despertaría un poder telequinético y me convertiría en una heroína que lucha por la justicia». Movió las manos tontamente como si fuera un mago cutre en una fiesta de cumpleaños infantil, pero seguía sin tener poderes.

Salió, se lavó bien la cara, volvió al restaurante, contó la mentira, que por supuesto no coló, pero nadie quiso darle más atención al incidente, así que la chica sin poderes cogió uno de esos platos con ensalada *waka-me* y siguió comiendo sin hablar como si nada hubiera pasado.

*

La tarde de domingo fue de lo más tranquila para todos.

Paula se quedó dormida viendo *Leyendas de pasión* en la tele, porque la estaba viendo su madre, ella se enganchó, y aunque no soportaba el cine doblado se fue enredando, se interesó y se quedó frita en la parte final.

Melena se fumó tres porros, pero fue casi productivo, porque estuvo viendo tutoriales en YouTube para poder tejerse su propia bufanda. Le salió mal, fatal, un horror de lana anudada con muy poca gracia, así que se ofuscó y lo tiró todo a la basura, con las agujas y los ovillos. Ella no era una artista, pero le había dado por ahí ese día. Los porros, ya sabes.

Gorka sí que estuvo inquieto. Se machacó en el gimnasio muy mucho para perfeccionar su cuerpo. Y lo cierto es que se toqueteó dos veces pensando en lo que había pasado la noche anterior. Observó la sangre de las sábanas y pensó que no hacía falta cambiarlas por el momento. Escribió varios mensajes a Paula que nunca envió. En unos le decía que sentía lo que había pasado y que no quería que nada estropeara su amistad; en otros le insistía en el concepto «Yo te quiero, tú me gustas», y en otros más ligeros intentaba quitarle hierro al asunto y la invitaba a volver a su cama sin compromiso... No envió ninguno, pero estuvo muy tentado de darle a enviar el último. ¿Cómo lo hubiera recibido ella? Habría

97

pasado, casi seguro, pero si hubiera aceptado la invitación habría sido terrible para Gorka, ya que estaba muy pillado por la chica y, por mucho que mirara para otro lado o quisiera mirar por debajo de la cintura de ella, seguía estando colado, y el sexo extraño y sin compromiso con la persona que te gusta es pan para hoy y hambre para mañana y eso, por mucho que él pensara que podría gestionarlo, le hubiera machacado el corazón. Y al día siguiente ya sabes lo que pasa: Janine llega confiada y tranquila a Las Encinas sin pensar en el lapo en la cara del domingo y se encuentra la pintada con dos palabras terribles…, y Paula y Gorka se encuentran en la puerta de clase y no saben qué decirse, se saludan tímidos y entran preparados para otra semana escolar de deberes aburridos y sentimientos a flor de piel. Quién les iba a decir a todos ellos que en unas semanas una compañera sería brutalmente asesinada…

La inspectora tenía el listado de todos los alumnos de Las Encinas y uno a uno fueron pasando por su sala de interrogatorios. A esas alturas ya sabía quién había dejado el diario en el buzón —obviamente, la comisaría estaba llena de cámaras de seguridad y era muy fácil descubrirlo—, pero ¿por qué lo había hecho? Estaba claro que quien lo había entregado sospechaba del autor y prefirió entregar la prueba en vez de acusar, quizá porque se trataba de un amigo y no quería sentirse como un traidor. Ella tenía el listado, pero fue convocando a todos los alumnos por orden, no quería anticipar acontecimientos.

Todos fueron pasando y cuando tuvo frente a ella a la persona en cuestión se lo preguntó sin rodeos.

—Sabemos que fuiste tú quien trajo el diario a la comisaría... Pero creo que no eres responsable del asesinato de Marina, ¿verdad?

—No, claro que no.

—Pero crees que la persona que ha escrito el diario sí lo es, ¿no?

—Sí.

Capítulo 4

—

El sonido de un espejo rompiéndose sacó a Melena de sus pensamientos. Salió de su habitación y caminó sigilosa por el pasillo. Ella sabía que era un espejo, porque no era el primero que se rompía en su casa ya fuera de un puñetazo o por el impacto de una silla. El caso es que el reflejo era algo que molestaba a su madre cuando no estaba de buenas. Y esa tarde debía de estar muy de malas, porque se había cargado el espejo victoriano de su enorme vestidor. Ese espejo nunca había pegado entre los burros y los armarios de madera blanca, o entre la exposición de sandalias con tacón, pero ese no era el final esperado para un espejo valorado en medio millón de pesetas (pesetas, porque es con lo que aquel señor tan importante lo pagó a tocateja para regalárselo a la madre).

Una hija normal, con una relación normal, hubiera corrido a socorrer a su madre, que, arrodillada en el suelo, se apretaba dolorida los nudillos ensangrentados. Pero Melena y su madre no eran esa madre y esa hija de anuncio. Aun así la adolescente hizo algo inesperado, tuvo un gesto casi de cariño que fue acercarse y preguntarle:

—¿Qué ha pasado?

La verdad es que no lo dijo en un tono amable y más parecía que la estaba regañando que preocupándose por ella, pero algo era algo y el contenido de la frase era claramente de interés.

—Déjame en paz —contestó la madre quitándose esquirlas de vidrio de las manos.

La hija asintió y cuando se disponía a salir del dormitorio la madre la detuvo y le explicó sus miserias, que aunque iban cambiando eran en el fondo las mismas miserias de siempre: era vieja.

Las madres de Polo —otro compañero de la clase de Melena, que era además el pijísimo novio de Carla y uno de los chicos que se suponían más guapos del colegio (aunque a ella siempre le había parecido un engreído con la cara rara, mirada alienígena y demasiado ángulo en el rostro). No le parecía ni tan guapo ni tan nada, así que lo tenía catalogado como un engreído más. Eso sí, para el resto de los alumnos era un modelo, un chico imponente, etcétera, pues para ella no—; las madres de Polo, eso, las archiconocidas lesbianas dueñas de una revista de moda, habían llamado a la madre de Melena para hacer una portada. No le iban a pagar mucho, la verdad, pero a ella le venía genial, porque estar en el candelero era sinónimo de muchas cosas que a ella le gustaban y que, sobre todo, necesitaba. Los trabajos de moda hacen efecto dominó y uno llama a otro, pero la madre de Melena llevaba mucho tiempo sin hacer un *shooting*, sin promocionar una miserable marca de finísimas pechugas de pavo... La madre de Melena no trabajaba. Imagínate cuando esa misma tarde la llamó una de las lesbianas para decirle que al cliente de una conocida marca de cremas, que también debían aparecer en la portada, no le gustaba la imagen que ella daba para el producto, entre otras cosas, porque no tenía muy buena fama y era un personaje ya relegado a la prensa del corazón de segunda categoría y sobre todo, y aquí viene lo peor, porque aunque la crema era una crema *antiage*, ella era demasiado vieja para promocionarla; que parecía el *before* y no el *after*, le había dicho.

Estaba cansada de que nadie le diera una nueva oportunidad, de que el imperio que había construido con tanto sacrificio personal se despedazara sin que le importara a nadie. Ella se inyectaba bótox, se pinchaba ácido hialurónico, se machacaba en pilates y en bikram yoga y estaba espectacular para la edad que tenía, pero no conseguía ya que la tomaran en serio, al revés. El abuso de exclusivas en revistas del corazón o de todas esas llamadas que ella misma hacía para avisar a los *paparazzis* cuando veraneaba en Ibiza la habían convertido en una modelo tipo bufón, que poco hace en la pasarela y que solo aparece en la prensa rosa. Eso da dinero, sí, pero es un dinero efímero que mancha tu imagen y bla, bla, bla. De eso era de lo que siempre se lamentaba y Melena estaba muy cansada de la misma historia.

A decir verdad, a Melena le traía sin cuidado el tener más o menos dinero, y ver que lo estaban perdiendo todo le provocaba un poquito de satisfacción, porque era símbolo de que su madre, a sus ojos la mala de la historia, había jugado fatal sus cartas, y aunque fuera muy retorcida y muy cruel, disfrutaría de lo lindo viéndola trabajar en un supermercado o limpiando el colegio o haciendo un cursillo de fresadora, que no sabía muy bien lo que era, pero le gustaba cómo sonaba y le daba igual, pero quería verla haciendo una jornada de cuarenta horas semanales... Sería curioso. Casi podía adivinar cómo desaparecerían de escena la madre de Marina, las madres de Polo o sus otras dos o tres supuestas amiguísimas en cuanto «la Miss» tuviera que mancharse las manos para ganarse la vida.

Aun así, al ver a su madre por los suelos y sangrando le lanzó una toalla del baño para que se limpiara. Y lo que era otro gesto casi amable, la madre se lo tomó nuevamente como un ataque.

—No finjas que te importo, María Elena. Mientes muy bien, pero fingir que te importo se te da francamente mal. Sé que disfrutas al verme acabada y tirada en el suelo y sé que te encantaría que el espejo me hubiera caído en la cabeza y me hubiera matado. Pues no, aquí sigo, señorita, jódete. ¡Jódete!

Claramente la madre estaba borracha. Era la primera vez que no había motivo para crear una disputa, pero estaba tan acostumbrada que las palabras fluían como si hubiese activado el modo automático de pelea. Recitando sus clásicos:

1. Ojalá no hubieras nacido.
2. Todo esto es por tu culpa.
3. Si no me hubieras llenado la barriga de estrías, habría hecho el catálogo *Venca* como todos los veranos antes de que nacieras.
4. Por tu culpa soy una mierda.

Y ahí, ya en el punto cuatro, entraba en un bucle muy dañino en el que se repetía «Soy una mierda» varias veces. Pero Melena no entró al trapo, no gritó, ni le insultó ni le dijo sus clásicos:

1. Sí, eres una mierda.
2. No me eches la culpa, si no has triunfado es porque no tienes talento.
3. La gente no te llama porque eres una payasa.
4. Si no te comportaras como una fulana, no parecerías tan mediocre.

Y en vez de espetarle todo eso, se quedó callada y observó la escena desde fuera, como si comenzara un viaje astral de esos de los que había oído hablar en *Cuarto Milenio*, como si su alma saliera de su cuerpo y viera la escena por primera vez desde fuera. Y lo que vio le causó mucha pena, mucha tristeza. Vio a una adolescente amargada y a una miss venida a menos sangrando y llorando en el suelo, entre pequeños cristales que reflejaban su patetismo multiplicado por mil. Quiso abrazar a su madre por primera vez en la vida, quiso ponerla en pie, curarle las heridas y decirle que todo iba a ir bien, pero solo pensarlo le daba una vergüenza espantosa. Así que salió de la habitación mientras su madre seguía lanzando improperios contra su hija, contra el mundo, contra las modelos de los noventa y contra ella misma.

Melena se encerró en su habitación y estalló en un llanto exagerado, haciendo todo tipo de sonidos guturales, moqueando y babeando. Estaba destrozada. ¿Por qué ahora? ¿Por qué se sentía así? Si ella odiaba a su madre y se odiaba a sí misma. ¿Qué importaba una pelea más o menos? ¿Qué importaba un poco de sangre en la moqueta otra vez? Pero sí, importaba... Pensó muy seriamente robarle dinero a su madre del monedero (ella tenía una cuenta, pero no tenía efectivo) e ir a pillar cualquier cosa... No algo que le pudiera suministrar Omar, no pensaba en marihuana o en hachís, pensaba en algo fuerte que la noqueara por completo. No quería estar en esa realidad ni un minuto más y necesitaba una puerta en la que pusiera bien grande y con neón la palabra «salida». Necesitaba salir.

Dio unas vueltas por la habitación y empezó a respirar con mucha dificultad; pensaba que se ahogaba y que se moría, pero no, era tan solo un ataque de ansiedad. A partir de ese momento los tendría de un modo recurrente, pero ella aún no lo sabía.

Poco a poco se fue calmando y la respiración volvió a la normalidad y el grifo de lágrimas se cerró, pero quería seguir saliendo de ahí, así que llamó a Gorka para dar una vuelta con la bici. A él le pareció una chorrada, hacía años que no usaban las bicis para dar vueltas por el barrio, pero si a ella le apetecía...

*

El aire en la cara hacía que los problemas de Melena, que el problema de Melena fuera un poco menos grave. Si pudiera elegir un superpoder, Melena elegiría el de volar, eso lo tenía clarísimo. A menudo soñaba que daba un saltito y volaba, como a ras de suelo, pero volaba. Para ella ir en bici era lo más parecido a volar... Cuando dejaba de pedalear y la bici iba sola y veloz y ella notaba la fuerza del aire en la cara, era casi como volar, y no tenía que hacer nada más que disfrutar de la velocidad. Volar...

Respiró profundamente y le hizo un gesto a Gorka para que pararan en el parque de San Justo. Las calles estaban desiertas y empezaba a anochecer, y en el parque solo había un par de personas paseando a sus perros. Ambos se tiraron en el césped sin pensar demasiado y se empaparon la espalda, porque los aspersores habían cumplido con su cometido media hora antes. A ella le pareció igual de placentero, también es cierto que lo que pensara el mundo le traía sin cuidado y que la gente la viera manchada de verde por la calle era la última de sus preocupaciones.

Gorka le insistió: quería saber por qué tenía los ojos inyectados en sangre, pero a ella no le apetecía hablar de lo de siempre, de lo que él ya sabía; prefirió guardárselo una vez más para sí misma.

—No quiero hablar de eso... Cuéntame cosas tú.

—¿Cosas? ¿Qué quieres que te cuente? —dijo él mientras se sacudía la espalda empapada.

—Me da igual, lo que sea.

—El sábado me acosté con Paula... —dijo al fin—. No se lo digas, por favor, bueno, sé que no se lo vas a decir, pero nos acostamos. Yo, a ver..., ella me mola —siguió su amigo, como si necesitara justificarlo—, me mola bastante desde hace tiempo y nunca me había atrevido a decírselo, y no se lo dije. Me acerqué en la fiesta de Samuel, la miré muy fijamente y la besé, como en las películas, y ella se dejó llevar. Fue raro y alucinante a la vez, porque no nos dijimos nada. Me cogió de la mano y la llevé a mi casa y allí lo hicimos. Madre mía, fue un polvazo flipante. Ella era virgen, pero no lo parecía, estaba como desatada.

—Puedes ahorrarte los detalles, gracias.

—Vale. —resopló Gorka—. El caso es que ahora todo es la hostia de raro entre nosotros, pero no me arrepiento y sé que ella tampoco, porque por la mañana estaba como más...

—Alegre de lo normal.

—Más o menos, no estaba tan tímida, estaba como con la cabeza más alta.

—Claro, Gorka, había perdido la virginidad. Eso te cambia en algo, te toca en algún lugar.

—Ya, hoy parecía otra. Me está evitando, pero no en plan mal, me está evitando y ya está.

Melena se quedó pensando si había una manera de evitar a los demás «en plan bien» y otra «en plan mal». Evitar era evitar, pero no quiso empezar un debate; estaba cansada y solo quería que la tierra bajo el césped se abriera y se la tragara.

—¿Me puedo quedar a dormir en tu casa, Gorka?

—Claro, joé. Mi madre va a pensar que soy un casanovas. ¿Se dice «casanova» o «casanovas»? Joder, nunca lo sé.

—No sé, lo busco...

Ella sacó el móvil y buscó. Le explicó que iba sin ese y de ahí saltó a un vídeo de caídas y de ahí a uno de una chica que tenía una mazorca clavada en la broca de un taladro y cuando lo accionaba para que girara y comérsela se le enganchaba el pelo y se lo arrancaba, y ambos se rieron a más no poder. Y entonces Gorka pidió que buscara el Tráiler Honesto de *Crepúsculo*, que siempre que lo veía se partía de risa, y de un vídeo a otro se les pasó el final de la tarde y el principio de la noche tan tranquilamente y Melena se olvidó por completo de su madre, del espejo roto, de la vida complicada que tenía por delante, de la droga, se olvidó de todo y se rio como hacía tiempo que no se reía, solo viendo tonterías con su mejor amigo, al que estaba muy feliz de haber recuperado. ¿Cómo había sido tan mema de haberle puteado en verano? Qué tonta. Él era tan majo, tan… blanco. No había maldad en Gorka, por eso daba gusto pasar las horas tirada en el suelo a su lado.

*

Los adolescentes suelen querer pasar desapercibidos. Por eso, que la directora te llame por megafonía para ir a su despacho no es del agrado de nadie. Janine hubiera preferido algo de discreción, porque sabía que cuando volviera a clase habría revuelo y que todo el mundo le preguntaría el porqué de la llamada. Podría haberse inventado un montón de cosas para llamar la atención, pero lo cierto es que la llamada fue tirando a humillante; otra minihumillación más en el tranquilo día a día de Janine.

—¿Se puede saber en qué estabas pensando para hacer esa pintada en tu taquilla? —dijo la directora con bastantes malas pulgas—. Vamos, estoy esperando.

Janine no sabía qué contestar. Era obvio que el «Puta gorda» previo a su precioso dibujo manga era cosa de su querido repetidor, Mario, a quien no le había bastado con el salivazo en la cara, pero ¿qué debía hacer ella? ¿Acusarle sin más? Pruebas no tenía, pero no las necesitaba. Había mucha gente que susurraba «gorda» a su paso o que cuchicheaban con otros compañeros sobre su culo, sus brazos y demás, pero solo el lerdo de Mario podía ser tan cabrón y con tan poco seso como para pintárselo en la taquilla; todo lo que tenía de guapo lo tenía de inconsciente.

Si Janine decía la verdad, la cólera de Mario se desataría y ella acabaría el curso de muy malas maneras, pero se haría justicia. El problema es que Janine, que había leído muchos *shojo* de instituto, no creía para nada en la justicia divina de los profes, así que improvisó y se inventó un disparate.

—Ya, lo he hecho mal, Azucena, no sé en qué estaba pensando, me arrepiento muchísimo. Si me dejas que compre un buen disolvente, prometo limpiarlo y dejarlo perfecto. Es que no puedo evitar dibujar, estoy en una edad muy tonta y la energía me sale por ahí… Dibujo en todas partes, es mi manera de expresarme, y vi todas las taquillas iguales y pensé en personalizar un poco la mía. Dibujé primero un corazón, una cosa chiquitita, pero se me acabó yendo de las manos. Lo siento muchísimo, soy idiota, lo siento.

No es que la directora se creyera esa bola, pero es cierto que tenía otros berenjenales más importantes que atender y que Janine siempre había sido una estudiante correcta que no daba problemas, así que le dijo que se quedara después de clase a limpiar la taquilla y que no se fuera a casa hasta que estuviera totalmente borrada. Podría haberla expulsado un par de días como castigo ejemplar para que sus compañeros lo vieran o podría haber hablado con sus padres, pero en Las Encinas tenían una política de trato adulto con los alumnos: ella había cometido el delito, pues ella lo arreglaba responsabilizándose de sus actos.

Y así fue. A la salida de clase la chica habló con el conserje para que le facilitara un disolvente en condiciones, un estropajo y pintura gris para darle un acabado estupendo a la taquilla y dejarla como nueva. Frotó y frotó, sin quitarse de la cabeza a Mario en cada una de las pasadas de estropajo. Ella no lo odiaba, no sabía por qué, pero no. Suponía que al darle el hueco en su corazón del primer chico con el que lo había hecho le daba también bastante crédito para ser gilipollas, pero ese crédito se estaba agotando. Aun así, Janine se sentía bien por no haberlo delatado. El rencor no era una de sus características y eso la enorgullecía.

Nunca había estado sola en el colegio. Era una sensación de lo más extraña. No se escuchaba a nadie y ningún rezagado corría porque llegaba tarde a clase. No había nadie salvo ella, el disolvente y los restos de su pintada. Janine pocas veces estaba sola. Vivía en una casa enorme, pero entre sus hermanos y sus padres nunca tenía la sensación de intimidad o de soledad, siempre había alguien que la necesitaba para algo o alguna conversación de WhatsApp abierta que la mantenía en contacto con el mundo. Pero ahí, a las seis de la tarde, no había nadie.

Se puso los auriculares y lejos de darse por vencida con la mancha siguió frotando al ritmo de Amy Winehouse, que la fue poseyendo. Cantar no era una de sus virtudes, estaba bastante lejos de serlo, pero ¿sabes eso de que cuando cantas con auriculares no te escuchas muy bien y te sientes el mejor cantante del mundo? Pues ella se sintió la mejor cantante del mundo mientras cantaba *Valerie* por el pasillo, moviéndose como un pato mareado y bailando sin que nadie la viera. Igual era el efecto del disolvente o puede que solo se sintiera bien consigo misma. Por lo tanto: escupitajo en la cara superado.

*

La semana siguió avanzando con bastante normalidad. Paula y Gorka le daban muchas vueltas a lo que había hecho el sábado, pero no lo comentaban y delante de los demás era como si nunca hubiera ocurrido; es más, cuando Janine preguntaba por lo que hicieron, ellos se reían y le decían que era una pesada, pero estaba clarísimo. Se creó una dinámica de broma extraña con el suceso y les hacía hasta gracia.

Por su parte, Melena intentó evitar a su madre. Por lo general no le costaba, porque la señora podía desaparecer un par de días y luego subir *stories* en un yate, pero esta vez era diferente, y en vez de esfumarse sin más, caminaba como alma en pena por la casa con su bata japonesa y su venda mal puesta en los nudillos. Era como uno de esos fantasmas de las películas de James Wan, que parecían humanos, pero en realidad eran espíritus que no habían encontrado el camino hacia la luz. Desde luego, la luz no estaba señalizada para ella. Se levantaba y bebía. Comía algo que le traía algún repartidor y bebía más. Se tiraba en cualquier sofá o en el suelo o en la cama o en el suelo al lado de la cama y no hacía nada más que estar. Estar estaba, pero era como si ya no existiera, como si se hubiera desactivado y fuera un androide sin batería al que lo han reseteado.

Despidió sin mucha explicación a Ana, la chica del servicio, y las bolsas de Glovo se amontonaban con el resto de la basura. La casa, sobre todo la cocina, era un fiel reflejo de su estado emocional: basura, desorden y suciedad. Contra todo pronóstico, la dejadez de la madre iba haciendo que Melena se endureciese y cogiera las riendas. No es que se hubieran intercambiado los papeles, no, Mele no hacía de madre, pero sí que recogía cajas de pizza del suelo o esas enormes pelusas que se formaban debajo de la mesa. No era muy higiénico, pero las cogía con la mano y las convertía en una bola y las lanzaba a otro lugar, lejos de su vista. Si la familia de ambas hubiera sido más normal, Melena hubiera llamado a sus abuelos, pero nunca los conoció, porque según su madre: «No pienso volver a hablar con esos hijos de puta».

Decía que eran unos viejos interesados que solo querían sacar partido y pillar tajada del éxito de su hija, así que se emancipó con diecisiete años y nunca más se supo. Por tanto, no había tíos ni hermanos: solas ellas dos en el mundo. Nadie a quien pedir ayuda, ningún adulto responsable al que llamar para que le quitara la responsabilidad, aunque bien pensado ella no tenía ninguna responsabilidad. No era la primera vez que a su madre le daban estos viajes dramáticos a ninguna parte. Cuando conocía hombres con los que salía no motivada por la intención económica, sino empujada por la atracción real, por el impulso sexual o por lo que ella creía que era amor (que era solo mera atracción, miedo a la soledad y ansiedad) y luego estos se cansaban de ella y la dejaban tirada, le hacían *ghosting* en toda regla o la despreciaban con un poquito de violencia, ella podía pasarse días arrastrándose por la casa. Así que Melena estaba convencida de que la montaña rusa del drama y la comida basura llegaría a su fin en algún momento, por la cuenta que les traía a ambas.

La había visto loca otras veces, aunque nunca tanto tiempo y tan mal. No era solo por lo de la revista, eso era como la puntita del iceberg, la puntita que sobresalía en el mar de las decepciones de la madre: una punta que coronaba muchos problemas mentales, pero, según ella, también problemas circunstanciales. No era culpa suya que no la llamaran para trabajar, no era culpa suya que los hombres se alejaran de ella después de la segunda cita, no era culpa suya que la celulitis se estuviera adueñando de su precioso culo y que ahora pareciera una bolsa de frutos secos envasada al vacío. Todo era culpa de los otros, todo menos enviar balones fuera.

Melena pasó por encima de su madre —literalmente, pues estaba tumbada en la alfombra del salón—, subió a su cuarto y se fumó un porro tranquila o intentando estar tranquila. Pensó que podía hacer unas fotos de su lastimosa madre y venderlas a *Cuore* si se quedaban sin dinero: famosas venidas a menos había muchas, pero famosa venida a menos que reptara por el suelo no tantas. También fantaseó con la idea de que su padre, al que no conocía y del que solo había heredado una peca enorme en la espalda (dato insuficiente para empezar una búsqueda), apareciera como un salvador y se la llevara a otro país. Aquí no había nada que la atara, sería fantástico empezar una nueva vida lejos de la gente que sabía que se había quedado calva una vez, lejos de los adolescentes y sus tonterías y sobre todo lejos del ogro que era su madre.

Melena imaginaba algunas veces a su padre, pero en el fondo tampoco le importaba mucho. Pensaba en él porque tenía un mundo interior muy rico y pensaba en muchas cosas. Conociendo a su madre, había dos posibilidades de padre:

A) El rico empresario feo, gordo, viejo... Un señor maleducado, con los dedos amarillos de fumar, déspota, machista, crápula, explotador y todo lo malo.

B) El tío bueno con poco cerebro. El típico muchacho que no tenía nada, ni dinero ni propiedades ni inteligencia ni inquietudes.

Melena no entendía qué veía su madre en el prototipo B. El A era fácil entenderlo, pero el B... Había visto algunos del tipo B pasearse por casa e incluso había intentado hablar con ellos, pero era tan inútil como hablar con el bote de Fairy. Ella suponía que su padre no podía ser un B, porque si fuera un B, ella no sería tan inquieta mentalmente, sería tan tonta como una piedra y la habrían expulsado de Las Encinas. Por lo que su padre debía de ser un rico magnate machista y cazurro, un déspota sinvergüenza tipo Gil y Gil. Su madre tenía una extraña fijación por esos hombres, una extraña fijación llamada dinero.

El dinero la había empujado al matrimonio, al efímero, un par de veces posteriores al nacimiento de María Elena, y no tenía relación con ninguno de sus ex. Por algo sería. El caso es que por hache o por be la madre siempre se quedaba sola, acababa sola y se sentía sola. Melena estaba en casa, pero había varias habitaciones entre las dos, y aunque la hija estaba levemente preocupada, no tenía pensado salir ni arrastrar a su madre hasta el baño, darle una ducha, un par de bofetadas y decirle que dejara de lamentarse. No.

*

Haberse acostado con Paula no era un conflicto para Gorka, al revés, le estaba sacando mucho partido a su imaginario con aquella escena vivida en su cuarto. Pensaba en ello a menudo, pero no en plan «Qué mal», sino «Joder, qué bien». Las últimas veces que había visto a Paula no habían hablado del asunto. Si él sacaba el tema, ella lo evitaba de un modo ligero, porque se había colocado un peldaño por encima y parecía que solo quería pasar página rapidito. Gorka no se sentía mal con eso: las ganas de volver a hacerlo con ella eclipsaban las de recuperar la dignidad que había perdido al enterarse de que Paula pensó en otro mientras lo hacían. Quería volver a hacerlo con ella, así de simple, y que ella pensara en otro cada vez le parecía menos importante.

Salió de la ducha y se tumbó en la cama completamente desnudo y un poco húmedo, porque hacía calor y le gustaba notar las gotitas de agua que rezagadas se habían quedado perdidas por su espalda, sus hombros, sus abdominales. Cogió el móvil y buscó la conversación de Paula en WhatsApp... ¿Cómo lo hacía? ¿Le decía directamente que fuera a su casa, que sus padres no estaban? ¿O utilizaba un vocabulario más explícito propio de xvideos? Igual empezar con un «hola» bastaría...

Le había escrito muchas veces y luego lo había borrado, porque no tenía ninguna intención, pero esa noche sí que había una clara intención: quería que Paula fuera a su casa y se metiera en su cama. Punto.

> ¡Ey! ¿Qué haces? Estoy aburrido y tirado en casa, mis padres se han ido el finde a la casa de Almería. Por qué no te vienes? (Emoticono sonriente con gafas de sol)
> *Escribiendo...*

Oh, Dios, qué centésimas de segundo tan duras. Probablemente ella le haría un desplante o le soltaría un sermón. Fueron unas centésimas de segundo muy largas en las que él se arrepintió bastante de haberle dicho nada, pero ya lo había leído, el doble *check* azul estaba ahí y además estaba escribiendo.

> Ok. Me visto y voy.

Ay, Dios... Joder, pues no ha sido tan complicado, es que a veces ser sincero es la llave que abre todas las puertas. Yo qué sé. Yo quiero follar, tú quieres follar, pues dale. A ver, que adultos no somos, pero los dos somos suficientemente maduros para sa-

ber lo que queremos, cuándo lo queremos y tal…, y yo sé que no va a significar nada, que no va a ser una cita, que viene a lo que viene, pero es que yo voy a lo que voy. Eso sí, me lo pienso currar para que la próxima vez sea ella la que me lo pida.

Gorka se engañaba a sí mismo. Ni era tan maduro ni sería tan fácil que el acostarse de nuevo con la chica que le gustaba no significara nada. Él hablaba de follar y fantaseaba con ambos en todo tipo de escenas guarras, pero en el fondo sabía que, si Paula entraba en su cama, sería delicado y le haría el amor. Nada de perrito como en su sueño o de bajarle la cabeza como había imaginado, nada de eso.

Paula no tardó en llegar. Ambos vivían en la misma urbanización y, aunque todas las casas tenían piscina y jardines exagerados, estaba a tres manzanas de su casa. Él abrió la puerta sin camiseta, perpetrando muchos clichés, solo vestido con un pantalón cortito de chándal, y Paula le miró de arriba abajo: el chico estaba muy bien y eso era innegable. Ella llevaba un vestido de flores con tirantes y tenía gotitas de sudor en la frente, pero no era desagradable, hacía mucho calor. La escena podía ser perfectamente el inicio de una de esas que él veía varias veces, las típicas de la chica que va a casa a ver a su amiga y no está, pero está el hermano mayor, aunque ahí mayores no había nadie. Gorka le dijo que pasara y ella se negó.

—No, Gorka, no voy a entrar. Perdona si parezco rancia, es que el otro día te lo dije claro y no quiero que esto sea un problema entre nosotros, porque, joder, te quiero y eres mi amigo… Y sí, besas que te cagas de bien y estás buenísimo, pero no me gustas, Gorka, no te lo tomes a mal. O sea, que me gustas como persona, que me parece que estás buenísimo y me encanta estar contigo, eres de mis mejores amigos, pero no vamos a pasar la frontera de ser amigos con derecho a roce. El otro día estaba hecha un lío, ya te dije: estoy enamorada de otro y el alcohol y eso, pues... —Negó con la cabeza—. Yo qué sé, que me confundí, Gorka, pero hoy estoy muy lúcida, y aunque veo esos abdominales tan monos y ese pectoral tan definido, no tengo el impulso de tocarte. Lo siento, así que zanjo aquí este tema, ¿vale? Podemos hablar de ello de fiesta y echarnos unas risas, y si alguna tía me pregunta le diré que eres un amante maravilloso y que no me arrepiento para nada de que hayas sido el primero, pero en mi cabeza el primero ha sido el otro, ¿entiendes? No, en serio, ¿entiendes? —insistió Paula.

—Vale..., lo entiendo, ok, vale. Perdona, me lo pasé guay y pensé que...

Ella sonrió, y la dureza y la sinceridad de sus palabras dejó paso a la amabilidad. No había acritud, pero sí que había un punto final entre ellos en lo que al sexo se refería. Le dio un beso en la mejilla y le dejó en su casa.

Paula estaba convencida de su decisión. Tener un follamigo hubiera estado bien, pero él no era el adecuado porque saltaba a la vista que sí sentía algo por ella, y utilizarle era injusto, eso pensaba.

Como se había vestido y se había peinado —bueno, se había hecho una cola de caballo—, ya que estaba en la calle le apeteció dar una vuelta. Se colocó los auriculares y dio un paseo por el pueblo, escuchando canciones clásicas como *Ordinary World* de Duran Duran. En lo que a música se refería, ella era un poco *vintage*... Era muy joven, por lo que *vintage* era escuchar música de Aerosmith y canciones de los noventa.

Inconscientemente o no, sus pasos la llevaron a la calle de Samuel. A lo lejos le vio sentado en su portal hablando con el chico árabe de la tienda de alimentación, el hermano de Nadia, su compañera de clase. Al menos ella creía que eran hermanos, pero no lo sabía seguro. Omar se fue y Samuel se quedó solo sentado en las escaleras, y como Paula ya era la nueva Paula, no dio media vuelta como hubiera hecho, se acercó para descubrir que Samuel iba en esmoquin como en las películas románticas. Si tenía que surgir algo entre ellos, esa era la noche adecuada.

Venía embravecida por el discurso que le había soltado a Gorka, por lo que se sentía imparable y un poco desatada. Esta fue la conversación, palabra por palabra:

PAULA: Hola.

SAMUEL: Hola.

Paula iba a pasar de largo, pero se paró y retrocedió.

PAULA: ¿Mala noche? Vas muy guapo para tener tan mala cara.

SAMUEL: Gracias.

Samuel sonrió y Paula notó que había ganado un punto, que el primer paso estaba superado.

SAMUEL: Jo, pues yo me siento disfrazado.

PAULA: Ya, me imagino, no tiene mucho que ver con el delantal de la hamburguesería… ¿Estás bien?

SAMUEL: Nada, que la noche se ha complicado un poco más de lo que imaginaba y, bueno, problemas con un colega.

Vale, él ya había dado un paso, había hablado y había entrado en el juego de la conversación. Paula se apoyó en la pared, pero no parecía que la conversación fuera a fluir mucho más, por lo que le saltaron las alarmas... Tenía a Samuel a tiro y había conseguido decirle dos frases y no parecer *retarded,* que era como se sentía siempre que lo tenía delante.

«Venga, Paula, venga, Paulita, di lo primero que te pase por la cabeza, lo primero que te surja, lo primero, pero di algo o va a pensar que eres una incrustada...». El silencio entre los dos se estaba volviendo un poco más incómodo y Paula disparó lo primero que le pasó por la cabeza.

PAULA: Perdona, eh... ¿Te puedo pedir una cosa?
SAMUEL: ¿Cómo? ¿Qué? Claro.
PAULA: Me puedes... ¿me puedes dar un vaso de agua? Hace un calor esta noche...
SAMUEL: Joer, dímelo a mí, que voy vestido de pingüino. Claro, sube.

Vale... Paula estaba subiendo tras Samuel la escalera de su casa. Él iba en traje y la invitaba a entrar en casa. Ella registró cada gesto de él. Entró, tiró las llaves encima de la mesa y se quitó la pajarita desabrochándose el primer botón de la camisa. Pasó a la cocina y no parecía que hubiera nadie más en la casa. Bien. Samuel sacó un vaso del armario y abrió la nevera.

SAMUEL: No hay fría, tendrá que ser del grifo.
PAULA: No me importa, da igual, mejor para la garganta.

Pero ¿qué chorrada era esa? ¿Mejor para la garganta? Vaya estupidez. Que viene, que viene...

Samuel salió de la cocina y le dio el vaso, sus dedos se rozaron un momento y a ella le pareció algo muy eróti-co, él probablemente ni lo registró. Se quitó la chaqueta y la dejó en el sofá. Paula le dio un sorbo chiquitín, que-ría que ese agua le durara hasta que se le ocurriera un comentario ingenioso para que él viera lo elocuente y maja que era o que tenía ángel, como Marina, o que se enamorara de ella, pero eso estaba muy lejos de que pasara. Samuel estaba muy ensimismado en sus pensa-mientos y ni reparaba en esa chica con vestido de flores que aguantaba de pie frente a él.

> PAULA: Me encanta esta casa, es como muy... rústica.
> Cagada. Samuel asintió, pero esta vez sin sonrisa ni nada.
> SAMUEL: Pues...
> PAULA: Pues..., pues ya estaría. Gracias por el agua.
> SAMUEL: De nada, Paula, por favor.

Paula no supo qué decir, buscó algo, sus orejas echa-ban humo y exprimió su cerebro como si fuera un paño mojado, pero nada. Así que dejó el vaso muy digna en la mesa, le dio las gracias nuevamente, le dijo que se ve-rían en clase y se fue. Él cerró la puerta y fin.

Objetivamente, la escena había sido de lo más tonto, pero para ella había sido todo un subidón. Bajó la esca-lera corriendo y corrió calle abajo como si hubiera sido la escena más romántica del mundo. No estaba distor-sionando la realidad, sabía que había sido una tontería, pero había estado con el chico que le gustaba; no solo eso, había bebido en uno de sus vasos en los que él habría bebido… Sus labios habían estado donde los suyos y eso era un beso indirecto, y además Samuel había dicho su nombre. Nunca «Paula» había sonado de un modo tan precioso como en sus labios, sí, estaba muy cursi, pero estaba muy enamorada.

Su corazón palpitaba exageradamente, y lo notaba como si fuera enorme, como si le llegara del ombligo a la garganta, como si todo su organismo fuera un rítmico y exagerado corazón, y sonreía como una pava mientras caminaba por la calle. Por suerte no se encontró a nadie. Era una pena que la escena no hubiera ido a más, porque habría sido perfecto, pero tal vez si Samuel hubiera tomado la iniciativa, a ella le habría reventado ese enorme corazón palpitante que sentía. Si solo escuchar su nombre en su boca o beber de su vaso le había provocado tal impacto, tocarle, abrazarle o besarle la habría reventado ahí mismo, hubiera sido una explosión de purpurina y de mariposas y corazones, pero una explosión a fin de cuentas. Así que casi mejor. Pero qué podía hacer ella con toda esa energía, con toda esa excitación, con todo eso que la estaba volviendo loca. No podía llamar a Janine, porque nunca le había confesado su amor por Samuel. Así que le dio vueltas y se le ocurrió algo muy loco que hacer, y lo hizo.

*

Gorka estaba metiendo una pizza congelada en el horno. El discursito de Paula le había dejado con la libido por los suelos, así que no se sació viendo porno o solo pensando en su memorable polvo. Intentó jugar al PlayerUnknown, pero se le dio muy mal y le mataron de los primeros. Era pronto, no tenía sueño y tampoco hambre, pero algo tenía que cenar, así que encendió el horno y mientras se calentaba dio vueltas Netflix arriba, Netflix abajo para ver si encontraba algo con lo que distraerse. Y lo iba a encontrar…

El timbre de la puerta le pilló en la cocina y con desgana fue a abrir para descubrir allí de pie a la eufórica de su amiga Paula, con el doble de sudor de la primera vez que fue a visitarle esa noche y con el triple de ganas de todo. Sin decir nada, se abalanzó sobre él y le besó en la boca, él se dejó llevar. Quiso pararla, tenía muchas preguntas y muchas quejas respecto de la actitud mareante de la chica, pero cuando sus bocas se juntaban pasaba una extraña magia entre ellos, se creaba una especie de canal cósmico o a saber, y todas las palabras que le venían a la cabeza eran devueltas a raquetazos a la inseguridad de la que procedían. Ella saltó sobre él, como un koala de cincuenta y tres kilos, y se besaron de un modo desordenado. Si ralentizaras ese beso, verías la lengua de ella fuera de sí, casi lamiéndole la cara entera. Haciendo alarde de su fuerza, él la llevó al salón y la lanzó al sofá, pero ella tenía otros planes y, antes de que él pudiera tumbársele encima, Paula ya estaba de rodillas frente al chico, le bajó el pantalón del chándal, enérgica, tanto que él tuvo que decirle «Con calma», pero ella no le escuchó ni le obedeció porque ya no estaba con Gorka en esa casa, sino con Samuel vestido de esmoquin en la suya.

Tras la bajada de pantalón empezó algo así como una yincana del amor desenfrenado por todas las habitaciones de la casa. Corrieron escalera arriba y se detuvieron en el pasillo de la primera planta para hacerlo de pie contra la pared. Y de ahí ella, haciéndose la sexi, caminó desnuda hasta el dormitorio de los padres de él. Se tiró en la cama, emulando sin darse cuenta la postura de la crucifixión. Él se llevó las manos a la cabeza sonriendo, pero sintiéndose raro al invadir el cuarto de sus padres, donde probablemente él mismo fue concebido. Pero quién podía negarse a esa rubia sonrojada que tomaba las iniciativas como poseída por cualquier chica de portada de la revista *Primera Línea*. Gorka insistió en ir a su habitación, pero ella se negó. Se negó, por supuesto, porque era muy difícil pensar en Samuel estando en la habitación de Gorka que tan bien conocía. El chico accedió y se revolcaron en la cama, dando rienda suelta a todos los sonidos y gemidos que censuraron la primera vez que lo hicieron. Justo en el momento en el que Paula acabó, un segundo después del clímax, Samuel se desvaneció de su cabeza y solo quedó su amigo Gorka en algo así como un atolladero del que iba a ser muy difícil salir.

—Vámonos de aquí, porfa —dijo Gorka mientras le pasaba una toalla para que se limpiara.

Paula recogió su ropa por toda la casa, esa era la segunda parte de la yincana: encontrar su sujetador, su sandalia derecha… Entró en la habitación del chico y, armada de valor, estaba a punto de soltarle un *speech* de que eso estaba mal y esas cosas de manual, pero…

—Oye, Gorka, ¿huele a quemado?

El chico salió corriendo por patas, casi arrollándola: se había dejado el horno encendido y estaba todo lleno de humo. Eso le dio a ella varios segundos para preparar su monólogo, pero cuando él volvió, la frenó antes de que abriera la boca.

—Mira, Paula, cuando te me has lanzado he estado a punto de empujarte y de decirte, ¿de qué coño vas, tía? Y lo lógico es que ahora me cuentes qué coño te pasa por la cabeza, si eres bipolar o qué, pero ¿sabes? No quiero saberlo, de verdad. No me lo cuentes, me da igual. No me importa si estabas conmigo o estabas pensando en ese otro tío, así que siéntate, me lío un peta, nos abrimos una cerveza y hablamos de lo que te dé la gana, menos de esto, ¿estamos?

Él parecía tan seguro de sí mismo, de sus palabras, que ella no tuvo alternativa y se calló, se sentó frente a él, le acarició la cabeza como se lo hubiera hecho a uno de sus primos pequeños, y ambos sonrieron. Gorka cogió la guitarra y se puso a tocar. Qué guapo estaba el chico solo con su pantaloncito de chándal, con las mejillas todavía sonrosadas por el esfuerzo y por la carrera hasta la cocina para apagar el horno y con su guitarra española entre las manos. No era un gran músico, pero se defendía, aunque a veces se equivocaba y rectificaba, pero Paula nunca le había visto así y le pareció muy mono. Gorka tocó *Echo de menos* de Kiko Veneno y pasó a *Creep* de Radiohead, y ella no pudo evitar cantarla con él, desafinando y un poco regular, pero sin duda para Gorka fue la mejor versión.

Una cosa llevó a la otra y se sintieron tan a gusto y tan bien que fue inevitable que saliera un tema tabú para los dos: Melena y su verano secreto. Y que conste que él no quería decirlo, no quería soltarlo, pero estaba muy cansado de que se especulara sobre el asunto y sobre todo de que sus propias amigas especularan sobre ello. No le parecía algo de lo que avergonzarse: a su amiga se le fue de las manos, pero ¿y qué? Había ido a un sitio y ya estaba curada. No le parecía justo que la gente pensara cosas de ella que nada tenían que ver con la realidad. Así que lo dijo, confesó el secreto de Melena, lo contó, no como un chismorreo (le hizo prometer a Paula que no lo diría), sino como un dato importante de la vida de una amiga, algo que debían saber. Él se lo justificó muy bien ante sí mismo.

Imagínate que de pronto en una fiesta Paula tiene M, que no es lo más probable, porque es la menos yonqui del grupillo, pero imagínate que salen y aparecen las drogas, sería guay que ellas supieran que tenían que apartarlas de Mele, que no deberían ofrecérselas… Vale, hasta a mí me parece una chorrada y una excusa estúpida, pero yo qué sé, me apetecía decírselo para que viera que me estaba abriendo, que estaba confiando en ella, y Melena nunca se enteraría, así que no había nada de lo que preocuparse. Sí, lo dije y automáticamente me sentí un poco mierda y un bocas, pero puede que lo sea, puede que sea un bocas. Contar un secreto ajeno da como gustito mientras lo dices y remordimientos después. Pero Paula es maja y no se va a ir de la lengua, ¿qué iba a hacer con esa información? Nada. Vale, soy un puto bocas.

La policía tenía un principal sospechoso: Nano. Era cierto que no tenían muchas pruebas, pero todo estaba lleno de sus huellas, sobre todo el cuerpo de la chica, y alguien le vio salir corriendo abandonando la escena del crimen. A falta del análisis de los restos forenses, eso era lo más sólido que había en el caso del asesinato de Marina. Si él no fuera el culpable, habría ido corriendo a denunciar la muerte de la chica, pero su silencio hizo saltar las alarmas, y todos los dedos le señalaron a él.

Tenían pensado fugarse juntos y Marina, ese mismo día, había cambiado de opinión, por lo que ya había un motor para que él cometiera el crimen. Solo había algo que aún desconcertaba a la inspectora, una pieza suelta: el diario.

Era fácil adivinar que Nano tenía poco que ver con él, pero no podía obviarlo y ya está, no dejaba de ser una prueba. Los asesinatos no siempre los cometía un solo asesino. Ella veía que la hipótesis del sentimiento de traición que sintió Nano era bastante sólida, y junto a su huida de la escena del crimen tampoco era un punto a su favor, pero por otro lado no dejaba de repetirse la frase

«Julia, eso es lo fácil». Y era lo fácil, pero no tenían más pistas, no tenían más hilos de los que tirar que ese diario de pastas rosas.

La inspectora se sacó otro café y lo ojeó nuevamente en su despacho, deteniéndose en el odio que contenía. Podía entender la ira adolescente, pero ¿esa ira podía llevar al asesinato? Eso no lo veía claro, aunque entre las posibilidades que había sobre la mesa y con las pocas piezas que tenían, era fácil pensar que la persona que había escrito esas barbaridades había convencido a alguien, ya fuera de un modo explícito o tan solo inyectándole el veneno de su propia rabia, para que lo hiciera. Eso parecía rocambolesco, pero la inspectora sabía de infinidad de casos tipo Lady Macbeth: te como la cabeza, te manipulo para que tú te manches las manos mientras yo veo impune la tragedia desde la grada.

Ella tenía claro que el autor del diario no podía ser el asesino. Una persona que escribe en secreto sus intimidades, que no las comenta, que no genera un conflicto real, a duras penas tendrá la valentía necesaria o el impulso asesino de reventarle la cabeza a alguien a sangre fría. Lo más probable es que alguien acostumbrado a despotricar en un diario hubiera intentado matar de un modo meditado, organizado, pensando mucho las consecuencias… Quizá valiéndose de un tercero, ¿de Nano? Recordó algo parecido que pasó unos años atrás, otro crimen de instituto.

Dos enemigas de clase, las dos guapas, las dos excelentes alumnas y las dos hijas modélicas, optaban para el puesto de representante en el consejo escolar, ambas lo deseaban y ambas se odiaban. La primera chica era echada para delante, enérgica, deportista y no tenía ningún reparo a la hora de manifestar su rechazo hacia la chica B. La criticaba bien fuerte y tiraba sus argumentos por tierra siempre que podía. Mientras que la chica B era más reservada, nunca se enfrentaba en público y se guardaba su odio de puertas adentro de su habitación. La chica A falleció poco antes de las elecciones del consejo y se descubrió que alguien cercano a la segunda chica le había estado envenenando la comida durante meses, con un veneno que resultaba mortal en pequeñas dosis y que primero la hizo enfermar y después acabó con su vida, convirtiendo a la chica B en la ganadora, hasta que se descubrió el pastel y cumplió condena.

Esto no quería decir que el autor del diario tuviera pensado envenenar a Marina, pero sí quería decir que, en el caso de que tuviera un impulso asesino, no lo habría solventado con un golpe improvisado en la cabeza. O sí, a saber, eran solo hipótesis y crearlas era algo que a la inspectora le fascinaba. ¿El autor de ese diario era como la chica B o solo era una persona resentida que vomitaba su odio para desahogarse?

Capítulo 5

Janine no era una psicópata, que ella supiera. Se planteaba muchas cosas, y claro que pensaba en la muerte
de los demás o en la suya propia en algunas ocasiones,
pero eso era algo muy típico, no formaba parte de una
vertiente sádica, sino de tener un mundo interior muy
rico y demasiado tiempo para aburrirse. El sentimiento
de odio lo tenía muy desarrollado como el resto de sus
compañeros de clase, pero era un mero entretenimien-
to y se le pasaba rápido. Odiaba claramente a Lu, a Carla y a Marina, porque siempre se había sentido un poco
desplazada por ellas, que iban de buenas, pero en realidad el clasismo las cegaba.

Al ser una nueva rica se sentía como una sangre sucia,
una *muggle* en Hogwarts, y sabía que su uniforme talla 40
también era algo que le hacía bajar peldaños en la escalera
de la popularidad. Por eso había desarrollado cierta manía
a las populares tallas treinta y nada. Le daba rabia el aire
hipócrita que se respiraba. Hablaban a veces, a veces eran
majas con ella, pero si rascabas solo había diferencia social
y eso la ponía de los nervios. Pero en esos miniencuentros
de clase en plan «déjame esto» o «¿cuándo era el examen?»

Janine se mostraba muy amable para que ellas vieran que se estaban perdiendo a una tía guay. Ese era el *quid* de la cuestión: le daba rabia que nadie hubiera intentado conocerla porque su imagen o su nueva posición habían creado una barrera entre ella y el resto de los compañeros. Ella se sentía a gusto con sus amigos y no necesitaba a nadie, pero en algunos momentos fantaseaba con ser más popular, con pertenecer al grupo; bueno, no, fantaseaba con que no había grupos, ni clases. Ella, la idealista.

Janine estaba muy orgullosa de cómo estaba creciendo, de cómo era capaz de enfrentarse a muchas situaciones adversas que aparecían en la vida o de cómo era capaz de mantener una conversación o formar parte de un debate cuando venían los amigos de sus padres a cenar, por ejemplo. Y algo que la enorgullecía muchísimo era cómo había afrontado todo el tema de Mario. Un par de años antes, se hubiera tirado de los pelos, pero creía, e intentaba pensarlo de un modo objetivo, que había obrado bien. Trató de hablar con él con normalidad, sí, borracha de Jäger pero con normalidad, y no funcionó. Intentó hablar con él y hacerse entender, sin alcohol de por medio, y tampoco funcionó. Y respecto a lo de la pintada, pues a ver. En vez de llorar hizo lo que mejor sabía hacer: que lo feo fuera bonito. Y cuando estuvo con la directora no se chivó, pero una extraña sensación de injusticia teñía este sentimiento de paz consigo misma. No quería achantarse frente a nadie, no era eso lo que había aprendido a lo largo de su vida, y quedaba todavía bastante curso como para vivirlo con miedo, escondiéndose por los rincones, cuando claramente ella no había hecho nada.

Lo que Mario no sabía es que Janine tenía un as en la manga. No pensaba contarle a nadie lo que hicieron, porque eso no tenía ningún sentido y no la colocaría en un buen lugar y no la creería mucha gente. Que pregonara que se había acostado con el tío repetidor del último curso, el que parecía un Christian Grey a la española, no le haría subir popularidad y perdería toda la credibilidad. Pensó que todo era culpa del heteropatriarcado: los tíos fardan de sus conquistas y de las muescas de su revólver, pero, si lo hace una chica, es una golfa, una fresca y alguien de quien no te puedes fiar. Eso estaba mal, pero no iba a empezar una cruzada en plan Juana de Arco, pues la veía perdida. Lo que tenía muy claro era que no se iba a quedar con los brazos cruzados como una pardilla, porque ella ya no era esa pardilla. Así que se levantó de la cama y asintió ella sola, tomando una decisión. Luego se sintió muy tonta por haber asentido sola en su cuarto. Fue a la cocina y celebró su plan comiéndose una bolsa de Jumpers. Siempre había pensado que engordaban poco porque eran horneados y eran puro aire: se equivocaba. Cómo somos las personas: Mario y Janine estaban inmersos en el mismo conflicto. Ella se pasaba el día dándole vueltas al coco y él:

Joder, qué pesada esa tía de Tinder. En las fotos parecía que estaba buena, pero que no haya dejado de hablar en el chat y preguntarme mierdas como pianos, en plan «¿Qué tal tu día?», hace que la acabe viendo como un orco. Paso de las tías que hablan. Me mola que hablen, pero me mola que me escuchen. No es ego, es que a veces tengo cosas más interesantes que decir que ellas. Últimamente solo quedo con universitarias porque estoy cansado de los numeritos de las niñatas. Las niñatas van de liberales, de liberadas, y luego te montan pollos a la primera de cambio, porque aunque te dicen que sí, que les parece bien solo sexo, luego es todo un cuento y lo que quieren es ir al cine, qué fijación tienen las tías con el cine. Yo paso del cine, a mí el cine me parece un robo y un coñazo. Si puedes ver una peli tirado en el sofá para qué vas a pagar nueve pavos por ir a verla en un sitio donde no puedes ni hablar. A mí me gusta hablar en las pelis, es que siempre me adelanto a lo que va a pasar, quién será el asesino y eso.

Las universitarias son mejor, porque no quieren novios, pero son unas pesadas de tres pares de narices. Madre mía, cómo les gusta darle al palique. Piquipí, piquipí…, te taladran y yo las miro pensando: «¿Quieres callarte de una puta vez, pedazo de brasa, y llevarme ya a la habitación?». Muchas veces pienso si no tengo sentimientos.

Una vez vi una peli del que hace de Batman en las últimas, American Psycho se llamaba, y me vi muy reflejado en el protagonista: un tío guapo, con dinero y con pocos sentimientos. Sin empatía. Yo no tengo empatía. Yo no lloro. Lloro poco, no recuerdo cuándo fue la última vez que lloré. Ha muerto gente en mi familia, mis abuelos y todo, y yo solo estaba pensando en el dinero que iba a pimplar de ahí. Me dio igual. Creo que podría matar a alguien, como el de la peli, y que me diera igual. Yo no elijo ser así, mala persona, porque yo me considero mala persona, lo soy. Es que no me nace nada dentro. Como si fuera lo de las tías que no pueden tener hijos, estéril, eso, estéril, pero de alma, ¿sabes? Yo pienso mucho… Si pudiera elegir, no elegiría ser sensible, prefiero ser así, que no me importa mucho nada, aunque me joden muchas cosas. Soy un tío con suerte. Soy joven, pero la gente dice que aparento casi treinta y eso me abre muchas puertas. *Nunca me han pedido el DNI y puedo entrar en todas las discos y reservados que me dé la gana, y eso tiene una parte dura: los lameculos. Buah, tengo cientos de esos. Que yo lo entiendo, soy alguien que pilota, que mola, y es normal tener un rebaño de borregos siguiéndome. A veces me mola, pero normalmente me la suda. Si se mueren me da igual. Es lo que te decía antes, no tengo sentimientos. Yo estoy en una posición acomodada, pero me lo he currado solo. Machacándome en el gimnasio, creándome la fama de* fucker, *porque lo soy, no lo puedo evitar. Me gusta follar, me gusta gustar y lo necesito…, necesito hacerlo muchas veces. No me sirve con pelármela y ya está, porque eso me mola, pero no me produce lo mismo que estar con una tía. No es que me guste el cortejo, pero llevarme a una tía a la cama me satisface no solo sexualmente, sino que me da subidón, porque pienso: «Joder, Mario, qué puto* crack *eres, puedes acostarte con quien te dé la gana».*

Hay rumores de que me tiré a una profesora. Son ciertos, pero prefiero no hablar de eso ni buscarle problemas a nadie. Es que me gustan mayores y, si acceden, qué le voy a hacer, ¿negarme? No, qué va, sería un tonto a las tres si dejara pasar una oportunidad. Antes apuntaba mis conquistas, pero llegó un momento en que se me acumulaban y se me olvidaba, así que perdí la cuenta, pero son muchas, créeme, muchas.

¿Novia? Yo paso. Alguna vez lo he intentado, pero no creo en la fidelidad y normalmente las tías no lo entienden, así que yo no voy a hacer ningún sacrificio. Si encuentro una tía que me vuelva loco, pues igual, pero ya te digo que como no tengo sentimientos, lo voy a tener complicado. Pero, ¡eh! Que no soy un tío frío… Me gustan los animales un montón. Tengo apadrinados un puñado de perros en una protectora y a veces voy a verlos y tal. Pero no me ofusca el ser así, yo me gusto como

soy y no tengo intención de cambiar, ¿para qué? Si me va bien... Soy un tío sano, entreno cuatro horas diarias y no tengo problemas con nadie. Con casi nadie. Porque a veces me he dejado llevar y no he pensado con la cabeza y la he metido donde no debía y eso me ha traído peleas con novios, griteríos en el pasillo, dramas en la discoteca..., pero a lo hecho pecho.

Mario era un tío tan seguro de sí mismo que daba miedo. Que se comportara como un cretino y fuera de sobrado por la vida no era solo culpa de él o de su falta de autocrítica. Desde bien pequeño fueron alimentando esa hoguera y tanto sus padres como sus tíos y el resto de los adultos de su entorno fueron diciéndole lo maravilloso que era y pasándole, sin límites, todas las cosas que hacía mal. Nunca le castigaron, nunca se enfrentaron a él y se fue convirtiendo en un niño alfa que hacía lo que le daba la gana y nunca había una consecuencia negativa. Siempre tenía su paga, siempre tenía a sus colegas que le adoraban y le vitoreaban sus triunfos de cama, y su vanidad, su ego y su falta de empatía fueron creciendo de manera desproporcionada..., y como era tan guapo, tan fuerte y con ese pelo de tan buena calidad y vivía en esta sociedad, todo lo tenía fácil y todo se lo ponían en bandeja. Y ¿qué pasa con un adolescente sin límites, que no se esfuerza por nada, que lo tiene todo y que además es venerado? Que no crece, que no madura y que se convierte en un cretino integral, totalmente equivocado, con un concepto de la vida real bastante distorsionado y nada preparado para las relaciones sociales o laborales. Déspota, tonto, pero con un mentón que ya lo quisiera Gastón el malo de *La bella y la bestia* para sí.

Él hablaba con mucho conocimiento de causa de su síndrome de la ausencia de sentimientos. Había leído un montón de cosas en internet, en Yahoo respuestas, y aunque nunca lo había concebido como un problema, él lo veía como una virtud o un rasgo, le interesaba saber si le pasaba a otra gente. Y sí, había un puñado de comentarios de chicos y chicas jóvenes que padecían de lo mismo, algo poco alentador y que hacía pensar que la sociedad se iba al garete.

¿Un adolescente podía matar a otro a sangre fría y su sentido común no le hacía entregarse o ver que había sido un grave error? Podía, y los alumnos de Las Encinas estaban a nada de descubrirlo y recibir así una bofetada de realidad.

*

Gorka estaba pletórico. No se estaba planteando nada y estaba disfrutando mucho de la situación. Se había acostado dos veces con la chica de sus sueños y no pensaba en las consecuencias ni en que ella no sentía lo mismo por él. Era un martes cualquiera. Había quedado con Mele para tomar algo en La Cabaña. Gorka era un pozo sin fondo: comía a todas horas y seguía muy fibroso, así que podía merendarse una hamburguesa o dos, patatas grandes, Coca-Cola y gofres y seguir tan ligero como un ninja. Por mucho que lo intentara, esa tarde no era capaz de disimular su sonrisilla de pillo. Es que estaba contento y radiante y se le veía hasta más guapo. Y Melena se lo notó.

Primero él se hizo un poquito de rogar, tomó una última cucharada de los restos de gofre que naufragaban en el charco de helado de vainilla y se aproximó para contarle la segunda experiencia sexual.

—Pero entonces ¿sois novios?

Gorka divagó y lanzó balones fuera diciendo cosas en plan «no nos gustan las etiquetas» y bla, bla, bla, pero acabó confesándole que a ella él no le molaba de ese modo. Si hubiera estado con los chicos del gimnasio nunca lo hubiera dicho, pero no tenía que hacer papel de fanfarrón con su mejor amiga y no le importaba quedar como un pequeño perdedor del amor al contarle la verdad.

—Yo creo que le gusto, pero ella no lo sabe. O sea, me dijo muy drástica que no sentía nada por mí y una movida muy cruel de que había estado pensando en otro mientras se acostaba conmigo, pero luego vino a mi casa y se me lanzó como una puta loca a los brazos. Salvaje es poco.

A Melena no le hacía ninguna gracia que Paula utilizara a su amigo, porque por mucho que ellos jugaran al juego de la madurez sexual sin ataduras, era obvio, por la carita del chico, que él estaba pillado y que tenía muchas esperanzas puestas en ella. Eso era el principio del autoengaño. Gorka tenía aires de chulito y podía frivolizar con el sexo, pero en el fondo, para él, el sexo estaba vinculado al amor y pensaba que a través de esos polvos podría llegar a enamorar a su amiga, aunque de esto ni siquiera era consciente al cien por cien. Pero Mele conocía a Paula y sabía que nunca saldría con un chico como Gorka. ¿Por qué? Pues porque Paula era una niña rica, maja pero pija, y soñaba con romanticismo y bodas en la playa, y su amigo, que aun siendo muy adinerado tenía un punto vulgar, era muy guay para tenerlo de comparsa en su pandilla, pero no para compartir un idilio con él. Como amiga, Mele se vio en la tesitura trágica de decirle lo que pensaba, aunque él no quisiera oírlo.

La cara iluminada de Gorka fue cambiando rápidamente a la mínima que Melena empezó a decirle que debía frenar esa historia para ya, que Paula estaba jugando con él y que nunca serían novios. Por mucho que intentó disimular escondiendo su mirada en los restos de su plato, los ojos se le encharcaron un poco. Es lo que pasa cuando alguien te quita la venda, que los ojos ven un montón de cosas que no quieren y que se sufre, y Gorka estaba sufriendo, y como se sentía muy incómodo, prefirió abortar el plan de la merienda larga y decir que tenía que irse a hacer el trabajo de matemáticas.

Melena se sentía mal, no quería herirle, pero la labor de los amigos, de los que lo son de verdad, es esa: estar, escuchar, alegrarse con las alegrías, pero dar guantazos de realidad cuando es necesario. Más valía que él lo sufriera ahora a que siguiera en ese proceso lento de avivar las llamas del engaño.

*

Cuando Paula tenía las tardes libres, le gustaba dar vueltas por el centro comercial. No era un cliché de niña rica, pero le encantaba quemar la tarjeta de crédito. Su habitación era enorme, con un vestidor más grande que el salón de muchas chicas de su edad. Era muy ordenada y tenía la ropa colocada por colores, y ese orden le daba mucha tranquilidad. Ropa y más ropa por estrenar que jamás se pondría. En el centro comercial nunca encontraba cosas que le gustaran, porque las tiendas de Inditex no eran su rollo. Ella era carne de Asos y compraba todo por internet, pero de vez en cuando podía sucumbir a unos básicos de Zara, nadie tenía por qué enterarse. Eso sí, era una compradora veloz, siempre iba sola, no necesitaba opiniones… Con lo insegura que era para todo lo demás, para eso tenía una visión superclara. Además, jugaba con la baza de que odiaba probarse la ropa en los probadores, así que la compraba y se la probaba en casa y, si algo no le venía bien, Luisa, la chica que trabaja en su casa, lo devolvía y ya está. Pero esa tarde no estaba mucho por la labor. Había salido para quitarse un rato de la cabeza su no-historia con Samuel, pero no podía quitarse de la mente a otra persona: Gorka. Paula tenía sentimientos, tenía corazón y sabía que lo que había hecho con él no era algo de lo que enorgullecerse, pero el chico facilitó tanto las cosas y se lo pasó tan bien con él revolcándose por toda la casa o escuchándole tocar la guitarra sin camiseta que tenía cierto cacao mental con el temita.

Gorka no me gusta. Es cierto que esta última vez que nos acostamos su presencia, en algunos momentos, hizo que Samuel saliera de la ecuación, pero aun siendo un espejismo intermitente, él era al que yo estaba deseando mientras lo hacíamos y al que imaginaba entre mis piernas. Pensar en Gorka de un modo sexual es raro e incestuoso, pero estaría mintiendo si no dijera que ahora lo veo de un modo diferente. Siempre me ha caído genial, pero siempre me ha parecido un poco memo y bobo y eso es guay para alguien que es tu amigo, no para alguien que puede ocu-

par una parcela diferente en tu vida. Me siento mal y me siento muy cabrona, porque sé que le gusto, claro que le gusto, y no es que yo haya estado utilizando a un tío como un objeto, es que he estado utilizando a un tío que es mi amigo, al que quiero, y que para complicarlo más está colado por mí. Y sinceramente, no creo que él esté preparado para gestionar esto muy bien.

Así que en ese instante, en la cola de la caja de H&M, con un par de camisetas estilo *boyfriend* en la mano tomó una decisión: no iba a volver a pasar por ahí, no iba a volver a comprometerle a él con sus caprichos, y antepondría su amistad a sus impulsos por el bien de todos. Lo pensó y se reafirmó en su decisión, pero luego dudó, porque la primera vez que lo hicieron pensó exactamente lo mismo y días después estuvo cabalgando sobre él como si fuera la Llanera Solitaria.

Bueno, lo primero que tenía que hacer era no quedar con él a solas, no quedar con él cuando hubiera alcohol, o estaría perdida..., pero eso era difícil, porque claro que no se iba a lanzar a sus brazos en el colegio y fuera de él solo coincidían en fiestas o botellones, y no iba a dejar de tomar Malibú con piña para frenar si tenía impulsos. Estaba confusa. En ese momento le llegó un DM en Instagram del susodicho para quedar, que quería hablar, y ella no le contestó. Podía quedar con él y dejarlo todo claro, pero sentía que esa parte ya estaba hecha y si quedaba con él corría el riesgo de acabar con las bragas en la mano nuevamente, y eso sí que tenía que evitarlo.

Cuando él le preguntara en el insti, mentiría como una bellaca y diría algo como que no mira esos mensajes, que últimamente pasa de Insta y escurriría el bulto. Una fuerte sensación de piedras en el estómago se apoderó de ella, porque sabía que estaba obrando mal otra vez y ese tipo de sensaciones se aferran al cuerpo como reacciones físicas, así que se sentó, ¿dónde? En la peluquería de Candy, que siempre le cortaba cuatro dedos, aunque ella le dijera que solo las puntas. Un cambio de imagen y un buen lavado de cabeza con efectos relajantes siempre venían bien para no pensar tanto.

*

Esa noche fue rara para todos. Igual por la luna llena o igual porque tenían mil historias en la cabeza. Janine había tomado una decisión y había elaborado un extraño plan que empezaba a la mañana siguiente. Melena estaba asqueada y veía poca luz al final del túnel en la relación con su madre. Gorka se había quedado muy rayado con lo que le había dicho Melena y era consciente del autoengaño, y Paula, aunque ahora llevaba un corte de pelo más moderno, se sentía mal por ver que nunca avanzaría con Samuel y que estaba mareando a su amigo. De modo que a la mañana siguiente todos llegaron a Las Encinas con cara de pocos amigos por no haber pegado ojo.

El único que tenía buena cara esa mañana era Mario, que siempre dormía cinco horas, porque le encantaba quedarse hasta tarde tonteando con el ordenador, pero que, como tenía unos genes tan agradecidos, parecía que hubiera descansado plácidamente como el que más. Aunque su carita de pinturero iba a dar un giro de ciento ochenta grados hacia la palidez y la descomposición facial, si es que eso quería decir algo.

Había acabado su clase de Educación Física, pero como era la pausa para comer se quedó un rato más echando unas canastas solo. Recordemos que él tenía un ego tan grande como un rascacielos y jugar con otros le obligaba, según él, a bajar su nivel de juego porque sus compañeros eran bastante malos. Así que se quedó encestando, tirando triples y sudando la camiseta de tirantes. Sí, el sudor le chorreaba a borbotones y con cada tiro un montón de gotitas salían lanzadas de su frente al suelo.

La puerta del gimnasio se abrió y entró Janine. Él lanzó una última vez y no encestó, porque al descubrirla desvió el tiro. Susurró un «Joder» que englobaba un «Ya está la puta gorda de mierda dando por culo».

—Joder, puta gorda, que me dejes en paz...

Janine fue muy directa y no se achantó. No contestó a eso ni se hizo pequeña ni miró al suelo como él le había pedido, hizo algo mucho mejor: sacó su móvil y le mostró algo que lo dejó helado. Ella ni siquiera recordaba que tuviera ese material gráfico, pero ¿sabes ese día tonto en el que no tienes notificaciones en el móvil y te aburres y empiezas a hacer limpieza de fotos? Pues ella lo había tenido unos días atrás y encontró esa perla entre sus instantáneas. Dos fotos bastante comprometidas en las que aparecían ella y Mario después de haberse acostado.

No eran unos posados haciendo morritos, eran unas fotos que cualquiera hubiera catalogado de robadas a traición, pero no lo eran. Janine no recordaba ni por qué las había hecho. Aquella noche, cuando acabaron de hacer sus cosas sobre las sábanas de animalitos deportistas, él se cogió un rebote monumental al descubrir que ella estaba en su instituto mientras disparaba varias veces su cámara. Puede que lo hiciera para recordar siempre al chico con el que había perdido la virginidad o puede que lo hiciera porque sabía que tarde o temprano les sacaría rendimiento, o puede —y esta es la versión más realista— que al trastear con el móvil se disparara la cámara sin querer, eso le pasaba mucho. Sí, esa debía de ser la versión correcta, porque se le veía a él sin camiseta y a ella reflejada en el espejo, pero era obvio que había pasado algo entre ellos.

Eran unas fotos feas, eso no había filtro que lo arreglara, pero bastante comprometidas. Mario entró en cólera, intentó quitarle el teléfono, pero ella fue muy clara.

—Hay una cámara ahí arriba y, si me haces algo, te aseguro que no dudaré en decirle a la directora que me has maltratado y que lo chequeen. Le podía haber dicho que buscaran la grabación en la que pintaste en mi taquilla lo de «Puta gorda», una letra preciosa, por cierto, simple pero muy artística, pero no lo hice. Aunque te aseguro que, si me pones la mano encima, te denunciaré y tendré esa prueba, así que será mejor que me sueltes el brazo, maldito imbécil, y que me escuches.

Guau. Janine nunca se había sentido tan enérgica y con la sartén tan por el mango. Estaba controlando la situación y se sentía como una de esas villanas de sus cómics, y eso le estaba disparando los niveles de adrenalina una barbaridad; no era mala, no era rencorosa, pero no quería ser la víctima nunca más, y si él había sembrado las normas del juego sucio entre ellos, ella pensaba jugar la partida hasta el final y por supuesto ganarla. Se sentía tan bien que no pudo controlar una sonrisilla. La seguridad que iba ganando era la misma que él iba perdiendo, como si ella fuera una vampira de energía que lo estaba dejando seco.

—Vale, prometo dejarte en paz, no más pintadas ni nada más —dijo él haciendo alarde de los pocos puntos de confianza que le quedaban.

—No, Mario, no. Esta foto vale más que eso, y lo sabes —le contestó ella con aires de mafiosa.

—¿Qué coño quieres?

—Que tengamos una cita.

Él se echó a reír de un modo falso, apretando la risa y estirándola para hacerle daño. Eso era muy típico de la gente que tenía todas las de perder: intentar que el contrincante flaqueara burlándose de él, pero Janine estaba muy mentalizada de su plan y no iba a achantarse con un truquito de tres al cuarto.

—¿Crees que me voy a enamorar de una puta foca como tú? Eres fea, para empezar, y me das asco. Madre mía, una cita, ¿estás loca?

Que te llamen fea duele mucho mucho, pero Janine se imaginaba que llevaba puesto un chubasquero rojo que hacía que le resbalara todo. Eso no era idea suya. Su tía Estefanía, que era muy esotérica y siempre hablaba de energías y esas cosas, le decía que, si alguien intentaba hacerle daño con las palabras, se imaginara un chubasquero rojo para que esas palabras no pudieran penetrarla. Era una tontería, pero en ese momento Janine agradeció el consejo y le pareció que funcionaba del todo. Podía haberle escupido otra vez, que le hubiera dado exactamente igual.

—Ríete, despréciame e insúltame si quieres, estoy muy acostumbrada. O tienes una cita conmigo o subiré esta foto a Instagram, y sabes que, aunque tengo pocos seguidores, se extenderá como la pólvora… A ver cómo les explicas a los borregos de tu rebaño que te acostaste con la gordita del colegio.

Mario gritó un montón de insultos e improperios, se volvió loco. Siempre había conseguido todo lo que quería y nunca se había visto en una tesitura semejante. Ella le estaba haciendo un chantaje en toda regla y solo pensaba en todo lo que tenía que perder. Se sentía tan impotente y eso era un sentimiento tan nuevo, sí, por mucho que él creyera que no, tenía sentimientos y se le había desbloqueado uno nuevo. Cogió la pelota y la tiró con muy mala leche, y su despliegue tipo Hulk puso a Janine en alerta.

—Bueno, entiendo que tu rabia y tus palabrotas son un sí. Perfecto. *Ciao.*

La chica dio media vuelta y salió veloz del gimnasio mientras él seguía gritando y dándose golpes en la cabeza como lo que era: un niñato malcriado y consentido.

Una vez fuera, Janine se dio cuenta de los huevos que tenía y de lo fuerte que había sido su encuentro con Mario, y se vino muy arriba, como si a una actriz le dan un papel en una peli de Almodóvar. Saltó, brincó y movió las manos en todas direcciones haciendo soniditos agudos como símbolo de victoria. Ya más calmada, entró en la cafetería y notó que el mundo se ralentizaba a su paso. No era popular, pero en ese momento se sintió la adolescente más exitosa de la Tierra, así que podía permitirse el *brownie* que nunca se pedía. No iba a pedir ni la pasta boloñesa ni el filete empanado de panga, no, ella iba directita al postre. Al fin y al cabo, las normas estaban para saltárselas.

No, claro que Mario no me gusta, para nada... Es más, me cae tirando a mal. ¿Por qué le he pedido una cita? Pues es como una especie de venganza poética, porque él representa todo lo malo, todo lo que no me gusta del clasismo del colegio, parecido a lo que pienso de Marina, Lu y Carla. Si ellas me conocieran, si no se hubieran frenado por un puñado de prejuicios tontos, habrían visto que soy una tía maja y hasta les habría caído bien, y eso habría sido el inicio del derrumbe de nuestro Muro de Berlín..., y tengo a Mario pillado por los huevos y voy a condenarle a conocerme. Ese es el único motor de mi venganza. Sí, quiero que pare de joderme, pero quiero que me conozca, no para que se enamore de mí, sino para que me levante su castigo... Pero no quiero que lo haga por obligación por el chantaje, quiero que me quite esa norma idiota de no mirarle o de hacer como si no le conociera porque él mismo descubra que soy una tía que mola. ¿Arriesgado? Sí, es la hostia de arriesgado, porque sé que él no me lo va a poner fácil..., pero como mínimo voy a poner todo de mi parte para que el chico más popular de Las Encinas vea un poquito más allá de sus pectorales y de su mentón perfecto. Quién sabe. Igual eso sí que es el principio del cambio..., o no, pero nunca tendré otra oportunidad como esta.

Janine estaba tan inspirada que sacó su cuaderno y se puso a dibujar como una loca. Dibujó varias viñetas de unos personajes en una cita, en un cine, en VIPS… Ella era así, romántica y un poco básica.

*

Mientras Janine dibujaba como una loca en el comedor, Paula se lavaba la cara y se retocaba el maquillaje en el baño cuando entró Melena. No la había seguido, fue una casualidad, pero una casualidad que le venía muy bien, pues tenía ganas de encontrarse con ella a solas. Paula habló de obviedades, como por ejemplo la máscara de pestañas que llevaba y que era *waterproof* del bueno, que resistía lavados de cara y seguía perfecta, tanto que por la noche era un suplicio desmaquillarse. Melena asentía amable, pero las cosas de maquillaje le interesaban poco. Con trece tuvo la etapa emo y ahí dio rienda suelta al lápiz negro, pero ahora iba con la cara lavadita y hale.

La conversación cambió rotundamente cuando Melena disparó sin rodeos.

—¿Te gusta Gorka?

La pregunta pilló a Paula por sorpresa y dejó automáticamente la minibrochita con el rubor color cereza que se disponía a aplicarse. Dudó e intentó encajar las piezas, pero era obvio que Gorka se había ido de la lengua. Tampoco era de extrañar, porque era un bocas.

—María Elena, amor, eso no es asunto tuyo. No sé lo que te habrá contado, pero las cosas están muy claras entre él y yo.

La escena les venía un poco grande a las dos y la verdad es que ninguna quería un enfrentamiento, pero Melena se sentía obligada a pararle los pies, ya que su amigo estaba loco de amor y no iba a ser capaz de dar el paso, y a Paula le hubiera gustado llevarlo en secreto, porque quería evitar este tipo de conversaciones. Una cosa llevó a la otra y sin venir a cuento empezaron a gritarse. Se dijeron cosas bastante feas sobre la amistad y el sentido de esta, y parecía que tenían muchas balas guardadas en la recámara. Eran amigas, habían sido siempre amigas hasta que Mele se perdió en verano y eso enfrió muy mucho la relación entre ambas, pero solo hacía falta rascar un poco para ver que eran de mundos totalmente diferentes. Ni siquiera ellas mismas sabían que tenían esa extraña cuenta pendiente y ambas se sorprendieron del odio repentino que brotaba a borbotones por sus bocas. Melena le dijo que era una frívola y que no tenía corazón, que decirle a alguien que piensas en otro cuando follas con él es de ser una puta despiadada. Y Paula, al sentirse atacada, le dijo que si estaba amargada que no lo pagara con ella, que si no tenía más amigos era porque era una tía muy rara y que su rollito de depresiva torturada saltaba a la legua, aunque intentara sonreír frente a las chicas de clase, que la tenía calada.

—¿Calada? Pero qué me vas a tener calada si eres incapaz de ver un poco más allá del centro comercial, si lo único que te preocupa es tu pelo… Crece de una puta vez, Paula, la vida es algo más que eso. Despierta. Eres una pobre niña rica, pero la realidad no es lo que te han vendido tus padres. Crece, porque el insti acabará y te enfrentarás a la vida, y te aseguro que por mucho dinero que tengas te van a comer ahí fuera. ¿Quién coño te crees que eres para ir jugando con la gente? Utilizar a

Gorka, que siempre has dicho que es tu amigo, de ese modo… Joder, qué mal.

—Oh, vaya… Qué mala soy. En cambio a ti te importa muchísimo, ¿eh? Que desapareces todo el puto verano y no le haces ni caso y ahora reapareces como la buena samaritana que le tiene que proteger.

—Joder, de verdad. No sé qué ve él en ti, porque eres idiota.

—Ah, vale, Melena, claro. Mejor que se hubiera enamorado de una exyonqui como tú, ¿no? Seguro que le habría ido mejor…

—¿Qué has dicho? —dijo Melena viniéndose abajo.

—Lo que oyes, Melena: antes de hablar de los demás, antes de intentar arreglar el mundo, empieza por arreglar el tuyo, porque me da a mí que tienes mucha plancha.

—Eres una hija de puta.

—No, sabes que no lo soy —contestó desarmándose Paula—, pero vienes aquí a meterte donde no te llaman y…

—¿Te lo ha dicho él? —la interrumpió ella.

El silencio de Paula fue la respuesta y Melena se puso a llorar de inmediato. Se sentía herida y traicionada. Y la contrincante que había soltado el chivatazo, al ver las lágrimas de la otra, también empezó a llorar. Y en vez de abrazarse y llorar juntas, Melena la miró con odio y salió del baño como una magdalena mientras que Paula se quedó llorando también y comprobando, nuevamente, que su máscara de pestañas *waterproof* lo aguantaba todo.

¿Cómo habían llegado hasta ahí? Probablemente la ira acumulada de sus propios conflictos estalló en la dirección equivocada. Paula no odiaba a Melena y empatizaba con su conflicto y le sabía mal, porque sabía que su situación en casa era un caos. Al principio del curso todo el mundo había definido a Paula como una princesita, como una niña mona o, lo que viene a ser lo mismo, una mosquita muerta. Pero hacía varias semanas ya que la nueva Paula había florecido y, al parecer, todo el azúcar que corría por sus venas se había convertido en bilis. Lo que le había dicho a Melena ni era justo ni era su estilo y los remordimientos se adueñaron de ella. Mele la había llamado hija de puta y era tal cual como se sentía, se sentía mala persona. Normalmente la gente discute, la gente lleva a cabo acciones negativas o la gente es egoísta, pero si Paula muriera en ese instante y subiera al cielo, el guardián de la puerta ojearía su expediente y vería que nunca había dicho una palabra fuera de tono, nunca había robado y siempre había hecho el bien y ayudado a los demás. Sin embargo, ahora había una mancha muy grande en su expediente. Había hecho algo muy feo y había herido no solo a una persona, sino a dos con un solo salivazo, con un solo disparo. Lo que había dicho tendría consecuencias en la relación de Melena y Gorka y eso era bastante grave, porque él había sido bueno con ella y ella se lo pagaba chivándose solo para quedar por encima de otra persona. No había disfrute en ese triunfo, pues era un triunfo sucio.

Paula seguía llorando. Intentó recomponerse, pero no pudo y le pareció que volver a clase tras la pausa de la comida era una montaña bastante complicada de escalar y no estaba preparada, así que le dejó un mensaje al chófer para que fuera a recogerla antes y se inventó una tontería tipo «me ha sentado fatal la pasta boloñesa y me encuentro muy mal». Se pasó todo el trayecto hasta su casa tratando de contener las lágrimas, pues no le gustaba que la gente que trabajaba para ella y su familia viera esa flaqueza. Pero el chófer, que era un puertorriqueño muy majo, le preguntó, pasándose los protocolos por el arco del triunfo. Y la pregunta: «Señorita, ¿está bien?» fue la gota que colmó el vaso, y no pudo más que desahogarse y le contó que había tenido un problema con una amiga, que se sentía mala persona y una mierda. Sí, también le dijo eso y que no sabía qué hacer para arreglarlo.

—Señorita, yo no quiero entrometerme en sus asuntos —dijo el chófer con las dos manos al volante y un vistazo fugaz al espejo retrovisor—, pero, si es su amiga de verdad, sabrá perdonarla, y si quiere arreglarlo, lo primero que tiene que hacer es pedir perdón para rebajar un poco ese sofoco que lleva encima. Sea lo que sea lo que haya hecho, seguro que tiene remedio. La honestidad y el arrepentimiento abren hasta las puertas más duras.

A ella le pareció un consejo de baratillo, una de esas frases correctas que se dicen por decir pensando que es justo lo que necesita escuchar el interlocutor, pero en el fondo era cierto. Había hecho algo mal —bueno, había hecho varias cosas mal— y lo primero que tenía que hacer era disculparse para intentar enmendarlas. Lo único bueno que tenía todo esto es que no pensó en Samuel, ni en la cara de Samuel, ni en Samuel en citas facilonas en un montón de horas. El dolor estaba relegando al amor a un segundo puesto.

—Oye, Melena, me está saltando el contestador todo

el rato y sé que es porque no me lo quieres coger. Te he dejado un montón de wasaps, pero no me hace doble *check*, así que supongo que me has bloqueado y lo entiendo. Me siento como una mierda, me siento muy mal por lo que te dije… Fui muy rastrera al utilizar eso para hacerte daño. No es justo. No sé por qué dije eso. Quiero que sepas que Gorka no me lo contó con mala intención, sino porque estaba cansado de que todo el mundo especulara sobre ti y lo hizo para protegerte, de verdad, no te enfades con él. Siento mucho lo que te ha pasado y te considero mi amiga, que, a ver, tú me dijiste cosas también que me dolieron mucho, pero sé que se me fue de las manos. Quiero que sepas que lo siento mucho y que espero que puedas perdonarme. Ni te voy a hacer chantaje emocional hablando de lo bien que nos lo hemos pasado ni nada, porque sé que eres muy lista y lo verías a la legua, pero quiero que sepas que estoy muy mal y que me encantaría hablar contigo y pedirte perdón. Sé que habrá sido un verano duro y que debe de estar siendo muy difícil levantar cabeza. Oye, lo de tu madre no me lo ha contado nadie, pero lo sé, lo sabemos todos, porque la hemos visto algunas veces y es evidente que ella tampoco está en su mejor momento… No sé, Melena, perdóname, por favor. Si quieres hablar de esto o de lo que sea o si quieres insultarme y decirme que soy una hija de puta otra vez, lo puedes hacer porque me lo merezco, pero dime algo.

Era cierto que Melena no quería descolgar y era cierto que la había bloqueado, porque sabía que Paula era una blanda y en el sota-caballo-rey de sus actos venía un mensaje de disculpa, y quería que se sintiera mal, quería hacerla sufrir. Pero Melena no le iba a dar tantas vueltas. ¿Lloró? Mucho. ¿Sufrió? También, pero notaba que las cosas ya no eran tan importantes. Su madre estaba loca y su único punto de apoyo, su amigo al que había recuperado, era un traidor. Sí que se hizo muchas preguntas.

Si soy tan pasota, si el mundo me la suda, ¿por qué coño me jode tanto lo de Paula con Gorka? Vale que quiero proteger a mi colega, pero ¿era necesario que me entrometiera tanto y que hablara con esa idiota? Un verano, cuando era muy pequeña, con seis o siete años, nos fuimos de vacaciones a México. Delante de la casa que alquilamos había un campo con miles de chumberas, que son esas plantas que parecen cactus y que también tenemos aquí, pero el caso es que me metí en el campo para coger higos chumbos y salí escaldada. Era más cómodo que me los dieran lavaditos y peladitos en casa, pero pensé que mi madre se alegraría al ver que era capaz de hacer cosas por mí misma, pero ni siquiera era consciente de que esos higos tenían pinchos, así que cuando arranqué tres o cuatro me di cuenta de que tenía las manos llenas de unos pinchos muy chiquititos, como pelitos, clavados en las manos; me froté y fue peor, y acabé llena de pinchos por todas partes. Lo recuerdo como algo horrible, porque después de que mi madre me gritara y yo me pusiera a llorar por el dolor en mis manitas y por los gritos, me tuvieron que llevar a un hospital para que me los quitaran, lo recuerdo perfectamente. Pero fue mi culpa, si yo no hubiera querido hacerme la guay y no hubiera entrado en aquel campo, no habría salido tan herida. Pues ahora tengo la misma sensación. El motor allí fue agradar a mi madre, ¿y el motor ahora cuál era? Agradarme a mí, hacer de la buena samaritana, como me ha dicho Paula, ganar puntos con Gorka. ¿Para qué? No lo sé. Pero esto me viene fatal ahora.

Si hubiera querido marihuana, habría llamado a Omar, pero se sentía muy mal, muy destrozada y sin nada a lo que agarrarse, y aunque fue muy madura en su desintoxicación y se lo tomó muy en serio, meterse algo era lo único que le podía hacer sentirse un poco mejor. Buscó como loca revolviendo su habitación para dar con el teléfono de Klaus, un tipo al que le compraba la coca, el M o las pastillas antes de acabar pisoteada en aquella discoteca. Era un tipo del que no te podías fiar y era, probablemente, uno de esos camellos que trapichean con la policía, ya que no se sentía nada inseguro a la hora de vender un puñado de gramos a menores.

Encontró el teléfono, le dejó un mensaje como había hecho tantas otras veces y se presentó en su garaje. Un lugar en el que no te gustaría estar. Ella estaba desordenada emocionalmente, mal, y creía necesitar algo. Podía haber recurrido a pastillas, tranquilizantes que también eran ilegales sin receta, pero quería meterse unas puntas de cocaína, eso siempre la hacía evadirse, salir de ella misma, y era una cosa más controlada que las pastillas. Pero Klaus, ese señor calvo y gordo que sudaba tanto (ella pensó que le llamaban así por su parecido con Papá Noel), le ofreció algo nuevo, algo diferente.

—Esto es Nexus, cocaína rosa. Está a medio camino entre el MDMA y el LSD y te va a dar un viaje en condiciones, pero está caro, es a cien pavos el gramo.

Ella no se lo pensó, aunque solo le llegaba para medio con lo que había pillado por casa, así que él hizo la repartición del polvito rosa y se lo entregó a la chica, que no esperó y cogió un poco con la punta de sus llaves y lo esnifó allí mismo. Klaus se despidió con una frase.

—Me alegro de volver a verte.

—Yo no —dijo ella, y salió del garaje.

Llegó a casa, escuchó que su madre le gritaba desde el salón, pero la obvió y no entendió ni una sola palabra. Subió la escalera y se encerró en la habitación. Años antes había colocado un pestillo ella misma. Era muy feo el apaño que había hecho, porque no era una manitas y la puerta y el marco blancos ahora estaban corrompidos por un pestillo metálico comprado en los chinos y unos tornillos mal puestos. Se puso los auriculares, se pintó dos rayas y se tumbó en la cama. Y el tiempo empezó a pasar mucho más rápido. Sintió como si llevara puesta una de esas antiguas escafandras de buzo que la aislaban del mundo, de la vida, de su vida.

*

Paula seguía sintiéndose la peor persona del mundo. Por momentos pensaba que no había sido para tanto, pero ese pensamiento siempre le duraba poco y llegaba la flagelación. Melena no le cogía el teléfono, así que decidió dejarle una nota de voz a Gorka. Puede que Mele no le hubiera dicho nada y sería estupendo poder avisarle de la catástrofe que se le venía encima.

—Oye, Gorka… A ver, bueno, perdona por no haberte contestado al mensaje de Instagram, es que…, no sé, no sabía qué decir y no quería marearte. Porque siento que cada vez que decido algo o que te digo algo es incorrecto, porque luego me dejo llevar y me olvido de lo que he dicho y…, un lío. Pero, oye, que… eh… te dejo este audio, porque he metido la pata hasta el fondo. Le he dicho a Melena que me contaste su secreto. Soy una mierda. Lo siento, joder, es que ella ha venido a preguntarme si tú me gustabas y me ha dicho cosas muy feas y que te estaba usando y que yo era frívola y mala… y no se me ha ocurrido nada mejor que atacarla con eso. Me siento muy mal, porque te dije que no lo diría y sé que tú no me lo contaste como un cotilleo, y yo he faltado a mi palabra y te he traicionado. No paro de cagarla… Entiendo que me odies, entiendo que no te apetezca verme y… Eso, que entiendo todo. Lo siento, Gorka.

Escribiendo…

Esas son, sin duda, las esperas más largas. Gorka tardó en contestar porque no sabía qué decirle. Amaba a esa chica, eso estaba claro, era su amiga, pero una amiga no clavaba puñales por la espalda, no utilizaba a sus amigos para sus intereses y siempre se ponía en el lugar del otro. Él había sido muy benevolente con ella, había mirado para otro lado para no sentirse un muñeco al que estaba manipulando con fines sexuales, pero esto era la gota que colmaba el vaso; no podía hacer la vista gorda, porque era una traición en toda regla y le dolía que se hubiera chivado, pero le dolía aún más que eso hubiera herido a Melena o que el comentario le hubiera hecho daño.

No vuelvas a hablarme en tu vida, Paula.

Eso le escribió. Sin dobles sentidos, sin emoticonos y escribiendo el nombre, que eso al receptor siempre le daba rabia, porque poner el nombre en un mensaje es como evocarte cuando tu madre se enfadaba y decía tu nombre completo.

Paula se quedó peor de lo que estaba, porque en el fondo albergaba la esperanza de que él entendiera que había sido sin querer y la perdonara, pero no fue así. Gorka, por su lado, se puso las zapatillas y salió a correr sin dirección, sin rumbo, como si le persiguieran, a toda velocidad. Pero correr no hace que los problemas y los conflictos se queden atrás, no, sus historias iban martilleándole la cabeza aunque fuera el más veloz. Y de pronto paró en seco, en la nada, en una carretera que te sacaba del pueblo, iluminado solo por una farola lejana. Dio un par de vueltas sobre sí mismo, se llevó las manos a la cabeza y empezó a llorar presa de la impotencia. Él no era un chico muy llorica, pero estaba claro que últimamente se le había desbloqueado el botón de las lágrimas y lo hacía con facilidad. Era curioso ver a un chico tan masculino y fibrado, con su chándal y sus carísimas zapatillas, llorando en medio de ninguna parte.

*

A la mañana siguiente todos se levantaron con su ya clásico estilo zombi-drama-adolescente, pero por muy mal que durmieran, por mucho que tuvieran el corazón como si hubieran jugado al fútbol con él en un campo de gravilla, tenían sus responsabilidades, pocas, pero las tenían: ir al instituto. Paula no se duchó esa mañana, porque apuró al máximo en la cama ya que se durmió cerca de las cinco y media; no era propio de ella, pero nadie lo iba a notar. Un poco de corrector, una coleta alta y arreando.

Gorka ni desayunó, la mala sensación le había cerrado el estómago y no había sitio para su Cola Cao matutino. Se cruzaron en el pasillo, pero Paula sabía que tenía que tomar distancia y él ni la miró, caminó muy serio agarrado a las asas de su mochila y para clase. Ella sabía que pasaría eso, así que no le sorprendió.

Janine estaba muy ensimismada con sus cosas, con su plan de mafia chantajista de tres al cuarto, y ni se percató de que sus amigos parecían almas en pena en clase. Era un día un poco insoportable de clases aburridas... La verdad es que Martín siempre hacía que sus lecciones tuvieran algo de dinamismo, pero ese día el sopor se adueñaba de todos los alumnos que se distraían viendo cómo las motitas de polvo surcaban el aula por los rayos de sol de la mañana.

Melena se estaba perdiendo la aburrida jornada escolar, porque como su vida era un caos y su madre estaba en trance todo el día y no sabía si era martes o domingo, ni le llamó la atención. Se drogó hasta tarde y durmió hasta tarde. Hizo algo que siempre le había vuelto loca: hacía calor y puso el aire acondicionado porque quería tener la sensación de gustito que le provocaba taparse con el nórdico, y eso hizo, se sepultó debajo de él y no salió en todo el día, no comió, bebió poco y dormitó casi todo el tiempo en un estado extraño de duermevela donde nada era real y todo lo era al mismo tiempo. Soñaba y no, vivía y no. Pero no se perdió solo el calor del aula y la pereza escolar, no, se perdió uno de los momentos más fuertes vividos en clase.

A Paula le llamó mucho la atención que Samuel estuviera trasteando con su móvil, a Martín también. Lo que pasó a continuación fue una escena bastante desagradable e incómoda de presenciar. Martín le quitó el teléfono a Samuel, que se excusó diciendo que estaba hablando con su madre, pero el profesor le pasó el teléfono a Nadia para que leyera en voz alta el mensaje que tenía el chico en el móvil. Gran error, un error poco pedagógico, pero los profesores también tienen derecho a equivocarse, a tomar decisiones incorrectas.

—«Marina no tiene sida, animal… Es VIH».

Eso leyó Nadia delante de toda la clase.

Guzmán, el hermano de Marina, se levantó como un miura desatado e intentó frenar la situación, pero ya era demasiado tarde. La bomba estaba ahí, encima de todos los pupitres. Marina se levantó, nerviosa pero valiente, y explicó que sí, que tenía VIH, pero que era indetectable y que no podía contagiar a nadie, que se medicaba y que se hacía analíticas rigurosamente. Se generó un silencio sepulcral. Había todo tipo de opiniones:

Opinión A: *Jo, la verdad es que lo de Marina me ha sorprendido porque es mona y no se le ve que esté enferma. Una vez vi una película de gente con sida y todos tenían una pinta horrible… Marina no. No sé, me voy a fijar mejor, pero de lejos.*

Opinión B: *Marina tiene unos cojones que pa qué. No estamos en los años ochenta, debemos dejar de estigmatizar el VIH, no pasa nada, si te medicas a rajatabla no tienes por qué llevar una vida peor. Es una chorrada. Creo que no debería haberlo dicho porque es su vida y su intimidad, pero por otro lado pienso que es genial que lo haya dicho porque da visibilidad y los capullos de clase empezarán a normalizarlo. Hay que normalizar esas cosas. Es un rasgo más y no afecta a nadie... Solo afecta a los gilipollas que no entienden nada y lamentablemente hay algunos por aquí.*

Opinión C: *¿En serio tiene eso? Madre mía, no me lo puedo creer. ¿Cómo lo habrá pillado? ¿Pinchándose con jeringuillas por ahí? O follando sin condón... Jo, no me lo esperaba, me sabe mal por ella y por su hermano que es tan guapo...*

Opinión D: *A mí me da igual que diga que no puede contagiar, yo no me pienso acercar a ella. Más vale prevenir que curar. Bien lejos. Además, nunca me ha caído muy bien.*

Opinión E: *Me la suda lo que tenga Marina, solo quiero aprobar el puto curso.*

Opinión F: *Qué pena, con toda la vida por delante.*

Opinión G: *Marina mola y es muy valiente por haberlo dicho. Es maja conmigo y eso no va a hacer que cambie mi relación con ella, o sí, ahora la voy a ver con otros ojos: una persona que es capaz de abrirse delante de todos y contar eso merece todo mi respeto.*

Paula no sabía cómo digerir la noticia, pensaba un poco como la opinión G, pero también un poco como la F, y un poquito, muy poquito, como la C y casi nada como la A, pero algo de A había en ella y, claro, a ella quien le preocupaba era Samuel, que estaba con una cara de sufrimiento, el pobre. Paula sufría por él, cómo estaría digiriendo él esta noticia. ¿Lo sabría de antes? ¿Se habría enterado hacía poco? ¿Lo habrían hecho? ¿Con cuidado? A ver, Paula sí que entendía eso de ser indetectable, porque una vez en la ESO les dieron una charla los de una asociación que se llamaba Apoyo Positivo o algo así, pero ¿y si Marina se equivocaba?

No sé si yo podría acostarme con Samuel si supiera que tiene VIH. Por un lado, creo que no tendría problema, pero creo que me han educado para que rechace todo lo relacionado con eso... Me han sobreinformado y eso ha creado un efecto adverso, y en vez de vivirlo de un modo natural, a lo mejor preferiría tomar distancia... O no, porque amo a Samuel y quiero estar con él, y si tomamos precauciones no tiene por qué pasar nada, pero ¿y si nos casáramos? Yo quiero tener hijos... ¿Puede una persona con VIH dejarme embarazada y que los niños salgan sin el virus? Supongo que sí. Esta noche pienso buscarlo en Google. Pero, claro, si no puede contagiarme, tampoco sus espermatozoides lo trasmitirían, ¿no? Qué complicado, qué duro... Pero creo que, si ahora viniera Samuel y me dijera que tiene el VIH más grande del mundo, le abrazaría, le cuidaría y le querría igual o más, así que decidido: si Samuel tiene VIH porque se lo ha pegado Marina, no será un impedimento para mí.

En cualquier caso son fantasías. Soy una fantasiosa. No me voy a casar con él, no voy a tener el debate moral de si acostarme con él, porque o Marina se cambia de ciudad o se muere, o me temo que él nunca tendrá ojos para otra chica.

Después de pensar en eso, buscó a Gorka con la mirada para ver cómo estaba reaccionando con el tema, pero él pasaba de todo. No le gustaban los berenjenales de clase, ni los chismorreos, y probablemente era de la opinión E. Le daba igual la vida de los demás, demasiado tenía ya con la suya patas arriba. Gorka estaba mirando al frente mientras mordía el lápiz, le rebosaban las ganas de irse a su casa. Lo de Marina le había llamado la atención cinco segundos. Y si hubiera empezado a arder el colegio, le habría llamado la atención cinco segundos también. Tenía una sensación muy parecida a la de Melena, pero sin estar oculto bajo un nórdico. Solo podía pensar en ella.

Melena no ha venido y no ha venido porque no quiere mirarme a la cara porque le debo dar bastante asco. Joder, qué mal. Me siento fatal por haberme chivado... Nunca debí decírselo a Paula. Mi amiga sale de un centro de desintoxicación y en vez de hacerle la vida más fácil se la intento complicar empujándola a una recaída. Conozco a esa tía como si la hubiera parido y te aseguro que algo se está metiendo ahora, aunque sean unas pastillas para dormir y evadirse, pero algo ha pillado fijo. No sé si ir a su casa después de clase o si apartarme. No sé si dejarle un mensaje o llamarla o esperar a que me caiga un chaparrón en forma de bronca, pero ella no es así. Cuando Melena ve un conflicto, se aparta como si no fuera con ella, y probablemente lo que haga sea evitarme, ignorarme y fingir delante de los demás.

Creo que es la chica con más capacidad de tragarse sus movidas que he conocido nunca. Yo creo que los de mi generación estamos muy condicionados por las mierdas que nos enseña la tele y los putos realities, esa cosa de hacer alarde de nuestros dramas. Hay casi un placer en mostrar que estás mal delante de los demás, que sepan que tu vida es dura. O sea, que nos sentimos muy cómodos en el papel de víctima, pero, aunque Mele las ha pasado putas, nunca ha sido así. Nunca ha ido con el drama de su madre a nadie ni se ha aprovechado de sus historias para conseguir favores de los profesores. Se ha callado y eso me mola mucho de ella.

Nació el mismo año que yo, pero es como si no perteneciera a esta generación. Mele es diferente, sí, y me da pena perderla por ser un puto bocas. ¿Qué hago? Creo que lo mejor es no hacer nada. Esperar. Cuando empezó el curso y le pedí explicaciones, pasó de mí, pues ahora, aunque sea un poco cobarde, igual es mejor que me calle, que me vaya al burladero y que las vea venir y me adapte a eso, ¿no? ¿Yo qué coño sé? Y lo de Marina, pues me la suda, el VIH ya no es nada, no estamos en los ochenta.

Opinión B + E

—Perdonad, ¿alguien sabe por qué no ha venido María Elena a clase? —preguntó Martín una vez reconducido el alboroto en el aula y diez segundos antes de sonar la campana.

Algunos compañeros comentaron por lo bajo fomentando los rumores que se habían extendido sobre el paradero de la chica en verano. La gente pensaba que ella era rara, porque casi siempre venía con su cara amable, pero saltaba a la legua que había algo oscuro, porque a veces se cansaba de mostrar su sonrisa y se la veía siempre abstraída o gastando boli pintarrajeando sus cuadernos sin mucho interés.

Las clases acabaron y Janine salió rauda y veloz. Lo que quería evitar las semanas anteriores ahora se había convertido en su morboso objetivo: quería cruzarse con Mario. Quería ver si era él ahora el que agachaba la mirada, el que la evitaba y el que lo pasaba mal. Esa idea de los cambios de papeles la hacía sentirse muy poderosa.

Ojo, que no justificaba el comportamiento que había tenido el repetidor, pero reconocía que la sensación de estar por encima de él, de dominar la situación, le resultaba muy pero que muy placentera.

Lo encontró. Él la vio y se puso muy nervioso.

Joder, ya está la puta gorda dando por culo otra vez y no dejándome en paz, madre mía, qué pesada…, nunca mejor dicho.

Mario se despidió de su rebaño y aceleró el paso, pero ella era rápida también y le estaba siguiendo, literalmente, sin esconderse. Así que cuando salieron del edificio principal, él aprovechó que no había mucha gente y se giró para decirle:

—¿Qué coño te pasa? Que sí, que quedaré contigo, ¿qué más quieres? Déjame en paz, hostia.

La verdad es que Janine no le estaba siguiendo con ningún tipo de intención, salvo la de putearle un poco. Era divertido y excitante ser ahora la asesina enmascarada de este *slasher* particular. El giro de él la pilló desarmada y no supo qué decir, así que se limitó a reírse mostrando un lado de tonta juguetona. Mario estaba desconcertado; en una situación normal le hubiera empujado sin respeto, la hubiera insultado, despreciado y amenazado muy seriamente, pero esta era su primera vez como víctima del *bullying* (de este *bullying* tan *light*) y estaba maniatado por lo de la foto. No sabía cómo se comportaban los perdedores, así que suspiró, puso los ojos en blanco y retomó el paso.

—¡Mario! —le gritó ella—. Nos vemos el sábado.

Él ni se giró. Levantó el brazo y le enseñó el dedo

corazón. Una peineta era símbolo de desprecio, pero sabía que se lo tendría que tragar todo y quedar con ella, aunque solo el hecho de imaginárselo le repugnara. Estaba condenado a ir a esa cita, pero ¿se iba a quedar de brazos cruzados? Podía ir, comportarse como un cretino y que ella se arrepintiera de la trampa, o podía ir, ser majísimo y encantador, algo que le costaría mucho esfuerzo, hacer que ella se enamorara de él, al fin y al cabo ya la sedujo una vez, y luego destrozarla viva cuando la tuviera comiendo de la palma de su mano. Algo tenía que hacer, pero no podía ceder sin más al chantaje de una idiota y quedarse impasible, como si nada. Porque si algo sabía de chantajes, solo lo que había visto en un puñado de series dobladas, es que cuando cedes una vez entras en un bucle infinito en el que el chantajista no cesa y te sigue pidiendo más y más cosas. Había sucumbido a la artimaña de la cita, vale, pero ¿qué vendría después?, se preguntaba.

Empiezan pidiéndote esas tonterías y luego quieren que te las folles, llevarte a su casa y fingir que tenemos una relación para que sus padres dejen de pensar que es bollera. No sé, no me fío un pelo de esta tía y algo tengo que hacer. De mí no se ríe nadie. Nadie. Y menos una marginada como esta. Iré a la cita y ya se me ocurrirá algo…

*

Melena bajó sigilosa, no porque no quisiera hacer ruido, sino porque llevaba tanto tiempo enclaustrada en su cuarto que era como un fantasma. La cocaína le quitaba el hambre y siempre perdía como mínimo un kilo, pero, eso sí, en cuanto se pasaban del todo los efectos se empezaba a notar el agujero del estómago y le entraba un hambre voraz, por lo general hambre de hamburguesas y pizzas o de perritos y kebabs, depende de lo internacional que se sintiera. A veces podía saciar el ansia de comer con lo que pillara en la nevera, creando mezclas imposibles en su estómago: unas aceitunas negras, este poquito de pavo reseco, ensalada de patata de varios días atrás, un puñado de Apetinas, Risketos, un mordisco de sandía, pistachos, aquel muslo de pollo olvidado, surimis y, ¿por qué no?, un vaso de leche con cereales. Lejos de sentarle mal, la mezcla explosiva de alimentos y glutamato a su cuerpo le venía de maravilla, eran unos manjares para degustar de pie frente a la nevera, sin sentarse. Pero, claro, su madre hacía varias semanas que se había desentendido de la compra y al no tener servicio, la casa estaba descuidada, y la nevera tan vacía como la de una casa abandonada, y es que lo era. Estaban abandonadas. La madre, la hija y la nevera.

Melena no tenía dinero en efectivo, solo una cuenta con unos euros, pero tampoco era para tirar cohetes y lo guardaba para una ocasión de urgencia, para cuando no pudiera tragar algún arrebato de la madre y tuviera que dormir en un hotel, pillar un tren, un avión, veneno, etcétera. Así que no se lo pensó dos veces.

Cruzó el *hall* para llegar al perchero de la entrada, donde su madre dejaba siempre el último bolso que había llevado. Cambiaba todos los días de bolso, pero hacía tantos días que no salía… El sonido de un programa de televisión daba a entender que la madre estaba en coma en el sofá viendo teletiendas absurdas de tontas mesas plegables, mangueras que se enrollaban solas o relojes en miniatura. Aun así, Mele se asomó para confirmarlo. Sí, la madre o lo que quedaba de ella estaba tirada en el sofá con la boca abierta. Melena metió mano del monedero sin pensárselo.

No sabía cuánto dinero tenía su madre en la cuenta; de hecho, no sabía si ya eran tan pobres como decía o si era solo un farol. Lo que estaba claro es que ella era el Tío Gilito de la casa y la que manejaba las cuentas. Sabía que habían tenido mucho dinero, solo había que ver el casoplón en el que vivían o el gasto en excentricidades de la madre, pero no sabía si la ruina estaba llamando a la puerta. Melena suponía que, si todavía vivían ahí, la situación no sería tan terrible. Ya le había robado del monedero otras veces, pero lo que iba a hacer ahora era copiar los números de la tarjeta de crédito para comprar comida por internet, para pedir un par de pizzas o comprar algunas cosas básicas como pan de molde, papel de váter y eso. Sacó la tarjeta, sacó su móvil e hizo una foto, y antes de que pudiera guardarla y dejar de sentirse como un personaje de esas películas tipo *Misión imposible*, oyó la voz a su espalda:

—¿Qué haces?

La madre estaba tras ella, demacrada y con su clásica bata oriental. Melena se giró y se asustó por la sorpresa de la pillada y por la imagen espantosa de su madre con el pelo sucio y esa versión tan dejada de sí misma.

—Tengo hambre. No hay nada que comer, tengo que comer, tienes que comer.

—¿Me robas? Me estás robando, pequeña malcriada.

Ladrona. ¡Te lo doy todo! ¿Te he dado mi vida y me robas? Eres una estúpida desgraciada. Ya me podía haber tocado una hija como Marina Nunier, que es maja, saca buenas notas y no roba a sus padres. Qué asco de vida, de verdad. ¡No cojas mis cosas! ¡Deja mi dinero! ¡Deja de robarme la vida!

Mele no era psicóloga, pero era obvio que la madre estaba fuera de sí. La reacción era desmedida y estaba con un brote de histeria y los ojos inyectados en sangre mientras le gritaba disparates. Sin venir a cuento la abofeteó. No fue una bofetada como en las películas, cuando una modelo le da una bofetada a otra modelo. No, fue un guantazo un toda regla, tanto que la oreja de Mele resonó y pensó que le había reventado el tímpano.

La chica se quedó desarmada y no se la devolvió, no tenía ganas, no quería empezar esa pelea, así que se puso a chillar como una loca. La escena no era naturalista en absoluto. Una madre histérica y fuera de sus casillas y una hija con cara de muerta y de resaca emocional que chillaba como si hubiera visto al asesino del garfio de *Sé lo que hicisteis el último verano*. Puede que el chillido fuera solo una defensa, como cuando las mofetas expulsan su hedor por sorpresa para noquear a sus contrincantes, pero la madre se lo tomó peor que si le hubiera devuelto la bofetada, así que para hacerla callar o para ganar la batalla le arreó otro guantazo y luego otro, y Melena se acurrucó en el suelo y la madre se abalanzó sobre ella pegándole puñetazos. ¿De dónde había sacado la fuerza? Si segundos antes parecía un vegetal.

Dicen que las madres para proteger a sus hijos sacan fuerza de debajo de las piedras y existe el mito de que una madre viendo en peligro a su retoño es capaz hasta de mover un coche; pues sería como eso, pero al revés. Melena se tapaba la cabeza, la cara, las orejas, y le gritaba que parara, que se detuviera, pero la madre estaba como poseída y no podía cesar. Escupía frases relacionadas con el robo, cosas ininteligibles, y lloraba y balbuceaba y la saliva le salía a perdigones sentada sobre su hija de dieciséis años, que solo estaba buscando dinero para alimentarse, para nada más. Pero la madre habló de la droga, de que le quería robar para drogarse y cosas por el estilo. Era una imagen muy patética y muy desoladora, tanto como el silencio que lo inundó todo cuando la madre se cansó y no pudo pegar más y se vio desde fuera. Una madre sentada sobre su hija indefensa que no se movía y que había parado de llorar, asustada y sin saber qué hacer salvo esperar a que parara. Paró.

La madre se apartó y reptó por el suelo hasta apoyarse en la pared y empezó a llorar. El desorden emocional que sentía era proporcional al desorden que había en su dormitorio, en el salón… Se apartó el pelo de la cara, pasó la manga por la nariz para limpiarse los mocos que le estaban chorreando y que casi le entraban en la boca y susurró:

—Coge la tarjeta, haz lo que te dé la gana…

Melena estaba en *shock*. Le daba igual el dinero, le daba igual la comida, le daba igual su vida, todo le daba igual. Un hilo de sangre empezó a chorrearle nariz abajo, se tocó, se vio la mano manchada de rojo y se lo mostró a la madre con los ojos muy abiertos. No dijo nada, no hizo falta, la estampa hablaba por sí misma.

Se levantó y caminó lentamente escalera arriba. Apesadumbrada, apoyó la mano en la barandilla blanca y fue dejando el rastro con la sangre que tenía en la mano. Varias gotitas fueron cayendo de su nariz a la moqueta. Cuando ya no estaba allí y la soledad y el silencio solo se rompían por la lejana voz en *off* de los falsos testimonios de los anuncios de la teletienda, la madre susurró algo, algo imperceptible, casi sin vocalizar, casi sin volumen:

—Lo siento…

Pero ya era demasiado tarde, allí no había nadie para escucharlo.

Melena estaba arriba, acurrucada de nuevo bajo el nórdico. Ojalá hubiera tenido una hermana para que la abrazara, pero nunca había notado ese tipo de cariño o ese tipo da calor. Le entró una extraña morriña, y mientras lloraba, frágil, se levantó y desmanteló su armario buscando algo. Podrías pensar que buscaba restos de marihuana, pero no. Sacó todos los jerséis de invierno, y cuando el suelo estaba llenito de prendas de lana y de punto, lo encontró aplastado y un poco deforme: un muñeco de peluche viejo y sucio con forma de unicornio o de poni con cuerno, o de Pegaso venido a menos. Un peluche al que tuvo mucho cariño de pequeña. Se le iluminó la cara por un momento con el hallazgo y lo llevó con ella a su cueva de plumas nivel de calor tres. Volvió a acurrucarse, pero esta vez abrazada a aquel peluche antiquísimo.

Siguió llorando. Le hubiera gustado desaparecer por arte de magia, que sus pensamientos pararan de torturarla, ya que no podía evitar analizar su vida y retroalimentarse con un sinfín de imágenes oscuras. Siempre había tenido una vida así de dura, nunca había recibido cariño o palmaditas en la espalda. De niña pensaba que eso era lo normal, que todas las madres gritaban y pegaban y que la soledad era el estado natural de todas las niñas del mundo, pero ahora ya no era una niña y podía analizar su circunstancia objetivamente, y objetivamente veía que estaba de mierda hasta el cuello. No tenía futuro, o no tenía uno claro. No tenía intereses, ilusiones u objetivos en la vida, no tenía amigos, no tenía familia. Solo era poseedora de un listado sin fin de malos recuerdos, de malas sensaciones y de pasajes que ojalá pudiera borrar con un chasquido de dedos, pero no tenía ese poder, no tenía ninguno, ni siquiera el de la invisibilidad, que era el que veía más cercano, porque sentía que nadie la veía, que no importaba a nadie.

Pasaron por su cabeza diversas imágenes. Ella saltando por un puente; no, no había puentes cercanos, y si saltara desde su ventana se haría un esguince y poco más. Ella cortándose las venas; no, eso nunca funcionaba, siempre te encontraban, te salvaban y luego era todo mucho peor. Intentó contener la respiración, pero eso era inútil. No tenía cuerda para ahorcarse y no era muy mañosa, así que hacer nudo de soga o nudos marineros no era algo muy para ella; podía buscar en YouTube, pero no tenía ganas. Había escuchado, no recordaba dónde, que un chico de un colegio al que sus compañeros sometían a *bullying* porque era gay se inyectó Fanta y murió, porque el gas entraba en el corazón y petaba o algo así. Eso sonaba a mucho dolor y no quería sufrir de ese modo, no quería sufrir más. Así que lo único que le quedaba era desear que un milagro la quitara de en medio, que la hiciera morir porque sí.

Recordó una escena de *Dentro del laberinto* donde Jennifer Connelly deseaba que su hermano, un bebé que no paraba de llorar, desapareciera, y aparecía David Bowie, que era el rey de los goblins, y lo hacía desaparecer... Melena no creía en la magia, ni creía en Dios, no creía en nada, pero por desear que no quedara, así que deseó morir con todas sus fuerzas, y apretó el muñeco contra su pecho y apretó la cara contrayendo todos los músculos, y lo que pasó es que se quedó dormida.

*

Melena despertó desorientada. Ya no tenía hambre, ya no lloraba y había perdido totalmente la percepción del tiempo. No sabía si era de noche o es que era una mañana nublada, no lo sabía ni le importaba. Se incorporó en la cama y apartó el nórdico desmontando así ese refugio que la ocultaba del mundo, algo le picaba en la nariz y se la frotó para descubrir horrorizada que tenía varios pelos esparcidos por la cara. Se giró asustada y se levantó, encendió la luz y se acercó a la cama lentamente para encontrar lo que ya imaginaba. Mechones de su pelo oscuro en la almohada.

Se llevó las manos a la cabeza y se quedó con varios pelos en las manos. Corrió al espejo para comprobar cómo de grave era el problema y descubrió varias calvas por toda la cabeza. Las podía disimular, pensó, no era tanto, pero no quería que le volviera a pasar; eso era lo último que necesitaba. Ella sabía que ese tipo de alopecia no era una cosa que saliera de la noche a la mañana. No funcionaba así, se le podía caer el pelo por problemas que hubiera tenido varios meses atrás... Así que igual era debido a su etapa destructiva con la droga, a la ansiedad del centro de desintoxicación, pero lo triste es que no hacía falta ser una gran rastreadora para encontrar mil momentos de su pasado inmediato que le podían haber provocado la caída de pelo. ¿Y ahora? Se vistió y bajó la escalera corriendo. Su madre estaba tirada en el suelo en la misma posición en que la había dejado. No le importó. Parecía dormida o inconsciente o muerta, le dio igual. Cogió la tarjeta de crédito y salió de la casa.

Cualquiera pensaría que iba a ir a comprarse un gorro o al supermercado a llenar la despensa por fin, pero no, frío, frío. Un camello como Klaus, que trabajaba en un barrio de élite, con clientes tan adinerados, por supuesto que tenía un datáfono, estaba completamente segura de que así era. Ella sabía muy bien cuál era el número pin de esa tarjeta: los cuatro dígitos del año en que su madre fue coronada como Miss España.

Golpeó varias veces la persiana de Klaus y la puerta del garaje se abrió, y el resto te lo puedes imaginar.

Gorka se arrepentía muy mucho de haber contestado sí a la pregunta de si pensaba que el autor del diario era el asesino.

—¿Sabes de quién es esto, Gorka? No lo sabes, vale. Entonces, ¿nos puedes explicar por qué lo dejaste en el buzón de la policía? Tenemos cámaras por todas partes.

Gorka se puso a llorar nuevamente como un niño.

La inspectora estaba acostumbrada a que cuando interrogaba a menores ellos salieran con llantos. Algunas veces era fruto de la presión, del miedo que daba ser interrogado en una sala desnuda, sin más mobiliario que una mesa metálica y dos sillas, sin aire, sin ventanas, sin escapatorias. Porque daba miedo meter la pata, decir lo incorrecto. Y otras veces era solo un vago intento de pedir clemencia y de que no se los valorara como posibles criminales, ya que todavía lloraban como críos.

Gorka lloró porque tenía miedo de decir según qué cosas. Se sentía como si estuviera sentado encima de un detonador que estallaría si él pronunciaba la palabra incorrecta, podía hacer que todo saltara por los aires.

—No es mío, eso lo juro —balbuceó.

—Eso ya lo imagino, pero, entonces, ¿de quién es?

—No puedo decirlo, no quiero decirlo... No sé cómo decirlo, porque puedo joder mucho a alguien.

—Gorka, por favor. Tú mismo trajiste por tu propio pie ese diario y lo metiste en el buzón de la policía. Si lo trajiste es porque crees que la persona que lo ha escrito está involucrada en el asesinato de Marina.

—Sí... Lo encontré, lo leí, y justo había pasado lo de Marina y pensé que era algo demasiado fuerte como para que yo lo supiera gestionar, ¿entiende?

La inspectora movió la silla con gestos lentos, para no asustarle, y se sentó a su lado para trasmitirle tranquilidad, pero el chico estaba muy nervioso. Sabía que lo que dijera podía cambiar el destino de una persona que conocía demasiado bien y que le importaba.

—Gorka, tranquilo, estás haciendo lo correcto.

—¡¿Entonces por qué me siento así de mal?! —gritó él.

—Porque a veces hacer lo correcto es doloroso. Pero tú quieres que se haga justicia, ¿verdad?

El chico asintió con la mirada gacha y los ojos vidriosos, las manos entrelazadas sobre la mesa, y la inspectora volvió a preguntar casi como un murmullo:

—¿Quién escribió ese diario? ¿Dónde lo conseguiste?

Y como en un conjuro, él dio el nombre que le quemaba en los labios.

Capítulo 6

Llegó el sábado. Janine se levantó esa mañana como si fuera Navidad. Abrió los ojos y saltó de la cama. A sus padres y a sus hermanos les pareció que estaba eufórica y así era. Ella sabía que su cita no era una cita de verdad, es más, ella no quería una cita de verdad con Mario, porque le parecía un cretino, pero se sentía especial, como si la quedada no fuera una artimaña fruto de un chantaje. Algo así como si ella se hubiera preparado una fiesta sorpresa y pensara disfrutarla como si se la hubiesen preparado otros. Se pasó horas en el baño poniéndose mascarillas, depilándose, se aplicó aceite de oliva por toda la cabeza porque había visto un vídeo en internet que decía que era casi tan bueno como la placenta y que quedaba brillante y sedoso. Ella se sentía como una ensalada, pero le pareció todo un maravilloso proceso de belleza. Se pintó las uñas de los pies, aunque iba a llevar zapatos cerrados y calcetines.

Claro que tenía la mosca detrás de la oreja y dudaba de que todo fuera a salir a pedir de boca. Por lo poco que conocía a Mario, no le parecía el típico chico que iba a ceder sin más a un chantaje. Pensó en aquella película de Drew Barrymore, *Nunca me han besado*, donde la niña de *ET* interpretaba a Josie Asquerosi y el chico más guay del instituto la iba a llevar al baile, pero cuando ella salía con su vestido espantoso rosa metalizado a la puerta, el chico en cuestión pasaba en un coche y le lanzaba un montón de huevos... Janine no quería ser Josie Asquerosi y tenía todas las de ganar porque poseía las fotos que comprometían a Mario. Se quitó los malos pensamientos de películas de finales de los noventa y siguió con sus tratamientos.

Mientras tanto, Mario continuaba pensando en qué podía hacer para darle un escarmiento a la chantajista, pero todo lo que se le ocurría era descabellado y rozaba la ciencia ficción. No era un chico muy ingenioso, no era muy elocuente y nunca había sido macho alpha por su capacidad de liderazgo, sino porque el resto de los chicos le tenían miedo porque parecía un treintañero y preferían ser un rebaño de betas a contradecirle, pero siempre había un par de chicos en su pandilla que daban las ideas, que trazaban los planes de fin de semana, y Mario, tan bobo como siempre, se los atribuía para seguir pareciendo el líder y el resto le daba la razón.

El chico siempre fardaba de las chicas de Tinder con las que quedaba y de que luego, tras la primera cita, pasaba de volver a quedar con ellas. Lo que él no sabía es que ninguna de las universitarias con las que quedaba volvería a tener una cita con él:

Universitaria 1: *¿Con Mario? Uf, qué va, qué pereza... Miraba a través de mí. Era una cosa muy extraña, yo hablaba, él asentía, pero me daba la sensación de que se miraba reflejado* *en mis ojos, que no estaba conmigo... A ver, el chico estaba bueno y me lo llevé a casa, pero luego fue un pluf, tardó cinco minutos. Fue un visto y no visto.*

Universitaria 2: *¿Quién es? ¡Ah! El tonto del mentón pronunciado. Qué pereza de tío. Tuve que invitarle yo porque no llevaba la tarjeta. Solo hablaba de banalidades y, la verdad, en las fotos no parecía tan idiota... Fue una cita para olvidar, aunque la culpa es mía por liarme con niñatos.*

Universitaria 3: *Menudo imbécil.*

Universitaria 4: *El sexo estuvo bien, solo estuvo mirando sus intereses, pero, bueno, correcto, pero el antes y después... ¡QUÉ MAL! Solo hablaba de chorradas y de las series que hacía en el gimnasio. Si me hubieran dado un céntimo por cada vez que se tocó el pelo, te aseguro que estaría forrada. El típico niño rico con mucho ego. No le volví a llamar, claro que no. Luego me borré de Tinder. Los tíos son todos idiotas, pero mucho. Para quedar con un cretino solo para que me dé una alegría de un par de minutos prefiero dármela yo sola y no tener que aguantar a un patán emocional que no sabe situar Pamplona en un mapa. Ciao, pescao.*

Su escaso éxito con las mujeres era el anuncio de algo que estaba a punto de pasarle. El instituto es una jungla y él era el rey, pero acababa ese año y su reinado fuera de las fronteras de Las Encinas no era reinado, sino un puñado de defectos de un niño malcriado. Sin embargo, Mario no era consciente, pensaba seguir el negocio familiar, o lo que es lo mismo: vivir del cuento mientras la *app* que había creado su padre seguía inyectando dinero en sus cuentas y disfrutar. Se sentía afortunado, pero tenía una gran enfermedad: la falta de consciencia, la capacidad de hacer autocrítica y de ver con objetividad, nunca miraba más allá de su ombligo y eso le imposibilitaba tener un comportamiento social normal o estar preparado para ser un adulto resolutivo, y eso o se aprende de joven o queda como asignatura pendiente, y la madurez no es algo que se pueda aprobar en septiembre, lamentablemente para él.

Mario no se esforzó mucho más de lo habitual en arreglarse para la no-cita. Siempre tardaba bastante en decidir su vestuario, ya fuera para salir de fiesta o para ir a comprar un videojuego, así que dudó qué ponerse y se decantó por el polo celeste, que como era moreno —porque la piel de su madre era tirando a aceituna— le contrastaba y le sentaba muy bien. Pantalón chino y zapatillas limpitas. Ni una sombra en la barba, un poco de la colonia de Hugo Boss, que no era la de ocasiones especiales, y para la calle.

Se sentía decepcionado por carecer de un plan de destrucción para acabar con Janine, pero no tenía mucha alternativa, así que pensó que lo mejor era ir, esperar a que ella viera que no podía sacarle nada y volver a casa o cambiarse para irse de fiesta si sus colegas estaban de marcha. No se iba a comportar como un cretino, ni tampoco iba a hacer un alarde de encanto, porque la opción de que ella se enamorara de él y luego vapulearla estaba bien, pero le daba mucha pereza tener que intentar ser majo.

*

Paula seguía sintiéndose una de las peores personas sobre la faz de la tierra. Insistió mucho a Melena, pero ella no descolgó en ningún momento, entre otras cosas porque estaba con un cebollón de flipar en un *after*, pero esto Paula no podía saberlo. A Gorka no quería llamarle, puesto que él había sido muy tajante al decir que no quería volver a hablar con ella nunca. Se sentía tan mal que pensó en llamar a Janine para contarle todo y desahogarse, pero Janine no estaba por la labor, estaba acabando de prepararse para su no-cita. Así que poco podía hacer. Se sintió bastante desdichada y, por suerte o por desgracia, su madre se lo notó.

Susana, la madre de Paula, era una mujer estupenda, demasiado. Era muy trabajadora, pero también maternal, y para ella su familia era lo primero. Claro que no era una mamá que cocina o plancha, pero sí una mamá que había empezado en lo más bajo y había crecido, sin que nadie le echara un cable, para llegar a ser directiva de una de las agencias de viajes más importantes de España. El padre era piloto y nunca estaba, pero la madre sacaba un diez en el examen de la maternidad. Había leído revistas sobre educación, libros y demás, y tenía ese rol que da un poco de rabia de «Quiero ser tu amiga», pero siempre estaba cuando se la necesitaba. Susana creía que lo había hecho bien con su hija. Era buena, sacaba buenas notas, un poco manirrota, pero estaba en la edad y nunca había traído a casa problemas de novios conflictivos, de drogas o de faltas leves en el colegio. Aun así, no hacía falta ser un hacha para darse cuenta de que a su hija le pasaba algo.

Pidió a la chica que trabajaba en casa que preparara unos zumos Detox y sentó a su hija en el balancín del porche para que se abriera con la excusa de «Hace mucho que no pasamos un rato tú y yo solas». No es que fuera una madre controladora o manipuladora, pero había leído en un artículo que, si quieres que tus hijos se abran, lo mejor es abrirte tú, así que empezó hablando de sus conflictos laborales, de que las cosas no iban bien en la empresa y de sentimientos, de que a veces se sentía un poco sola ya que el padre viajaba muchísimo. Soltó todo eso para que Paula se sintiera en confianza, y así fue.

Tenía tantas ganas de vomitar sus problemas que no le importó que el interlocutor fuera su madre. Así que le contó todo, absolutamente todo, con todo lujo de detalles. Tras una pausa, la madre dio un gran sorbo al zumo, la boca se le había secado por completo al escuchar el relato. Ella pensaba que el conflicto de su hija sería «Me gusta un chico que no me hace caso» (aunque eso sí había aparecido en el monólogo de Paula) o «He discutido con mis amigas» (que también) o «El curso es muy difícil y creo que voy a catear». Pero no imaginaba todo lo que Paula le contó. Ella demandaba sinceridad e iba de amiga, y las amigas cuentan con pelos y señales. Pero, claro, enterarte de que tu hija de dieciséis años se acuesta con su amigo pensando en un tío por el que está completamente obsesionada, o que una de sus amiguitas ha estado en desintoxicación por su adicción a todo tipo de drogas no es plato de buen gusto para nadie. Le parecía muy contradictorio ver a una niña rubia de pestañas interminables llorar como lo que era mientras relataba esa historia.

—Claro, mamá, entonces yo fui corriendo a ver a Gorka, salté sobre sus brazos y lo hicimos por toda la casa. Es más, le convencí de que lo hiciéramos en la cama de sus padres, para poder pensar que estaba en casa de Samuel, porque la habitación de Gorka la conozco mucho, y luego él, casi desnudo, empezó a tocar la guitarra y cantamos *Creep* y me sentí genial y muy a gusto, y ahora no me quiere volver a hablar porque me he comportado como una arpía, como una víbora, y le he traicionado del todo... ¿Qué hago?

Por muy moderna que fuera la madre y por mucho manual que hubiera leído, no se sentía nada preparada para aconsejar a su hija. Acababa de descubrir que ya no era virgen, que era activa sexualmente, muy activa, que sus amigos se drogaban... Así que lo apropiado era sugerirle:

—Cariño, creo que lo mejor es que te quedes en casa, que no le des más vueltas y que esperes a que las aguas vuelvan a su cauce, ¿no crees? Tomar la iniciativa te ha salido regular. Son tus amigos, tarde o temprano se les pasará el mosqueo y volveréis a estar como antes...

—¿Tú crees, mamá? —dijo mirando al cielo—. No sé, es que estoy cansada de esperar y, si me salen mal las cosas, vale, pero por lo menos que no sea porque yo no he intentado que me salgan bien, ¿no?

Asombrada, la madre tuvo que reconocer que, aparte de una gran desconocida, su hija era una muchacha bastante razonable. Sus palabras eran muy sensatas y solo pudo decirle:

—Tienes razón, hija. Si Gorka no quiere hablar contigo, pues que te lo diga a la cara, pero como mínimo que vea que estás peleando por su amistad.

Paula asintió. No se iba a quedar de brazos cruzados cuando sus relaciones personales estaban tan deterioradas. Se levantó del balancín, bebió el zumo, le dijo a su madre que no lo volviera a hacer porque sabía a césped y se dispuso a marcharse.

—Paula, espera, ven —la detuvo su madre.

La llevó dentro de casa y buscó por los cajones de su tocador hasta que encontró un par de preservativos.

—Llevan bastante tiempo aquí, porque yo tengo el DIU, como sabes, y por suerte no están caducados.

Paula se ruborizó, pero se tomó el gesto y el ofrecimiento de los condones como una especie de beneplácito, como una aprobación a su lado sexual.

—Haz lo que quieras, cariño, lo que sientas que debes hacer, pero siempre con cabeza, amor.

Ese consejo lo tenía ya más que integrado, aunque últimamente no lo estuviera siguiendo, pero le pareció que tenía que hacerse la niña buena para tranquilidad de su madre.

—Claro, mamá, te lo prometo.

Paula le dio un beso en la mejilla, se atusó el pelo en el espejo del tocador y se marchó.

*

Primera parada, casa de Gorka. Nerviosa, agitada y respirando por la boca —le hicieron una rinoplastia el año anterior y algo no estaba del todo bien, porque le costaba respirar un poco por la nariz—, como un animal moribundo llamó al timbre sin pensárselo. No se lo pensó porque sabía que, si daba muchas vueltas, igual no sería capaz y se arrepentiría. Le abrió la puerta una señora que trabajaba en casa de Gorka:

—No, el señorito no está —dijo con acento peruano—, se fue hace un rato al gimnasio y seguro que volverá tarde. ¿Quiere dejarle algún recado?

Ella dijo que no era necesario, se despidió amable y volvió a correr. El sol de la tarde picaba y no había mucha sombra en la urbanización. Siguiente parada: el gimnasio MuscleFit.

Mientras corría no podía evitar sentirse como una de esas heroínas de comedia romántica que en la escena final corre al aeropuerto para impedir que su amado se vaya a vivir a Canadá. No, Gorka no era su amado, pero ella se sentía una heroína romántica igualmente. Podría haber esperado en la puerta a que saliera, pero hacía mucho calor y eso no era propio ni de Meg Ryan ni de Sandra Bullock y no tenía nada de épico.

Ella misma estaba apuntada a ese gimnasio aunque solo había ido a dos clases de zumba: ya tenía en su casa una cinta para correr, una elíptica y una bicicleta estática y se hacía sus series allí, porque le daba pereza ducharse en MuscleFit. Entró dispuesta a encontrar a Gorka. Era raro pasear por un gimnasio vestida de calle: recorrió la primera planta de máquinas y nada, ojeó las clases dirigidas, aunque sabía que él no iba a hacer bodypump, y al final dio con él en el rincón de las pesas y los espejos. Lo observó desde lejos varios minutos, no porque no supiera qué decirle, sino porque la imagen del chico en tirantes, sudando y trabajando bíceps con las mancuernas le pareció muy curiosa, sugerente y hasta un poco erótica. Se fijó en los auriculares en sus monas orejas de soplillo, pensó «ahora o nunca» y se acercó.

Nada más verla, Gorka sospechó que algo muy malo

había tenido que pasar para que una chica con la que no se dirigía la palabra fuese a verle vestida de calle al gimnasio.

—¿Qué? ¿Qué pasa? ¿Qué ha pasado?

—Nada, Gorka, nada. Que quería verte y he venido.

—¿Estás loca? —dijo él mientras dejaba las pesas en el suelo.

Ella no había preparado un discurso convincente, no había ordenado los conceptos e hizo lo inesperado: abrazarle. A él le incomodó, porque no merecía ese abrazo y para colmo estaba muy sudado.

—¿Qué haces?

—Que me siento muy mal, Gorka, y quiero arreglar esto. Lo siento, de verdad.

—Eso ya lo dijiste. ¿Para decir lo mismo vienes al gimnasio? Joder…

Él se separó de ella, cogió su toalla e iba a alejarse rumbo al vestuario cuando Paula le sujetó del brazo. Le miró fijamente a los ojos y le pareció que su boca era más apetecible que nunca, tuvo un impulso muy loco de besarle, pero no lo hizo. Lo frenó y empezó la retahíla de disculpas.

Quiero perdonarla, siento que debo hacerlo. Acaba de llegar ofuscada al gimnasio. Ha metido la pata, pero me gusta esta tía y acaba de tener un gesto… como bonito, pero no puedo dejarme llevar por el mareo al que me está sometiendo. Ahora sí pero no, ahora no pero sí… Ahora me chivo de un secreto que me contaste… Eso estuvo muy mal, estoy jodido, joder, y no me puedo dejar llevar por su carita de ángel y su pelo rubio y esas mejillas sonrosadas, es… tan guapa. Joder, no.

—No, Paula, no puedo perdonarte. No me respetas, te importo una puta mierda y me has hecho daño. No puedo confiar en ti, ¿cómo vamos a ser amigos... o lo que sea si no puedo confiar en ti? No, déjame, me voy a duchar.

—No me pienso ir de aquí hasta que me abraces y me perdones —le dijo ella.

No era estrategia, pero estaba haciendo esa caidita de ojos suya que era un arma letal. Gorka se reblandeció, dio un paso hacia la chica y la cogió por la cintura. Cualquiera que los viera pensaría que, más que de amigos, estaban teniendo una disputa de enamorados.

—No quiero que juegues conmigo.

—Yo nunca te he engañado, Gorka, siempre te he dicho la verdad... Bueno, el primer día no, porque ni yo misma sabía muy bien lo que estaba haciendo, pero nunca he querido hacerte daño.

—¿Y lo de Melena? —dudó él.

—Pues ni lo pensé, fue como acción-reacción, como cuando el médico te da con ese martillito en la rodilla para ver tus reflejos. Me sentí atacada y la ataqué, y no te imaginas lo que me arrepiento.

—¿Has hablado con ella?

—No me coge el teléfono, me tiene bloqueada. ¿Y tú?

—No he querido hablar con ella. Estaba esperando, no sé muy bien el qué, pero no me apetecía tener esa escena... por miedo y porque no sé cómo defenderme. Tú metiste la pata, pero yo la metí también al irme de la lengua.

—¿Me perdonas?

Gorka sonrió sin soltarle la cintura y acercó su cara a la de la chica un poco más.

—Qué remedio.

Ella, loca de contenta, dio unos saltitos idiotas y le abrazó muy fuerte, y el abrazo jovial se convirtió en un abrazo de cariño y el cariño abrió la puerta entre ellos para que apareciera un beso. Fue raro pero bonito. Inesperado pero sincero. Corto pero intenso. Por supuesto que ella no estaba pensando en nadie más ni él pensó que eso era un error garrafal; surgió y se dejaron llevar. Se separaron y se miraron fijamente y Gorka rompió la magia con un:

—Eh... Me voy a la ducha.

Ella asintió, pero antes de perderle en el pasillo de los vestuarios le llamó.

—¡Gorka! ¿Te parece si vamos juntos a ver a Melena y me disculpo, te disculpas y esas cosas?

—Me parece genial.

—Te espero fuera... o igual me meto a la clase de step.

Gorka sonrió por la broma y entró en el gimnasio, y ya en la ducha hizo lo que cualquier chico de su edad hubiera hecho para no cometer más errores: masturbarse. No fue un acto sexual, ni tenía ganas ni nada, pero pensó que, si iba a estar con Paula, mejor que fuera desfogado y que eso le restara las ganas de abalanzarse sobre ella que había tenido al verla.

*

Melena estaba vomitando en el baño de una casa a la que no sabía ni cómo había llegado. Se lavó la cara y prefirió no mirarse al espejo porque sabía que estaba horrible, y aunque le daba igual, prefería no verse. Había chupado M y se había tomado un cuarto de una pastilla que tenía la cara de Darth Vader. Llevaba un poco de la cocaína rosa y con la tarjeta de su madre se pintó una raya encima de la cisterna del baño. Eso no era muy higiénico, pero drogarse ya era algo poco saludable, así que daba igual. Limpió los restos con el dedo y se lo pasó por los dientes y las encías, eso era algo que nunca entendía por qué se hacía, pero se hacía, y le dejó la boca adormecida.

Salió a un pasillo. Había una fiesta. No muy concurrida, pero por supuesto ninguno de los asistentes tenía su edad, ni sabían que ella tenía esa edad. Todas las persianas de la casa estaban bajadas. Llegó al salón, ese salón en el que el tiempo no importaba a nadie. Una chica en sujetador pinchaba música house o tecno —Melena no sabía cuál era la diferencia— y ella entró en la improvisada pista de baile y empezó a bailar, sola. Nadie la miraba porque todo el mundo estaba colocado y muy a su rollo. Vio una pareja de chicos besándose apasionadamente, demasiado apasionadamente, en el sofá. Vio un grupo de chicas negras, todas con trenzas de colores, que se reían delante de un móvil. Vio a una chica que se parecía a Janine con una peluca rosa como la de Natalie Portman en *Closer* y varios señores mayores que bebían y se metían rayas de coca o de *speed*, a saber, que tenían encima de un CD de Mocedades. Era un lugar sórdido, no era el sitio en el que a una madre le gustaría ver a su hija de dieciséis años.

Melena no se planteaba nada y eso era muy placentero. Le daba igual estar quedándose calva, le daba igual no haber comido en un par de días, u oler a camionero que había conducido toda una noche de verano.

Uno de los señores de los del grupito de las rayas de coca se acercó a hablar con ella y la llamó Lola. Ella no recordaba haberle dicho que se llamaba así, pero bien era cierto que en su etapa *destroyer* utilizaba ese nombre para no dar el suyo; no le gustaba que la gente a la que conocía por la noche supiera nada de ella.

—Bailas muy bien, Lola.

Ella no dijo nada, pero esbozó una sonrisa manchada de ironía o desprecio. Era muy difícil leerla cuando estaba de droga hasta las cejas. Sin previo aviso, el señor empezó a besarle el cuello y ella se dejó mientras seguía bailando. Quiso advertirle que era menor, quiso advertirle de que apestaba, pero no hizo nada. Solo se dejó hacer y a la mínima estaba tumbada en una habitación con el señor sobre ella. El peso del hombre la incomodaba y no le gustaba que le intentara meter la mano por dentro del pantalón, así que se la apartó varias veces. Todo le daba vueltas y sintió que era blanda, como de mantequilla, y que las manos del señor se le clavaban por el cuerpo, como deformándola. Se sentía como un globo lleno de harina, como una bola antiestrés. Él apretaba, pero ella no sentía dolor. Melena no pensaba en su padre muy a menudo, no tenía datos ni podía imaginar grandes cosas que no estuvieran con una base de total fantasía. Será un astronauta, será un actor famoso, será un político de derechas. Esto último le horrorizaba, pero en ese momento, notando el aliento de ese hombre desconocido en toda su cara, pensó en su padre.

Imaginó que aparecía, como un ser de luz, y que la sacaba de ahí, y luego ese pensamiento se convirtió en otro más duro: ¿y si ese hombre que la estaba manoseando sin cariño ni cuidado fuera su padre? Por la edad podría serlo… Eso la incomodó mucho, la violentó y le provocó una arcada.

Intentó zafarse de él, pero no podía, y se retorció y le golpeó y al final, con una fuerza sorprendente, consiguió empujarle.

—¡¡Que te apartes, joder!!

Y vomitó ahí mismo sobre una alfombra de cebra. No es que fuera un estampado de cebra, es que era la piel de una cebra convertida en una alfombra. Se giró hacia el señor y dijo inocente:

—Es una cebra.

—Sí, es una puta cebra y acabas de potar sobre ella, maldita hija de puta. ¡Mi alfombra, joder!

El señor —al que ya no podía llamar señor, sino cretino— cogió a Melena por el brazo y la zarandeó con mucha violencia mientras le gritaba cosas como que la iba a limpiar con la lengua, pero Melena se defendió, le empujó y empezó a gritarle también. Estaba muy entrenada y las discusiones a grito pelado eran su especialidad. Le dijo que era un cerdo y que ella era menor y que le iba a denunciar por abuso de menores, que se iba a cagar. El tipo se calló y palideció de golpe.

—¡Así que dame todo lo que tengas en la cartera y dime por dónde coño se sale de esta casa!

El hombre obedeció sin rechistar. Le dio setenta euros que ella se guardó sin contar y le indicó el camino sin decir una palabra. Ella caminó tranquila, sin vacilar, cruzando el salón donde ya nadie bailaba. Cogió una botella de whisky semivacía y se fue sin mirar atrás.

*

Janine y Mario estaban sentados en una mesa del VIPS. Ella había pedido uno de esos batidos de Oreo, insistió en compartirlo, pero él prefirió una Coca-Cola Zero. Ninguno de los dos mencionó nada acerca del chantaje, parecía una cita casi normal, salvo porque el chico miraba muy poco a la chica e intentaba esconderse en el móvil cada dos por tres, tanto que ella se puso seria y le dijo que parara y que estuviera por ella. No era un momento cómodo. No había nada orgánico en la conversación. Ella habló de que quería ser dibujante de manga, pero que sabía que en España era muy complicado, y le contó con pelos y señales su viaje a Japón, a lo que él contestó:

—Guay.

Habló también de las series que estaba viendo y de que, aunque le daba un poco de corte, estaba volviendo a ver la serie *H2O*, porque le parecía muy mona.

—Guay —otra vez.

Ella se estaba esforzando en que no hubiera silencios entre ambos, y como él estaba callado todo el rato, era una ardua tarea, porque no quería quedar como una cotorra. Mario, que vio el esfuerzo, le musitó:

—Tía, no me vas a caer bien, en serio, déjalo ya. Es imposible que me caigas bien y no me puedes obligar a eso. Si querías que viera que eras algo más que la gorda del insti lo has conseguido.

—¿Sí?

—Sí, claro. He descubierto que eres una friki y que no te callas, joder, no te has callado desde que nos hemos sentado. Mira, es que ni has probado el batido, que por cierto, deberías dejar de tomar esas mierdas. De nada por el consejo. ¿Nos podemos ir ya?

—¿Irnos? Nada de eso… —Janine no iba a amedrentarse con cuatro insultos facilones, no, pues menuda era ella—. Háblame de ti.

—No.

—Sí.

—Joder…

—Venga.

—¿Qué quieres saber?

Un poco a regañadientes, él empezó a contarle un puñado de cosas banales: que no veía muchas series, que jugaba bastante a la consola… Habló de los sitios a los que iba y de la música que escuchaba. A Janine le hubiera gustado conocer esos grupos de música para poder enlazar un tema con otro, pero no los había oído en su vida, ni le sonaban esos nombres. Estaban en las antípodas el uno del otro. Pero ella no se había puesto aceite de oliva en el pelo para quedarse callada.

—Y ¿por qué eres así? —preguntó ella amable.

—Pues mira, el mentón es de mi padre, los ojos de mi abuela materna…

Ella no le estaba preguntando eso, le preguntaba por qué era tan rancio, por qué se metía con los débiles, pero vio el cielo abierto.

—¿Está viva? —preguntó veloz, para no perder el tren.

—¿Mi abuela? Prefiero no hablar de eso.

Él no quería hablar de eso, porque tendría que entrar en la espiral de hablar de que no tenía sentimientos, de que no lloró en su entierro y demás.

—Yo vi morir a la mía, a la madre de mi padre. La otra está viva, es más pesada.

—¿Cómo?

—Buf… Fue el año pasado. Yo tenía catorce o acababa de cumplir quince, no me acuerdo. Mi abuela estaba muy malita, porque había trabajado mucho de joven en una empresa que hacían una movida de plástico o algo así y trabajaban con un montón de productos químicos y de cosas que le fastidiaron los pulmones. Estaba fatal, pero no lo sabíamos porque nunca se quejaba. Llevaba mucho tiempo ingresada y mi padre y mis tíos hacían turnos para quedarse por las noches. Para ellos era un rollo, porque todos trabajaban y estaban cansadísimos. Entonces yo un día, para hacerme la mayor, le dije a mi padre que me ofrecía para quedarme una noche, una sola noche para que pudieran descansar. No sé si les pareció buena idea o es que estaban demasiado cansados para planteárselo, el caso es que me dejaron. No era complicado, porque ella dormía casi toda la noche. Respiraba como haciendo sonidos espantosos, como un animal al que han atropellado y han dejado en medio de una carretera agonizando. La noche iba más o menos bien, yo llevaba un par de revistas y cosas para entretenerme y, de pronto, empezó a tener como espasmos, a ahogarse. Yo la miré y no supe qué hacer, salí corriendo al pasillo, quería gritar, pero ¿sabes? No pude…, me dio como vergüenza levantar la voz. No podía pedir ayuda. A lo lejos vi a una enfermera y le dije que por favor viniera, que mi abuela estaba muy mal. Pero cuando llegamos a la habitación, mi abuela como que se puso rígida, soltó todo el aire y murió, allí delante de nuestras narices. Igual si hubiera gritado o corrido se habría salvado...

Janine estaba llorando, pero no contó el relato de manera dramática, lloró sin darle importancia.

—Y ¿sabes una cosa? Esto te va a parecer horrible. No lloré. O sea, ahora estoy llorando al contarlo, pero en aquel momento no lloré. Ni cuando llegaron mis padres, ni cuando vi a mis familiares destrozados, ni en la misa, ni en la incineración, no lloré. No me salió.

Mario había escuchado la historia con interés, pero cuando ella dijo esto último se abrió de orejas por completo.

—No quisiste forzar, ni fingir —dijo él.

—Tal cual. No me salía y no me estrujé, ni me metí una pinza de las cejas en el bolsillo para arrancarme pelos de abajo como hacía Joey para llorar cuando tenía escenas de drama.

—Eso es de *Friends*, ¿no?

—Sí. ¿Te gusta?

—No mucho, pero, como la daban a la hora de comer, siempre estaba puesta en casa...

—Jo, a mí me encanta, la he visto toda mil veces. —Janine se acercó la pajita a los labios y bebió del batido—. Está caliente.

—Claro, no has callado —contestó Mario casi sonriente. Casi.

Eso era lo más parecido a una conversación que habían tenido desde que se habían sentado. Enlazaron *Friends* con *Padre de familia* y con *Los Simpson* y siguieron hablando de un modo más fluido hasta que Janine dijo que tendrían que darse prisa, que iba a empezar la película. Él se quejó, se quería ir, pero cedió sin remedio. A Mario seguía sin caerle bien la chica, la seguía viendo como un orco del inframundo, aunque ella era bastante mona, tenía la cara redondita pero era mona. Él la veía como un espécimen de otra raza. Aun así, el que ella hubiera contado que no lloró con la muerte de su abuela le hizo sentirse un poco más relajado y más confiado. Vio una pequeña conexión entre ambos y cambió un poco su manera de mirarla. Janine notó la cercanía, que no era mucha, pero era algo, y lo celebró con vítores internos.

*

Gorka salió con el pelo mojado y se reunió con Paula en la acera de enfrente del gimnasio. Estaban un poco raros. Les hubiera gustado que el guionista de sus vidas bajara, rompiera la cuarta pared y les dijese qué iba a pasar entre ellos, pero eso era imposible porque no estaban en una película: eso era la vida real y las cartas las tenían que jugar solitos. Echaron a andar hacia casa de Melena. Iban muy cerca y de vez en cuando sus brazos se rozaban, o saltaban chispas, no eran extraterrestres. Ellos no lo mencionaban, pero lo notaban y no hacían por separarse. Hablaron muy poco durante el trayecto y, de pronto, cuando se quisieron dar cuenta estaban frente a la ostentosa puerta con aldaba dorada del casoplón de Melena.

Llamaron varias veces, pero nadie abrió. Se podría pensar que la madre de Melena seguía tirada en el suelo o que había reptado de vuelta al sofá, o que ya estaba en coma. En cualquier caso, esa señora cuando no esperaba visita nunca abría la puerta, pero lo cierto es que no estaba en casa. Pasó muchas horas en el suelo tras el lamentable incidente con su hija y se sintió patética, casi devorada por las pelusas que rodaban por el pavimento como las bolas de paja del Oeste. Luego hizo acopio de sus últimas fuerzas, se levantó a duras penas y se fue. No dejó una nota, no dejó dinero, solo se fue, haciéndose la digna. Una falsa dignidad que enmascaraba una pizca de vergüenza y arrepentimiento. Lo que había hecho no tenía nombre y ella lo sabía, aunque no podía culpabilizarse porque estaba como poseída. Pegó a su hija, pero no era ella, no fue consciente de lo que estaba haciendo, de las consecuencias. Lo hizo y ya está. Y por eso quería desaparecer. Tenían tantas cosas en común la madre y la hija que tal vez ese fuera el inicio de sus conflictos y de su recíproca repulsión. Ambas habían huido. Pero solo una parecía que iba a volver..., y es que justo en ese instante Melena subía la calle en dirección a su casa. Estaba sucia, despeinada y eso hacía que sus nuevas calvas quedaran bastante disimuladas. Olía mal y parecía que había sobrevivido a una *survival* zombi.

—Joder —musitó para sí al ver a Paula y a Gorka sentados en la escalerita de su casa.

Le venía muy mal tener que ser social, enfrentarse a ellos, que vieran que era un deshecho en toda regla, estaba molesta con ellos, pero ahora esos conflictos le parecían un montón de chorradas de patio de colegio. Pensó en dar marcha atrás, pero no tenía que esconderse de nadie. Ella era dueña de su vida y ellos, desde su punto de vista, eran una panda de hipócritas. Tiró el cigarro —normalmente no fumaba, pero llevaba un paquete en el bolso, a saber cómo había llegado allí— y avanzó hacia su casa sin mirarlos.

Ambos se levantaron al verla y enmudecieron al descubrir el catálogo de taras y errores que había en su imagen y en su actitud. Paula se llevó las manos a la boca, como si hubiera visto un fantasma, ciertamente era lo que estaba contemplando.

¡Madre mía!, cuando vi a Melena, ¡madre mía! Si ya me sentía culpable por lo que le había dicho, mi culpabilidad se multiplicó por mil cuando vi qué factura le había pasado nuestra pelea. Sabía que era ella porque iba directa a la puerta de su casa, pero llevaba el pelo hecho un cristo, encrespado y sucio, como si alguien se lo hubiera peinado así para darle volumen y luego hubiera ido en moto y sin casco. ¿La ropa? ¡Guau!, eso era... El pantalón parecía de pijama, te lo juro, y estaba muy sucio con todo tipo de manchas de colores, pero predominaba el marrón por todas partes. La camiseta... Eso era muy fuerte, era como si la hubiera extendido en medio de una carretera a una hora punta y hubiera dejado que todos los coches le pasaran por encima y luego se la hubiera puesto. Pero lo peor de todo era su cara, porque la ropa se puede lavar o en este caso quemar, pero su cara no tenía arreglo. Estaba demacrada, hiperdelgada, con unas ojeras que parecía el personaje más siniestro de cualquier historia de Tim Burton, sí, esa era una buena referencia para definirla: Tim Burton. Casi me pongo a llorar, pero sabía que no debía y contuve las lágrimas para no eclipsar y para intentar que como mínimo nosotros pareciéramos normales y pudiéramos reconducirla hacia un lugar emocionalmente seguro.

Quería fingir normalidad, pero mi mano izquierda se lanzó sola hacia Gorka y le cogí la muñeca como con miedo; es que yo estaba asustada, de verdad. En ese cuerpo no quedaba ni rastro de la chica que había sido mi amiga, y pensé que si así de mal estaba por fuera... ¿cómo debía estar por dentro?

Pobre Paula, que pensaba que lo que le pasaba a Melena era fruto de su desencuentro. ¿Cómo no se iba a sentir culpable cuando vio aparecer a la hija de Beetlejuice?

—¿Ya sois novios? Enhorabuena... ¿Os apartáis?

Eso dijo Melena abriéndose paso y rompiendo la pareja. Gorka notó que tenía que tomar la iniciativa o la cosa se iba al garete. Así que dijo lo primero que le vino a la cabeza:

—¿Qué te ha pasado?

Melena empezó a reír como una loca mientras metía la llave en la cerradura, se giró y le retó:

—¿Qué me ha pasado? Manda huevos... ¿Qué te ha pasado a ti? ¿Qué? No sabíais qué hacer esta tarde de sábado y habéis pensado que lo mejor era venir a joder a la exyonqui. Es un espectáculo de puta madre. Mirad, se me está cayendo el pelo, huelo a choto y estoy sucia. ¿Contentos?

La actitud de la chica daba bastante miedo, estaba borracha, drogada y vocalizaba con dificultad, pero aun así tenía ese poder suyo de aguantar la mirada, de clavarla en los ojos de los interlocutores, y eso siempre le daba mucho peso y mucha veracidad cuando hablaba. Gorka intentó explicarle que venían en son de paz, pero ella no hizo ni el esfuerzo de escucharle. Él la cogió por los brazos y le dijo que estaba drogada, algo que Melena ya sabía, obviamente. El chico insistió en entrar con ella, en mojarle la cabeza, en ayudarla, pero ella le empujó y se deshizo de la no-pareja en un santiamén. La conversación iba mal, pero, cuando él mencionó la posibilidad de pisar su casa, a ella le entraron todos los temores del mundo. No sabía lo que había dentro, no sabía si su madre estaría tirada, si se habría suicidado o si estaría en medio de una orgía con otras estrellas españolas venidas a menos.

Gorka y Paula esperaron unos segundos fuera, pero vieron que la batalla estaba perdida. Él, con muy mala leche, golpeó la puerta y arrancó a caminar primero; ella fue detrás de él con una extraña actitud sumisa. Paula quería ayudar, quería decir algo con sentido, tranquilizarle, pero por mucho que estrujó su cerebro solo consiguió soltar un tímido:

—Qué fuerte…

Gorka ni la escuchó, o si lo hizo no le dio ninguna importancia. Se sentía mal, sentía que su amiga estaba en el peor momento de su vida y que él se encontraba maniatado frente a ella, y eso le daba mucha rabia, mucha. Paró en seco.

—Oye, mira, Paula, que me voy a ir para casa —le dijo sin mirarla—, no me encuentro muy bien.

—Lo entiendo, lo entiendo, es que… ha sido muy fuerte.

—Sí.

Él le dio un beso en la mejilla y se apresuró a llegar a su casa tras dejarla sola en medio de la calle sin saber hacia dónde tirar. ¿Ir a su casa? Su madre estaría esperándola para ver si la tenían que llevar a la clínica abortista o a por la píldora del día después, porque sabía que se había tomado regular sus historias sexuales aunque lo hubiera fingido estupendamente. ¿Dar un paseo? No. Así que buscó un banco cercano y se sentó como una de esas señoras que echan migas de pan a las palomas. Lo mismo, pero sin ser una señora, sin el pan y sin las palomas.

Pensó en sus besos de esa tarde. El primero del gimnasio había salido natural y había sido muy bonito. El segundo, el de la mejilla, tenía varias lecturas. La primera, que era un beso amistoso, más fraternal que otra cosa; y la segunda… No, no conseguía darle ninguna lectura más a ese beso. ¿Se habría desenamorado Gorka de ella? Eso, pensándolo objetivamente, era una buena noticia. Muerto el perro se acabó la rabia. Pero para su sorpresa este dato no le daba alegría para nada. A todo el mundo le agrada gustar y a ella le encantaba gustar a Gorka, eso pensó y se sintió otra vez como una villana. Era absurdo, era egoísta y no estaba bien. En el gimnasio notó que la miraba con amor detrás de su carita de enfado, sintió que saltaban chispas entre ellos, tanto que afloró un beso muy sincero, pero tal vez ese beso era como una especie de punto final. Quizá ella no había jugado nada bien sus cartas; al revés, las había jugado pasándose las reglas del juego por el forro. Había utilizado a Gorka, así explícitamente, había hecho que su mejor amiga cayera de nuevo en la droga y ni le hablara… Por mucho beso fugaz y especial que hubieran tenido en el gimnasio, era normal que el chico estuviese hecho un lío y que quisiera frenar ese mareo de raíz. No podía engañarse más, era obvio que una minimariposa estaba empezando a revolotear en su estómago mezclada con todas las mariposas que le hacía sentir Samuel. Era una mariposa chiquitina, pero superviviente, que no se achantaba por el vuelo y los colores de las otras, que eran enormes y le triplicaban el tamaño.

¿Me gusta Gorka? Venga, va, anda ya…, no puede ser. Es una confusión fruto de lo extraño del momento y del desorden emocional que tengo ahora. ¿Cómo me va a gustar? ¿No me ha gustado nunca y ahora sí? No puede ser… Si le conozco desde hace mil años, si le he visto tirarse pedos, ser grosero y tonto, y nunca me ha parecido ni guapo… hasta ahora. Sí, a ver, objetivamente el chico es guapo. Se está poniendo guapo, porque antes no lo era, pero le está cambiando la cara, está creciendo. Sus orejas son muy graciosas y tiene ese cuerpo que…, yo nunca me había fijado en ese cuerpo. Tiene un don en lo que a besos se refiere. Yo no puedo comparar mucho, pero cuando él me besa es como si yo fuera una gran besadora, porque mi boca se adapta a la suya, como uno de esos profesores de tango que te sacan a bailar y solo tienes que dejarte llevar y te hacen parecer una bailarina preparada para ganar cualquier tipo de certamen de baile. Jo, siempre me ha gustado Dirty Dancing. *Y esto ¿a qué venía? Ah, que me gusta Gorka.*

No, no me gusta. No me puede gustar, no me debe gustar. Imagínate que me gusta, qué bochorno, con qué cara me presento frente a él para decírselo… No, no, no, no. NO. Ene, o. Tengo que frenar esto. Voy a pensar en Samuel, sí, Samuel no es que me guste, es que le amo. Voy a hacer que las mariposas que me provoca Samuel destruyan a ese pequeño bicho que me ha metido Gorka en el estómago, como si fuera una pelea de gallos. Solo puede ganar uno, y no va a ser mi amigo, no. ¿Soy tonta? Sí, un poco. O sea, me voy a quitar de la cabeza la idea de poder tener una historia con un chico al que le gusto y que me empieza a gustar porque estoy absurdamente enamorada de un tío que nunca me hará caso. Eso no tiene ninguna lógica. Pero estoy cómoda queriendo a Samuel y siempre me convencí a mí misma de que no necesitaba nada de él. El sentimiento de amor para mí ya era enriquecedor y bonito y no necesitaba más, pero eso suena a arrastrada, a persona obsesionada que no tiene los pies en el suelo. ¿Tú qué harías? Yo es que no lo sé…, que, ojo, no tengo que tomar ninguna decisión; es más, si lo hubiera pensado antes, puede que la puerta de Gorka siguiera abierta de par en par, pero ahora creo que la ha cerrado a cal y canto y lo tengo bien merecido. Creo que lo mejor será que me ponga Ordinary World *unas tres o cuatro veces, que es una canción que me hace ponerme sentimental y que imagine mis típicas escenas de amor con el chico al que realmente quiero: Samuel.*

*

Al entrar en casa, Melena ya notó algo raro. No sabría explicarlo, era como una energía distinta. Su madre no estaba y ella podía olerlo —no olerlo de verdad, la única que olía fuerte ese día era ella, sino notarlo—. Estaban tan conectadas que podía percibir su presencia o cuándo iba a llegar, como les ocurre a las gemelas. Como un perrito cuando escucha un ruido lejano y levanta las orejas poniéndose alerta. Pues ella tenía la alerta desactivada, porque era obvio que su madre ya no estaba allí. ¿Sabes cuando compras unos cereales que crees que te van a encantar y luego no te gustan y se quedan escondidos en el fondo de un armario? Pues esos cereales sosos y digestivos eran lo único que quedaba en la cocina arrasada. Metió la mano en la bolsa y empezó a comer a puñados. Era como comer serrín. Estaban destrozados y no sabían a nada, pero estaba muerta de hambre. Siguió comiendo del paquete mientras avanzaba por la casa como una exploradora sin interés.

El salón estaba vacío y la tele apagada. Siguió la ruta. Los restos de sangre en la barandilla de la escalera se habían tornado de color chocolate. En cambio, las gotas que habían manchado la moqueta seguían teniendo un color rojo intenso. La quietud y el olor a cerrado reinaban también en el piso de arriba. Si Melena hubiera tenido un ángel de la guarda, este era el momento exacto para que enviara a unos asistentes sociales, pero en vez de un ángel de la guarda ella tenía una nube negra. Llamó a su madre inútilmente. «El teléfono al que llama está apagado o fuera de cobertura en este momento, por favor, inténtelo de nuevo más tarde».

No, no iba a intentarlo más tarde. Se quería duchar, quería dormir, quería pedir una pizza y quería ver cualquier cosa que no le hiciera pensar. Pero antes de eso se dio cuenta de que su habitación era el lugar más catastrófico de la casa. Ropa por el suelo, trastos, platos vacíos, papeles tirados y ese olor a cerrado, como a rancio, que inundaba todo el espacio. Se acercó a la ventana y la intentó abrir, pero no pudo, estaba atascada. La golpeó en vano, y se dejó caer en el suelo como una pluma que deja de levitar.

*

Y llegaron al cine. Mario estaba más relajado que al inicio de la no-cita y Janine estaba en su salsa, pero seguían sin parecer bien avenidos. Eran una pareja muy rara. El chico no sonreía y ella no paraba de hablar como una cotorra. Siempre había sido muy parlanchina, en su casa se lo decían, pero ella lo achacaba a que su cerebro iba muy rápido, tenía muchos datos que pensaba que podían ser relevantes para los demás y de ahí su metralleta verbal. Ella no era consciente de que parecía una cotorra, se tenía por una chica elocuente, que sabía dialogar y con conversaciones fluidas…; se equivocaba. Pero no nos dejemos engañar por que Mario dijera tres palabras en vez de un par de onomatopeyas. Estaba cada vez más nervioso. Normal, era un sábado por la tarde en el cine más cercano. Estaba plagado de gente, sobre todo de familias, pero ¿y si alguien conocía a alguien que le conocía y le hacía una foto?, no podría soportar otro chantaje más.

—Oye, que como tú eres… así, de buen comer y tal, que voy a ir a comprar las palomitas, así no tenemos que tragarnos otra cola luego —le dijo a Janine—. Dame dinero.

Ella obedeció. La frase llevaba un insulto y no había nada de gentileza en ella, pero le pareció que el hecho de que él tomara una iniciativa era subir un peldaño. Cuando ya se quedó sola miró a Mario de lejos. El polo le hacía una espalda espectacular, le vino a la cabeza Polo, su compañero de clase, en una boba unión de ideas (qué tonta), y siguió dándole vueltas al coco. La cita no iba tan mal, ¿no?, se repetía para sí.

A veces el destino es así de juguetón. Muchas veces,

de emporrada, los chicos habían comentado que en muchos momentos sus vidas parecían estar guionizadas. Sabían que no había un ser superior que escribiera sus historias, pero les llamaba mucho la atención la plaga de casualidades que pasaban durante el día. Una vez Gorka estaba en Londres y se encontró a un chico del gimnasio, parece una tontería, pero no lo es. ¿Sabes todos los ángulos que puede ofrecerte tu cabeza? ¿Sabes todos los segundos que tiene un día? ¿Sabes todas las posibilidades que hay de que estés distraído mirando un escaparate en ese momento? Pues no. Se tropezó con un colega. Su cara giró al mismo tiempo que la de él y se encontraron en otra ciudad del mundo… Como esas tenían mil anécdotas. Las del hilo rojo mágico que une a las personas, las de un extraño campo circular magnético que hace que todos estén conectados entre sí, pero la que les hacía más gracia, puede que por ser la más irreal, era la de imaginar unos señores guionistas que escribían sus vidas y, ¿por qué no?, que les jorobaban al mismo tiempo. Si hubiera habido unos guionistas en esa escena de la vida de Janine y Mario, sería un guionista poco experimentado, que iba a los tópicos, a lo fácil, que siempre suele ser lo más efectivo.

Mario cogió las palomitas y los refrescos y volvió a la cola con Janine, y justo en el instante en el que ella empezó a devorarlas mientras él sostenía el cubo gigante, que era el que hacía un menú por 9,99 con dos bebidas, empezaron a escuchar risas.

LA CATÁSTROFE.

Janine recuerda lo que pasó a continuación como un puñado de imágenes inconexas, como *flashes*, como las piezas de un puzle de cristales rotos imposibles de encajar. Llegó a su casa, con la camiseta llena de Coca-Cola Zero y alguna que otra palomita en el pelo, e intentó recordar.

Nos gritaron, eran diferentes voces. Soltaron una ristra de insultos que iban de gorda a pringado. De foca a acabado. Eran varios, pero no recuerdo sus caras, o sea, que en una rueda de reconocimiento policial no las tendría todas conmigo, porque eran todos una panda de borregos impersonales, con el mismo tipo de ropa, con el mismo tipo de pelo, con el mismo tipo de inteligencia e ingenio limitados. Nos vieron juntos y ellos mismos sacaron las conclusiones. No estábamos en una actitud especialmente cariñosa, pero el que yo cogiera de las palomitas que sostenía Mario les pareció como un atentado al universo, algo antinatural y probablemente horrible. Cuando eres un lacayo y ves que el macho alpha hace algo que lo rebaja a tu mismo nivel, es el momento de lanzarte contra él, de no dejarle que suba de nuevo a su posición, y ellos vieron el cielo abierto. Les pareció que el que Mario estuviera conmigo era símbolo de flaqueza, un claro punto débil al que disparar. Nos gritaron, nos insultaron y luego ya pasaron a las manos entre las miradas de escándalo y asombro de las familias de la cola; este es un barrio de alto standing, *no una barriada de polígono.*
Uno empezó a reírse de Mario por estar con la gorda del colegio, otro le hacía fotos, mientras otro le pegaba un empujón que hizo que las palomitas volaran por los aires a cámara lenta. Le volvieron a empujar, y tanto él como la Coca-Cola cayeron sobre mí, de ahí que mi camiseta estuviera llenita de cafeína y de pegajosas manchas marrones. Mario se defendió, pero realmente parecía un pringado, un perdedor, y poco rastro que-

*daba del gallito del mentón pronunciado. Ahora parecía solo
una oveja acorralada por una jauría de hienas hambrientas.*

*Se sintió pequeño, insignificante y mediocre, y he de decir
que tuve sentimientos contradictorios. Me daba pena que lo estuviera pasando mal, sobre todo porque era yo la que le había
obligado a tener la cita con la gorda de Las Encinas, pero por
otro lado era un placer verle relegado a mi posición muy muy
muy abajo en la cadena alimentaria. ¿Disfruté? Sorprendente-
mente sí. ¿Sufrí? Menos de lo que esperaba. Reconozco que antes de exigirle que saliera conmigo, cuando hacía cábalas sobre
mi maquiavélico plan, pensé en esta opción, en la de forzar que
sus amigos nos vieran, pero luego me pareció demasiado cruel y
no quería cargar con esa mala sensación sobre mis hombros.
Pero al no ser yo la artífice de la catástrofe…, no estaba mal que
la disfrutara un poquito.*

*Mario me miró desde el suelo, mientras los chicos seguían
riéndose de él, resopló muy fuerte y me clavó la mirada dando a
entender que se la iba a pagar, pero no era mi culpa, yo no
había hecho nada. Sí, chantajearle, pero yo qué sabía que sus
colegas esnobs y bobos irían al cine a la misma sesión que nosotros. Ya en la cama y bien limpita, no dejaba de pensar en qué
me iba a encontrar en el colegio el lunes. Haber estado presente
en la bochornosa escena también le decía a todo el mundo que
yo había tenido una cita con el repetidor más molón del cole…
¿Cómo me iba a afectar eso? ¿Iba a subir en popularidad?*

Janine se quedó dormida imaginando un mundo de
fantasía donde la gente del cole la vitoreaba y se convertía en la reina del baile de fin de curso, y Mario se daba
cuenta de que se había portado como un cretino y por
fin se ponía en la piel de los perdedores, empatizando

así con todos los frikis a los que había maltratado. Le pareció que sería precioso ese inicio de una nueva era y se quedó frita, sonriendo y durmiendo con la boca abierta.

*

Ese domingo no existió para los alumnos de Las Encinas, sobre todo para los que se sentaban al fondo de la clase. No postearon *stories*, no comentaron fotos, no se escribieron entre ellos. Era como si estuviesen cansados emocionalmente y se borraran del mapa durante unas horas. Janine tardó siglos en levantarse. Intentó dibujar un poco, aún en pijama, pero todo le parecía cutre y sin gracia, así que después de comer se puso a ver con su madre una de esas pelis de juicios que dan en la tele que tienen títulos de dos palabras mezcladas en plan «Pasión peligrosa», «Trágica mentira», «Recuerdo olvidado», «Venganza oscura», «Inquietante verdad»... Según Janine, quienes ponían esos títulos tenían dos columnas con palabras y las iban mezclando al azar. Se quedó dormida al final de la peli sin saber quién era el asesino y se despertó a las ocho de la tarde, muy vaga, con hambre y con ganas de seguir durmiendo. Luego recordó que tenía deberes, pero pensó que se le ocurriría alguna buena excusa de camino al insti.

Melena estuvo todo el día como alma en pena. Intentó recoger el estropicio de la habitación, pero fue incapaz. Escuchó música y se bajó un programa para hacer *mash-up*, una cosa de mezclar canciones. Había fantaseado con ser dj, algo que nunca conseguiría y que nunca revelaría a nadie más que a su unicornio de peluche hecho papilla. Se duchó, por fin, y estuvo pensando peinados que disimularan los cráteres de su cabeza. La caída de pelo era muy escandalosa, pero ya tenía experiencia en lo del disimulo. Aun así, no tenía claro que fuese a volver al colegio. Era menor y debía seguir estudiando, pero, ahora que se había ido su madre, lo mejor que podría pasar es que vinieran los servicios sociales y se la llevaran de ahí, porque era consciente de que sin dinero y sola no duraría mucho. Podría buscar un trabajo, podría hacer muchas cosas, aunque sabía que no estaba lista para nada.

Por su parte, Gorka pasó el domingo en un estado vegetativo, casi como si estuviera deprimido; estaba triste, pero no hundido en la miseria. Quería que el mundo parara y poder bajarse y no le apetecía que sus padres estuvieran preguntándole «¿Qué te pasa? ¿Qué te pasa? ¿Qué te pasa? ¿Qué te pasa?»… Así que se encerró en su cuarto, jugó a la consola, vio cuatro capítulos de *Punisher*, se masturbó un par de veces viendo porno y buscando palabras claves como «big tits» o «anal latina», puesto que no necesitaba estar de buenas para eso, salió a comer restos de ensalada de la noche anterior que se metió dentro de un pan con la sensación de que estaba inventando algo, se duchó un par de veces y nada, otro domingo perdido.

Lo de Paula fue más o menos lo mismo, pero sin porno y sin ensaladas. Bueno, y con la diferencia de que estuvo todo el día con su madre. No es que ella la sometiera a un tercer grado, pero la madre de Paula sentía que se había perdido muchas cosas de su hija por el camino y no quería perderse nada más. Tenía ganas de ser partícipe de lo que le pasara, pero no porque Paula se sintiera obligada a desembuchar, sino ganándose la misma confianza que habían tenido cuando Paulita iba a cuarto de EGB, cuando le contaba todo. Sus conflictos eran objetivamente tontos en aquella época, pero Susana tenía la extraña sensación de que su hija había crecido de golpe, y había pasado de pelearse con sus amigas para ver quién era Ladybug a la hora del patio a estar abierta de piernas en una cama ajena, y eso daba miedo. No podía evitar sentirse culpable por haber prestado más atención al trabajo y pensar que todo estaba bajo control en su casa. Le dolía que su hija no hubiera tenido la confianza suficiente para explicarle que ya no era virgen; no quería los detalles, pero sí los titulares, así que se iba a esforzar en recuperar el tiempo perdido, y eso, para empezar, se traducía en un domingo madre e hija encubierto. Eso quería decir que iba a organizar planes con Paula sin que esta se diera cuenta de que los estaba haciendo.

Realizaron limpieza de armarios para donar ropa que no utilizaban: una gran actividad que consistía en empantanarlo todo y luego hacer que la chica que trabajaba en casa lo recogiera de nuevo. Hicieron un pastel: otra estupenda actividad que consistía en llenar la cocina de harina y de trastos, empezar a hacer un pastel y que la chica que trabajaba en casa lo limpiara y recogiera todo. Se bañaron en la piscina y pusieron el salón perdido de agua, que le tocó limpiar a la chica. Se pintaron las uñas de los pies y rompieron un frasquito de color coral que la chica tuvo que limpiar, etcétera. Todo muy sucio, todo muy madre e hija, con confidencias discretas, pero con amor y buen rollo.

La madre sabía que ese era el principio de algo, de un nuevo comienzo entre ambas, de una nueva relación casi de adulta a adulta, y eso la hacía feliz. Eso pensó ese día, pero tiempo después, cuando Marina ya estaba muerta, sintió que la fallecida podía haber sido Paula y se volvió mucho más autoritaria y estricta, y lo que eran confidencias y secretos se fueron perdiendo por el camino. Cuando sabes que hay un asesino que ronda el colegio de tu hija, sale más a cuenta no hacerse la madre molona y cortar las alas que luego lamentar haber sido liberal y que aparezca un bonito cadáver por la mañana.

*

«Por mis huevos». Eso pensó Mario ese lunes por la mañana. Lo fácil hubiera sido fingir que estaba enfermo y esperar que las aguas se calmaran un poco antes de volver al instituto, pero «por sus huevos» que él iba a ir y no se iba a dejar amedrentar por nadie. Tenía un montón de frases en la recámara, sabía cómo podía herir a cada uno de ellos si le atacaban. Estaba de los nervios esa mañana. No desayunó y apuró todo lo que pudo en casa para evitar los corrillos matutinos que se hacían en las puertas de las aulas. Sabía que los imbéciles de sus no-amigos le habían hecho fotos con Janine y vídeos siendo ridiculizado. Lo sabía, porque le habían llegado por diferentes vías y había denunciado un par en Instagram por incitar al odio, aunque sus quejas habían caído en saco roto. Uno diría que esta mala experiencia debería ayudarle a hacer autocrítica, pero no, por supuesto que no. Mario tenía tanto ego que no era capaz de ponerse en el lugar de los demás. Es que no podía imaginar el paralelismo con todos los que habían sido sus blancos fáciles ese curso. Él no era consciente de que ahora tenía mucho en común con Pancho Carapaella. Con Lourdes Patapalo, que era esa pobre niña que tuvo un accidente de coche en el que perdió a sus padres y que tras varios años de rehabilitación consiguió volver a andar, solo que andaba algo raro. Sí, Mario ahora pertenecía al clan de Roberto Caralefa, el chico con problema de pigmentos que estuvo al borde del suicidio varias veces en cuarto de la ESO porque sus compañeros le martirizaban llamándole dálmata y cosas muy feas…

Cuando Mario llegó al instituto, sus compañeros de clase lo esperaban con una sonrisilla pintada en los labios, pero no había insultos escupidos hacia él, así que pasó de largo pensando que no iba a ser tan trágico y que en nada volvería al pódium de Las Encinas. Se equivocaba. Llegó a su taquilla y había una pintada bien grande en la que ponía FOLLAGORDAS. ¡Booom! No se lo esperaba, fue aterrador. Ver esa palabra le cortó el aliento de golpe. Qué gracioso el destino, que parecía que le devolvía todo lo que él había sembrado. Escupió con toda su ira en su taquilla e intentó borrarlo con la manga de la chaqueta del uniforme, pero sus acosadores eran tan cafres como él y también habían utilizado rotulador permanente. Corrió al baño en busca de refugio. Y contuvo las lágrimas… Vaya, Mario, para no tener sentimientos, te estás convirtiendo en un blando. Pensó en que no podía chivarse de la pintada, porque no quería que esos rumores llegaran a sus padres.

Christian, uno de los chicos que habían entrado a principio de curso tras el derrumbe del otro instituto, se acercó a él.

—¡Eh! Tío, ¿es verdad lo que pone en tu taquilla? —le dijo—. Joder, no te sientas mal por follar con feas y gordas, si, total, a oscuras qué más da. También tienen derecho. Mientras huelan bien y estén limpias…

Mario no entendía si el comentario iba en serio o era una broma, así que apartó al chico de un empujón y salió por patas de allí. ¿Qué podía hacer? Poca cosa. Tragó, hizo de tripas corazón y entró en su clase entre susurros, cuchicheos y alguna que otra colleja de mano anónima. Los chicos de Las Encinas no eran unos cafres. Había tontos y memos como en todas partes, aunque en general no eran especialmente destructivos, pero cuando vieron caer al más popular a lo más bajo, fue algo para disfrutar. Si un rey déspota se arruina y es destronado y se ve obligado a vivir entre la muchedumbre sin oro, sin ropajes caros, sin privilegios…, genera entre la gente del pueblo esa extraña sensación de prepotencia de la que siempre se quejaron de él. Y eso es lo que pasó. Era fácil meterse con él y era divertido. Así que todos dieron rienda suelta a los insultos y a los chistes falsos. ¿De qué se le acusaba? Tan solo de haber estado en la cola del cine con una chica de la talla cuarenta. ¿Era eso justo? Por supuesto que no. ¿Merecía el acoso? Tal vez sí o tal vez no.

Si esa puta gorda no se hubiera entrometido en mi vida… En qué mala hora quise meterla en caliente, en qué mala hora hice caso a mis padres para ir al puto pueblo. Te lo juro, ojalá no hubiera pasado eso. Ojalá no la hubiera conocido nunca. ¿Quién coño me mandaba a mí acostarme con esa trol?

Si existía el karma, Mario le estaba pegando muy fuerte con la mano abierta, y con cada insulto hacia Janine recibiría tres o cuatro él mismo, porque ahora ya había roto la barrera y ya era un tipo cualquiera que también podía recibir si no se andaba con ojo.

Aun así no se cortó un pelo y a la hora del descanso la buscó a toda prisa. Y la encontró, claro que la encontró. Los alumnos que no se habían enterado de la no-cita de Janine y Mario se sorprendieron un tanto al ver cómo él la cogía por el brazo y la arrastraba a un rincón más tranquilo. La escena fue tensa, mucho. Janine intentó explicar que ella no tenía nada que ver con el encuentro con sus examigos, que nunca quiso que le molestaran, y le pidió perdón, aunque en realidad no sentía que se lo debiera, pero es que Mario se puso muy agresivo, cada vez más. Hizo lo clásico de pagar con un débil toda su ira.

Empujó a la chica contra la pared, sumando otra a su lista de pequeñas agresiones, aunque ella no fue consciente de lo que estaba pasando y no le dio la importancia que le hubiera dado cualquier espectador. La volvió a empujar, esta vez más fuerte, y le dijo cosas horribles, como que era una gorda hija de puta, que la iba a matar y que lo iba a pagar muy caro. Remarcó el «muy caro», para dar a entender que era una amenaza real. Ahí Janine sintió miedo. ¿Sabes? Muchas mujeres que son maltratadas no son conscientes de que lo están siendo hasta que los demás les abren los ojos o les muestran las imágenes o los hechos. Mario cogió por la cara a Janine y la volvió a empujar y la amenazó y le dio un golpe muy fuerte con la mano en la cabeza.

El destino puede ser listo o puede no serlo, pero, casualidad o no, Marina pasó por ahí en ese momento y vio los últimos instantes del desafortunado encuentro.

¿Qué vi? Pues a ver, yo salía de clase, no me encontraba bien, llevaba una cara de mierda encima e iba al baño a lavármela. Sí, había tenido un día de esos dignos de ser borrados. Tenía un montón de cosas en la cabeza y no me apetecía meterme en ningún lío más, la verdad, pero me llamaron la atención unos gritos, como una pelea al fondo. Estuve a punto de pasar de largo, porque mi mochila llena de marrones me frenaba, pero me dije: Marina, tía, haz algo..., y corrí hacia ellos. Había un tío del último curso, el tío ese que parece Gastón de La Bella y la Bestia, *el repetidor con pinta de treintañero, y estaba pegando literalmente a una compañera de mi clase. LE ESTABA DANDO DE HOSTIAS. Ella no era mi amiga, pero me pareció muy injusto y yo había tenido un día horrible, así que me abalancé sobre él como una loca. Yo no tengo mucha fuerza de normal y en ese estado en el que estaba..., bueno, que... que no me encontraba bien, era como una rival más débil, pero lo hice. Hice algo por los demás, ¿sabes? Janine, la chica de mi clase, flipó, porque ella no se estaba dando cuenta de lo que estaba pasando, pero yo sí. El repetidor le estaba pegando y ella no se defendía, aunque, ojo, estoy segura de que si esa chica le hubiera dado una hostia y le hubiera plantado cara lo hubiera dejado del revés. Pero a veces, si nos dicen que somos flojos, lo somos. Si nos dicen que somos una mierda, lo somos, y si nos*

dicen que somos la víctima, nos callamos. Pues yo no soy la víctima y no me pienso callar.

Mario empujó a Janine una vez más y luego se quitó de encima a Marina. La escena se convirtió en tan inesperada que él no podía escuchar los gritos de la chica, solo alcanzaba a oír un zumbido en su cabeza, como el típico pitido cuando alguien te da una bofetada en la oreja, pero nadie le había pegado, todo lo contrario.

—¡Me has arruinado la vida! —gritó con el rostro crispado al tiempo que señalaba a Janine con mucho desprecio.

Era muy extraño ver cómo los ojos del chico se inundaban de lágrimas. Nunca había mostrado flaqueza frente a nadie, pero ya no tenía que ocultarse porque sentía que había perdido todos los trenes y que estaba en el escalafón más bajo de todos. Salió a toda velocidad al pasillo y la gente se silenció a su paso, abriéndole pasillo mientras él se secaba las lágrimas con la manga de la chaqueta. Pero Marina no estaba satisfecha y corrió tras él, y desde la otra punta del pasillo, casi a siete metros de distancia, empezó a gritarle:

—¡Eres un maltratador! ¡Maltratador! ¡Te vas a enterar! ¡La vida te la has arruinado tú solo! ¡MALTRATADOR!

Los alumnos, que antes se habían reído de Mario, se dieron cuenta de que el problema que estaban barajando esos dos era bastante más grave que una bromita de *bullying* cotidiano, que unas mofas sobre los rumores de clase, así que nadie levantó la voz, nadie dijo nada, solo observaron el dantesco espectáculo entre ambos. Janine cogió del brazo a Marina para que se callara y surtió efecto. Demasiado tarde. Azucena, la directora, salió de su despacho con los ojos llenos de fuego.

—¿Qué pasa aquí? ¡Mario y Marina, a mi despacho ahora mismo! ¡Ahora! ¡Ya!

Ambos obedecieron. Mario deshizo sus pasos y al llegar a la altura de Marina le dijo delante de todos:

—Estás muerta.

Una frase muy desafortunada que escucharon varios compañeros de Las Encinas. Pero cómo iba a saber él que unos días después la chica moriría.

Janine corrió hacia ellos dos, pues le parecía justo entrar en el despacho también.

La conversación no fue fácil ni fluida. Marina no dejaba de decir que ella había visto a un compañero agredir a una compañera e hizo lo que hubiera hecho cualquiera; Mario decía que todo era mentira; y Janine no paraba de lanzar balones fuera, porque estos dos últimos, los protagonistas de la no-cita, no habían sido conscientes de que había habido una agresión, pero era obvio que sí. Y más aún cuando la directora puso las cámaras de seguridad para que todos vieran la secuencia grabada.

Era un plano muy amplio y sin sonido, pero en el que se veía claramente a Mario arrastrar del brazo a Janine, empotrarla contra la pared, darle un par de bofetadas, varios empujones, y cómo entraba Marina en escena hecha un basilisco. Las imágenes hablaban por sí solas y Janine, que empezaba a ser consciente de la agresión, se puso a llorar.

—¿Te vas a hacer la víctima ahora? ¿En serio? —gritó el chico dando un golpe en la mesa.

—¡Mario! ¡Silencio! —contestó la directora—. Marina, puedes volver a clase, te llamaremos cuando venga la policía.

—¿Policía? —dijo el chico—. No, no, no... Esto es un malentendido, ella me ha chantajeado, me ha manipulado. ¡Yo no puedo pagar por esto!

—No es a mí a quien tienes que contárselo, Mario.

Mario no se lo podía creer. Él se sentía la víctima dentro de esa historia: le habían pinchado varias veces y había acabado saltando.

Yo no pegué a la gorda. O sea, sé que en las imágenes parece que sí, pero fue una pelea entre los dos. No fue un conflicto de esos en los que un hombre pega a una mujer, yo nunca pegaría a una mujer, pero... pero fue... entre los dos. Ella llevaba las riendas de la situación y nos pegamos los dos. Ella me hizo mucho daño a mí, puede que no con los golpes, pero lo que me ha hecho, eso sí que es imperdonable. No le pegué, sí, pero no... no lo hice a propósito. Sé que por las imágenes parece que sí, pero ella me estaba provocando poniendo cara de idiota, haciéndose la buena, cuando por su culpa yo me había convertido en un marginado. Pero la culpa no es solo de la gorda, la culpa también es de la sidosa esa, la de los rizos. Puta Marina. Está muerta, te lo juro. ¿Quién coño se cree que es? Es la hija de un estafador. Es una porrera con VIH. ¿Le has visto la cara? ¿Le has visto la cara de deshecho que tiene? ¿Cómo un despojo así se atreve a plantarme cara? Métete en tus putos asuntos y deja de joder a la gente. Y me sabe mal porque alguna vez he salido con su hermano Guzmán por ahí, pero esto no se hace. Esto no se hace y se va a enterar, no sé ni cuándo ni cómo, pero se las va a cargar, maldita hija de puta...

Todo lo que llegó a continuación fue un aburrimiento donde tanto Janine como Mario contaron la misma historia mil veces. Delante del defensor del menor, delante de sus padres, delante de la policía y delante de sus amigos. Janine había pasado de ser una chica gordita invisible más a ser la chica más popular del colegio, pero esa popularidad ni le venía bien ni la quería ni nada.

Ojalá no hubiera pasado nada de esto. Ojalá no hubiera conocido a Mario en aquella verbena, ojalá no me hubiera acostado con él, ojalá no me hubiera pegado en el pie en casa de Marina, ojalá no se me hubieran encendido los motores para crear el plan idiota de la cita, del chantaje con la foto, ojalá no existiera, ojalá no hubiera nacido…

Y así hasta lo más bajo de todo. Janine estaba hecha polvo, cansada, y no se encontraba nada bien. Vio un par de veces a su madre llorar e intentar disimular con muy poca gracia y ella le quitó hierro al asunto. Era fácil, porque no sentía que nadie la hubiera maltratado, no tenía moratones y todo había pasado muy rápido. Por lo que Janine o se negaba o no había asimilado que le habían dado un par de bofetadas. Cualquiera de las dos opciones le venían muy bien, porque hay veces en las que mirar para otro lado resulta reconfortante, siempre y cuando, pasado un rato y cuando estés en un lugar tranquilo y con la gente que te quiere, lo afrontes como es debido, y te derrumbes si hace falta. Ella no tenía pensado derrumbarse.

La puerta de su casa sonó y la abrió la madre de Janine, esa señora nueva rica que había pasado media vida detrás de un mostrador abriendo contramuslos de pollo. Marina estaba en el umbral, la señora la abrazó muy agradecida y volvió a hacer el miniespectáculo dramático de lágrimas retráctiles mientras su hija llegaba.

—Hola, Janine, ¿podemos hablar? —dijo Marina cuando al fin la tuvo delante de ella. La hermana de Guzmán tenía mala cara.

—Sí, claro. ¿Salimos?

Las dos chicas dieron un paseo por el jardín vallado de la casa. Se sentaron en un banco de forja que más bien parecía robado a una residencia de ancianos, pero que la madre de Janine se había empeñado en comprar para darle un aire bucólico a toda esa parte de jardín plagada de sauces llorones. Marina empezó a hablar, tenía prisa.

—No solo he venido para ver cómo estabas, Janine. Perdona que me haya entrometido, sé que tú hubieras hecho lo mismo por mí. Yo sé que no somos amigas, no podemos considerarnos amigas, pero yo qué sé, tía, has estado en mi clase desde hace ya…, y ver cómo un tío te pegaba me ha revuelto el estómago, pero no ha sido un arrebato feminista fácil. Que a ver, soy feminista y la que más, pero ver a ese tío darte de hostias me ha revuelto el estómago, porque era como si estuviera pegando a algo mío más allá de que tú seas una tía, no sé si me entiendes.

—Creo que no.

—Que aunque no seamos amigas, me siento unida a ti por lo que representas, ¿sabes? Yo estoy en un momento de mierda, de verdad, o sea que no te voy a contar mi vida, pero me siento mal y las cosas parece que no me están saliendo muy bien.

—Ya sé lo de tu enfermedad, Marina, y me pareciste supervaliente al decirlo en clase.

—No, no es eso y no estoy buscando tu compasión —la cortó Marina—. Es que me sentí identificada contigo. La vida me está dando de hostias, ¿vale? Y ver que a una tía de mi clase se las estaban dando de un modo literal hizo que quisiera salvarte, que quisiera abrazarte, que quisiera cuidarte, ¿entiendes? Aunque no seamos amigas, quiero que sepas que estoy aquí y, si me necesitas, puedes contar conmigo.

Janine obligó a Mario a tener la no-cita para conseguir justo eso. Marina le estaba tendiendo la mano y podía mostrarse frente a ella sin prejuicios, siendo ella misma. O sea, que el chantaje que le hizo al chico surtió su efecto de un modo indirecto. Y ella no pudo hacer otra cosa que abrirse.

—Gracias, de verdad, Marina, gracias. No te voy a engañar. Me he sentido muy sola muchas veces y he notado que la gente de clase me rechazaba por algo muy absurdo, por ser gorda y ya está.

—¡Pero si no eres gorda! —se apresuró a contestar Marina.

—Ya lo sé, pero siempre se me ha llamado así y eso hizo que la gente se fuera alejando de mi lado. Me daba la sensación de que los prejuicios eran como…, a ver cómo te digo, como una barrera entre los guais de clase y yo.

—¿Yo te parezco guay? Pues te juro que no lo soy. O sea, pero no porque yo lo diga, sino objetivamente hablando. De mi padre se dice que es un estafador, tengo VIH y eso es algo terrible para todos, y estoy…

Marina se censuró a sí misma. Quería ser amable, pero no podía abrirse al cien por cien y contar una ristra de verdades a la que hasta ese momento era prácticamente una desconocida.

—Marina, a ver… Yo, y te soy sincera, te he odiado. Te he odiado mucho.

La chica empezó a reírse de manera exagerada mientras el aire ondeaba sus ricitos casi pelirrojos en el jardín. Y Janine se contagió de la risa, porque, aunque estuviera de capa caída, Marina seguía manteniendo ese ángel, esa luz, y si ella se reía era imposible no engancharse.

—Tía, no te rías, que es verdad, Marina —le dijo aún con la risa en los labios—. Me caías fatal, pero por ser tan perfecta, por ser tan genial y por conseguir que todos te admiraran mientras nosotras, las que nos sentamos detrás al fondo de la clase, no tenemos la posibilidad ni de que nos miren o de que nos valoren. ¿Cómo sabe la gente de clase más popular que yo no molo si no me conocen? Quiero decir, ¿qué saben Lu o Carla de mí? ¿Por qué nunca han intentado ser mis amigas?

—Porque no te necesitan —dijo la otra negando con la cabeza—. Ellas se dejan llevar mucho por ese tipo de impulsos. Yo también era superamiga de Carla y nos distanciamos poco a poco. Ella tiene su vida muy bien montada y no creo que le importe que tú uses una talla más o que tus padres sean ricos porque les tocó la lotería, es solo que no encajas en su mundo.

—Pues me da rabia —dijo Janine casi como una niña caprichosa.

Marina se inclinó y acercó su rostro al de ella a modo de confidencia, y le susurró:

—¿Sabes, Janine? No te pierdes nada, en serio. La vida de Carla es aburridísima. Sí, es guapa, sí, y tiene las tetas más espectaculares con las que te vayas a cruzar nunca, eso es así, vamos, ya las quisiera yo para mí, pero su vida es un rollo. No hay emoción. ¿Quieres eso? No, no lo quieres.

—Ya, es superguapa.

—Guapísima, pero ¿y qué? Dentro de unos años acabaremos el colegio y te aseguro que la belleza no abre las puertas de ningún sitio en el mundo real.

—¿Tú crees que no? —preguntó Janine muy sincera.

—Quiero pensar que no. Bueno, me tengo que ir, he quedado.

Marina se levantó del banco y se recogió el pelo porque el aire estaba empezando a ser un engorro. Janine se levantó también.

—Perdóname por haberte odiado, Marina —le dijo.

—Perdonada. Perdóname tú por haberte ignorado.

—Perdonada.

Y eso fue lo último que le dijo Janine a una de las chicas más populares de su clase. La vio marcharse y cruzar la gran puerta del jardín y se quedó sola y pensativa. Se sentía en paz y por un momento olvidó que era la «alumna maltratada» más famosa de todo Las Encinas. Marina molaba mucho. Era muy guay, aunque tuviera cara de muerta esa tarde o aunque utilizara la falsa modestia. Era preciosa: el azul cristalino de sus ojos, sus pestañas kilométricas…, como una aparición. Y Janine nunca se quitaría la imagen de la cabeza. Esa imagen de la chica con los rizos al aire con los sauces detrás y un montón de verdades amables en la boca. No eran amigas, nunca lo fueron y ya nunca lo serían, pero había sido un momento precioso y ella siempre lo guardaría en la memoria.

*

Sí, si lo que estás pensando es si Paula y Gorka se habían encontrado en clase, la respuesta es sí. Claro que sí. Pero no reaccionaron de un modo extraño, ni se pusieron nerviosos, ni se sintieron incómodos. De camino a clase sí, pero una vez cruzaron la puerta del aula, fue como si sucediera algo mágico que los colocara en su sitio. Es más, se sonrieron con normalidad al verse. Habían pasado varios días, desde que se enrollaron la primera vez, queriendo decirse un montón de cosas y todos esos argumentos se habían esfumado. El domingo maternal de Paula y el domingo ausente de Gorka disiparon sus ansias por colocar las cosas en un lugar que puede que no fuera el correcto. Les rondaban mil preocupaciones, pero solo eran unos adolescentes y Paula lo tenía claro, tenía un mantra en su cabeza que se repetía para sí misma todo el rato.

Las cosas tienen la importancia que nosotros les damos. No sé dónde lo he leído o si me lo dijo mi madre o si es de Jorge Bucay o de Paulo Coelho, dos señores que no me gustan nada, la verdad, pero el caso es que creo que es una frase muy acertada... Estoy cansada de estar angustiada. Si estás angustiado, deberías hacer lo mismo que yo y empezar a relativizar los conflictos que te aflijan. Si tienes un problema que tiene solución, ¿para qué te preocupas? Y si tienes un problema que no tiene solución

¿para qué te preocupas? Sí, dicho así da rabia, mucha rabia, pero lo pienso de verdad. Por más que yo quiera acelerar el transcurso de las cosas o que necesite que todo cambie, para mí no es justo ni necesario que esté sin dormir, ofuscada y sufriendo con esta sensación tan terrible de úlcera.

Haré lo que pueda por ayudar a Melena, siempre y cuando se me dé la oportunidad para ello y, si no se me da, pues dos piedras. Con lo de Gorka igual: intentaré obrar lo mejor que pueda y no presionarme. Si afloran sentimientos o sensaciones, bienvenidos sean, yo no los censuraré, pero no voy a estar todo el día intentando buscar las respuestas.

Yo no soy mucho de yoga, pero el domingo vino la monitora de mi madre y conseguí dejar la mente en blanco durante un rato y pensar no en nada en concreto, sino en mí y en mi manera de enfocar las cosas. La vida no tiene manual de instrucciones, eso lo sabemos; entonces, ¿por qué puñetas nos la pasamos intentando descifrar los atajos o la manera correcta de hacer las cosas? Yo he metido mucho la pata, y más en lo que va de año; he herido a los demás, pero nunca he tenido mala intención, y eso es lo que voy a seguir intentando. No voy a hacer el mal, voy a seguir haciendo lo que me dicte el corazón y adaptándome a lo que pase. Es que lo he pasado muy mal, mucho, pensando y pensando y pensando y machacándome y, chica, yo no sé si todo el mundo se machaca igual, pero creo que no. A mí mis pensamientos me limitan mucho a la hora de hacer cosas, me paralizan y a veces toman las decisiones por mí a la hora de enfrentarme a lo que me viene encima.

He pensado un montón en Gorka y en lo que estaba bien y sobre todo en lo que estaba mal, así que he tomado la decisión de portarme con él con toda normalidad. Siempre le he sonreído, siempre le he mirado en clase y le he hecho caritas cuando estaba aburrida en Matemáticas o en Historia, y le he lanzado papelitos haciéndole dibujitos chorras. La Paula de antes, la pava, la mosquita muerta, pensaría que ha de dejar de ser ella misma porque eso puede marearle a él, pero la Paula de ahora, la que mola, piensa que va a hacer lo que le salga del toto, con perdón. Yo ya no sé si le gusto y no me importa, por eso es mejor que sea yo misma, y si alguien me va a criticar, que sea por ser yo misma, y si alguien me va a alabar, que sea por lo mismo. Llego, le sonrío como hacía tiempo atrás y me siento en mi pupitre. Bueno, qué manía más tonta seguir llamándoles pupitres a esas mesas. Pues eso, que llamemos a cada cosa por su nombre y punto.

Ah, y lo de Samuel. Noto que tengo una asignatura pendiente, pendientísima con él, pero no pienso mover ficha, ni pienso hacer nada de nada salvo esperar tan pancha sentada en mi porche a verlas venir.

Paula hoy se ha mostrado rara conmigo, bueno, no, al revés. Paula se ha portado de puta madre hoy conmigo. Me ha sonreído cuando ha entrado en el aula y me ha hecho caritas aburridas como hacía antes. Sería muy tonto si no pensara que lo que pasó el otro día fue tan solo un espejismo fruto de la rareza de todo lo relacionado con Melena. Ella estaba frágil, yo tenía la serotonina o las endorfinas o lo que sea por las nubes por el gimnasio, y nos dejamos llevar. No estoy confundido. Sé que ella no siente nada por mí, y si lo ha sentido en algún momento es porque se ha visto a ella misma en un desierto, no, no lo estoy contando bien. Cuando hay un tipo sediento en el desierto y ve un oasis…, pues eso es lo que habré sido yo para ella. Un oasis. Me da pena que no me haya visto o valorado al cien por cien como una posibilidad y no dejo de pensar en de quién estará *enamorada. Hombre, no debe de ser alguien que le corresponda, eso está claro. En clase, desde mi punto de vista, tampoco hay chicos muy guais.*

Guzmán es un poco cretino, tiene cara de pocos amigos y es el novio de Lu, aunque se trae un rollo muy raro con Nadia. Polo es el novio de Carla, pero a mí ese chico, aunque se las da de guaperas, no me parece que lo sea. Tiene los ojos bonitos, pero muy saltones, ¿no? Fíjate. Christian, el chiquito este nuevo, no es muy listo. De cuerpo está bien, no es muy alto, pero está bien, pero es un poco payaso y eso no creo que le tire mucho a Paula, bueno, bueno... Además hay rumores de que ha estado con Polo y con Carla, como un trío o algo así. ¡Madre mía, un trío, qué pereza!, con lo difícil que es estar pendiente de una sola persona, como para estar por dos. También está el otro nuevo, Samuel, el que es camarero, el que se parece mucho, pero mucho, a Daniel Radcliffe, el actor que hace de Harry Potter. No sé, no creo que le guste este, porque no los he visto hablar ni una sola vez, no le pega. ¡Ah! Bueno, Ander. ¿Cómo no lo he pensado? Igual le gusta Ander... Hombre, pensándolo bien, Ander es guapete, seriote, deportista, reservado, que es algo que mola a las tías. No lo he visto con ninguna tía y eso me hizo pensar que era gay, pero no creo que haya muchos gais en Las Encinas, que tampoco hay homofobia, yo no tengo problemas con los gais. Siempre he dicho que me mola mucho Jesús Vázquez y me parece un comunicador como la copa de un pino. O sea, que los gais están guay, pero no creo que haya en mi clase. Estoy perdido: si no soy yo quien le gusta, ¿quién coño es? Bueno, ese es el menor de mis males. Lo importante es que ella se ha mostrado normal conmigo y no seré yo el que estropee las cosas, el que la acose a la vuelta de la esquina o el que le pregunte si quiere ir a la fiesta de fin de curso conmigo. Qué manía tienen en Las Encinas de hacer esas movidas. Qué ganas de que las tías se vuelvan locas buscando trapitos y nosotros nos pongamos traje de pingüino, como si no fuéramos disfrazados todo el año en clase.

En cuanto Gorka y Paula se enteraron del altercado entre Janine y Mario, fueron a su casa enseguida. Gorka frivolizó un poco diciéndole a Paula que parecían los Vengadores de sus amigos, un par de superhéroes que aparecen para ayudar en cuanto alguien los necesita. Aunque con Melena no había funcionado, como mínimo habían estado al pie del cañón por si ella necesitaba algo, y sí que necesitaba: tiempo y sobre todo no verlos, que no se la molestara. Con Janine era otro gallo el que cantaba.

Se juntaron en la habitación de la *otaku* y Janine pensó que era el momento de contar la historia desde el principio. Esto se les daba muy bien a los chicos: contar sus historias. Ella no se sentía tan centro de atención desde que la operaron de apendicitis y estuvo a punto de morir. Eso le hizo pensar en un anime llamado *Quiero comerme tu páncreas,* y de ahí saltó a otra cosa y a otra…

—Céntrate, tía, déjate de mangas y de chorradas y empieza por el principio —le dijo Gorka.

Estaban los tres sentados en el suelo; Janine, con la espalda apoyada en la cama, frente a ellos. Ella respiró hondo, cogiendo todo el foco, alargó la mano hacia atrás, cogió el móvil y les enseñó la foto. No una que circulaba por ahí del día del cine, sino la suya, la comprometida, la que le hizo a Mario sin querer después de montárselo en su cuarto infantil en el pueblo. Los chicos se quedaron boquiabiertos. Paula se quedó un poco descolocada, sobre todo por lo de la violencia, y Gorka hizo un tonto alarde de testosterona diciendo que, si ella quería, podía ir a partirle las piernas, algo que era físicamente imposible.

Por primera vez en lo que iba de día, Janine empezó a sentirse mal, menos heroína y más víctima, y lo que estaba anunciado que pasaría pasó sin previo aviso para ella. Empezó a dolerle el brazo que no le había dolido ni en la exploración médica, empezó a recordar las bofetadas en la cara que no había recordado cuando habló con la inspectora de policía y empezó a entrarle una sensación de pánico bastante descontrolada. No era ansiedad, podía manejar la situación, pero se sentía cada vez más asustada al pensar en las consecuencias de lo que había pasado ese mismo día. Tenía que volver a encontrarse a ese chico ya fuera en el colegio, en el mismo pasillo o en un juicio. Si es que se hacían juicios por estas cosas, porque ella desconocía lo que venía después. Le entró vértigo y unas ganas locas e irrefrenables de llorar. Y lo hizo. Sentada en el suelo, se abrazó las rodillas y lloró frente a sus amigos. Si Janine tenía un poder, ese era el del verbo. Conseguía hablar muy rápido y con mucho sentido, dar muchos datos, datos, datos…, era sabido por todos, pero enmudeció. Ni una palabra, ni un sonido que no fuera un sollozo. Eso sí, su cabeza iba a mil por hora pensando un montón de cosas que nunca diría.

Yo quería una comedia romántica, yo imaginaba una comedia romántica, no una película de sucesos y juicios. Madre mía, qué berenjenal. Claro, lo de Marina ha sido un gesto precioso, pero es cierto que, si ella no hubiera aparecido, yo me habría callado, porque también tengo mucho que perder. O no... Ese es el pensamiento más idiota que he tenido. Cuando Mario me golpeó en el pie sentí que era una agresión y ahora no. MARIO TIENE DIECIOCHO AÑOS. No es una chiquillada. Bueno, no lo sería aunque él tuviera quince, y tiene que apechugar, pero las consecuencias van a ser desastrosas. Para empezar, sé que le han expulsado, no sé si unos días o para siempre. Joder, ¿por qué no dejo de sentirme culpable? Cuando haya un juicio y él testifique, contará que yo le hice chantaje para tener una cita con él. ¿Cómo se tomarán mis padres eso? Mis hermanos se reirán de mí durante años y seré la comidilla del colegio hasta que acabe, y esa es la típica anécdota que me seguirá siempre. Mucho más grave que cuando a Paula le vino la regla en clase, porque eso es una chorrada sin compararlo con esto, pues comparado imagínate... La gente dirá: «Sí, la gordita esa era tan perdedora, tan absurda y tan insignificante que tuvo que chantajear a un chico para que la llevara a VIPS a tomarse un batido».

ES MUY LAMENTABLE. ME QUIERO MORIR, pero mucho. Mi amor por Marina ha durado tres cuartos de hora de reloj, ahora estoy empezando a odiarla, porque, si no se hubiera metido, igual yo me habría defendido y le habría dado de hostias a él también y se habría quedado en una pelea sin trascendencia entre dos imbéciles. PUTA MARINA.

¿Qué alternativas tengo? Hablar con Mario e inventarnos algo... No, no, no, yo soy la víctima. Soy la víctima. SOY LA VÍCTIMA. Ese tío me ha pegado en el colegio, me ha cogido del brazo, me ha insultado, me ha hecho mucho daño, me ha dado con la mano en la cara y eso no se hace. Me ha humillado, me ha amenazado y por mucho que fuera el primer chico que estuvo dentro de mí, tiene que pagar. QUE SE JODA. Tiene que pa-

gar. Sí, se nos fue de las manos, pero ahora ya no hay vuelta atrás. Él lo hizo y él lo pagará. Si me tachan de un montón de cosas, lo asumiré y llevaré la cabeza bien alta. Todo el mundo sabrá que me acosté con él, todo el mundo sabrá que le chantajeé y todo el mundo sabrá que me pegó. Tienen que saberlo, y si por el camino se burlan de mí o me insultan, me defenderé con la verdad. Sí, el plus de epicidad viene de serie. Es que soy una gran lectora. JODER, ESTOY CAGADA DE MIEDO. No quiero ir al instituto mañana. No quiero volver nunca, pero yo no tengo la culpa de lo que me ha pasado, y si me escondiera, no sería un ejemplo para ninguna otra chica a la que le haya pasado lo mismo. Nunca he querido ser ejemplo de nada, nunca pensé que se me diera la opción de serlo, pero si me quedara de brazos cruzados sí que quedaría como la pringada, la perdedora que creen que soy y que nunca fui.

Janine había visto muchas series policiales y, dentro de aquella salita de paredes blancas en la comisaría, se sentía como en una de ellas. Parecía que en cualquier momento iba a entrar el señor pelirrojo de *CSI* para soltar una frase lapidaria. Por desgracia, llevaba tal racha de interrogatorios policiales que ya no le hacían temblar. Ella tenía que decir toda la verdad, lo había escuchado muchas veces. Allí no había ni amigos ni medias verdades, ella quería ser sincera.

La inspectora se había sentado delante de ella, con el pelo recogido en una coleta que le caía sobre el pecho, por encima del hombro izquierdo. Llevaban más de veinte minutos hablando de lo que había ocurrido en la fiesta de fin de curso y todo lo que había generado hasta ese momento.

Janine tenía clarísimo quién había matado a Marina, pero la inspectora aún pensaba en las frases que había leído en ese diario y quería más: quería hipótesis y daba igual que fueran descabelladas o no.

—Ya nos has dicho quién crees que la mató —le estaba diciendo inclinada hacia ella, con los codos sobre la mesa—, pero ¿crees que alguien más habría tenido motivos para matarla?

—Yo misma, inspectora. Yo podría ser perfectamente sospechosa.

—¿Sí?

La inspectora la miró con el ceño fruncido. Todos los alumnos se mostraban inseguros, aterrados, titubeantes, pero Janine guardaba un temple inesperado.

—Yo misma pude pensar esas cosas tanto de Marina como de Carla, de Lu…

—¿Te refieres a la diferencia de clases, a la pirámide social de la que hablabas antes?

—Tal cual —asintió con un único gesto seco y directo.

—Pero ¿escuchaste algo concreto? ¿Alguien que le deseara el mal? ¿Alguien que la criticara abiertamente?

—Nada de esto se hará público, ¿verdad? Quiero decir que, si llaman a alguien porque yo lo he mencionado, nunca sabrá que ha sido por mí, ¿cierto?

—Cierto… —contestó la inspectora un poco intrigada por el halo de misterio que estaba generando la adolescente en la pequeña sala.

—¿Han interrogado ya a mi amiga Paula? —dijo en voz muy baja.

—No, todavía no… ¿Por?

—Porque ella hizo algún comentario despectivo de Marina que me llamó la atención, sobre todo porque Paula no es una chica muy de criticar y vi que no le quitaba el ojo durante la fiesta…, ni a ella ni a Samuel. Paula no es muy discreta y yo soy muy avispada.

—¿Paula? Ajá.

—Pero no solo eso. Marina se fue de la sala después de recibir el premio y Paula no tardó en salir también.

—¿La estás acusando, Janine? Eso es muy grave —le advirtió la inspectora.

—No, no, oiga, no me malinterprete, yo no estoy acusando a nadie. Yo solo le cuento lo que pasó.

Janine estaba jugando a ser la periodista infiltrada, la policía joven que resuelve el caso al final, y la situación le parecía tan extraña que no quería que acabara. Es cierto que no tenía muchos datos esclarecedores, pero quería tenerlos, quería ser de ayuda… Y mencionó a su amiga sin ningún pudor.

Capítulo 7

Era una tarde soleada. Paula había dado una vuelta y se había acercado a la única papelería en la que podía encontrar algún manga de esos que le gustaban a Janine. Se sentía mal. Sentía que no había estado muy presente en sus cosas y lo que le había pasado le parecía algo horrible, así que quería sorprenderla en su casa y llevarle un regalo, aunque fuera algo tonto. Sabía que utilizaba la talla 40, todo el mundo sabía que utilizaba la talla 40, la verdad, pero tenía un gusto demasiado colorista y particular como para que ella acertara regalándole un vestido o un pantalón, y prefirió ir sobre seguro.

Había un puñado de mangas. A Paula le parecían muy monos los dibujos, pero no acababa de empatizar con sus historias cursis; además, se leían al revés y, si ella ya era una lectora poco entregada, digámoslo así, más trabajo le parecía seguir una historia de atrás hacia delante. No sabía cuáles tenía y cuáles no. Así que suponiendo que Janine terminaría cambiándolo por otro, eligió el que le pareció más bonito. *Video Girl Ai*. El librero le explicó que era la historia de una chica que salía de un vídeo porno para satisfacer al chico que alquilaba la película, pero como el reproductor estaba estropeado, salió con una sola intención: hacerle feliz, darlo todo por él... Así contado le pareció una historia muy bonita y se sintió muy identificada con el personaje, porque aunque se había sentido muy rara por lo de Gorka, seguía amando a Samuel, y el destino, la suerte o lo que fuera se lo iba a poner en el camino otra vez.

Salió de la librería con el tomo envuelto para regalo. Al sol le quedaba poco ya y de pronto escuchó gritos a lo lejos, golpes, gente que corría. Nunca imaginó que una pelea lejana sonaría de ese modo, pero su sentido arácnido, debido a todas las veces que su madre le había dicho que tuviera cuidado, le hizo saltar las alarmas. Vio gente correr a lo lejos en diferentes direcciones, algunos hacia ella, e hizo lo que cualquiera hubiese hecho en esos casos: correr también, sin rumbo, sin dirección, pero cuando dejaba de controlar el timón, su cuerpo y su miedo, que eran sabios, siempre la llevaban al mismo sitio: a la casa de su amado.

La estrecha calle de Samuel estaba desierta, parecía que la calma reinaba en esa parte del barrio, y Paula respiró tranquila. Miró en Twitter por si alguien había comentado algo; siempre hacía eso: si caía una tormenta, si había pasado algún suceso, miraba en la *app* del pajarito por si la gente escribía algo que arrojara luz, pero no, los alumnos de Las Encinas estaban demasiado ensimismados escribiendo verdaderas barbaridades sobre Mario, sobre Janine y sobre el altercado de ambos. Unos pasos a lo lejos la devolvieron a la realidad y vio correr a alguien hacia ella. Paula no es que fuera pava, pero tampoco era una Lara Croft. Si en vez de ser una persona lo que se acercaba a ella a toda velocidad, hubiera sido un carrito de bebé, o una manada de toros en uno de esos horribles encierros, ella se habría quedado petrificada igualmente. Pero ni carrito ni toro: era Samuel, que corría como un loco y que casi la arrolló.

—¡Perdona, perdona, perdona! —dijo el chico, o eso es lo que quiso entender ella, porque él estaba casi sin aliento y con la lengua fuera.

Paula se dio cuenta de que no era solo sudor lo que le manchaba la frente.

—¡Estás sangrando, Samuel!

—Sí, ya lo sé. ¿No viene nadie?

—No, creo que no. —Miró alrededor, otra vez alerta—. Escuché antes como gritos y…

Samuel estaba fuera de sí. Su mirada estaba inyectada en rojo y era imposible que la fijara. Empezó a gritar mientras se cogía la cabeza.

—¡Joder! ¡Joder! ¡JODER!

Paula intentó calmarlo, pero era inútil. Su cuerpo estaba ahí, pero él estaba en cualquier otra parte.

—¿Qué ha pasado, Samuel? Vamos, te acompaño a un hospital o adonde quieras.

—No, no voy a ir a ningún sitio, déjame.

Con este último comentario él se la quitó de encima. No la empujó, pero tampoco fue amable, la apartó de su camino. Sacó las llaves de casa, se le cayeron y se agachó a cogerlas, casi se le caen otra vez, era un manojo de nervios.

No sé si era un ataque de pánico o ansiedad. Yo he tenido ansiedad, y aunque no soy médico, sé que lo suyo era otra cosa: estaba como loco, no me miraba, se daba golpes en la cabeza y repetía «joder» todo el rato. Intenté calmarlo, intenté cogerle, que se tranquilizara. «Samuel, respira, respira, por favor…».

No quiso decirme lo que pasaba, porque él no estaba ahí conmigo, estaba en otro sitio. No hacía falta ser un hacha para encajar las piezas y ver que el chico se había metido en una pelea, eso era obvio. Pero yo quería ayudarle. No por mí en plan egoísta, para convertirme en su hada madrina. Es cierto que me imaginé cómo sería pasar con él toda la tarde y la noche en urgencias, ayudándole, socorriéndole; solo quería que él viera que podía contar conmigo, como la chica del cómic que compré, que yo lo hacía por él, pero él ni me miraba… Su mirada daba miedo: miraba en todas direcciones, como si alguien fuera a venir a matarle. Nunca le había visto así y probablemente nunca volvería a verlo así, pero si el destino me había dejado en su calle era para que le ayudara aunque él no quisiera. Intenté sujetarle por los brazos, pero se zafó. Sacó las llaves, se le cayeron y miraba en todas direcciones como si alguien fuera a venir a matarle. Abrió la puerta y mientras corría escalera arriba me gritó: «¡Vete a tu casa, corre!».

Yo no creo en los zombis, pero, si en ese momento me hubieran dicho que huía de una horda, me lo habría creído, vamos que si me lo habría creído. Le hice caso, claro, y corrí hasta que se me acabaron las fuerzas. Empecé a cruzarme con gente normal en la calle, con gente que no corría como yo, pero yo solo estaba obedeciendo la orden que Samuel me había dado. Y de pronto me sentí tan estúpida, tan boba, tan idiota que quise llorar. Pero no lo hice. No lloré. No. No podía ser que yo perdie-

ra el culo por un chico que era incapaz de mirarme a la cara, que era incapaz de protegerme si había un conflicto y que no era capaz de dejarse ayudar. Juro que yo no tenía ninguna intención egoísta, solo quería ser buena y hacer el bien como me había prometido, y estaba claro que ese chico asustado y con la cara llena de sangre necesitaba ayuda.

Ni sé ni me importa en qué movida andaba metido, si era algo de bandas callejeras, de drogas, o si eran movidas de su hermano Nano, pero yo estaba ahí puesta, en su puerta, limpia y maja tendiéndole mi mano y él la rechazó y para mí hubo un antes y un después de ese encuentro loco. Uno no decide de quién se enamora, o cómo y cuándo, y eso es una mierda, porque si controlas tu pensamiento se supone que debes controlar tu sentimiento, pero mi sentimiento es un caballo desbocado y es muy difícil echarle un lazo para poder mirarle a la cara y decirle: «Basta, ese chico no te conviene, ese chico no te quiere y nunca te querrá. Deja de enviar esa energía de amor a un saco roto y utilízala para algo que valga la pena». No sé hacerlo.

Si en ese instante alguien me hubiera dado un pulsador mágico que borrara a Samuel de mi cabeza y de mi corazón, sin duda lo habría pulsado, no merecía nada de lo que yo estaba sintiendo. Él no tenía ni idea, pero aunque lo hubiera sabido su reacción habría sido la misma. Lo sé, porque no es la primera vez que me pasa.

En segundo de la ESO me enamoré locamente de Blas, un chico muy majo que conocí en el grupo de teatro. Le escribí una carta superlarga contándole todo lo que me hacía sentir y me respondió con bastante indiferencia. Eso me abrió los ojos y me di cuenta de que en realidad yo no estaba enamorada de él para nada, que me caía guay y ya está. Pero sé que, aunque

Samuel me mire a los ojos y me diga que soy la persona más despreciable del universo, le seguiré amando en mayor o menor medida. ¿Por qué? Pues aquí está el quid de la cuestión, el porqué de mi amor loco hacia el chico. Samuel es mi primer amor y creo —esto se me ha ocurrido a mí sola, es que he pensado mucho— que reúne no solo todo lo que me gusta de un chico, sino todo lo que me ha gustado de todos los chicos que me han interesado siempre. Es como si fuera un puzle de retales, como una manta de patchwork de recuerdos vitales relacionados con el amor, mis recuerdos vitales.

La primera vez que sentí amor o algo parecido, yo tenía cinco años y fue hacia Esteban, mi padrino. Era un hombre muy mayor, me parecía muy mayor y tendría por aquel entonces unos veinticuatro años. Venía de vez en cuando y me daba una moneda que me sacaba de detrás de la oreja y yo me reía y me sentía segura cuando me subía sobre sus hombros y fingía ser un poni alado como los de Mi Pequeño Poni. Esteban murió en un accidente de moto cuando yo tenía ocho años y nunca más volví a ver su sonrisa hasta que conocí a Samuel. Luego puede que me enamorara un par de veces más, sí…, aparte de Leonardo, el chico de la clase de mecanografía, o de Bernard, o de aquel compañero gay de mi padre, y puede que sacara pequeñas cosas de Samuel: sus pestañas negras y espesas, su pelo alborotado…, a saber.

Con doce me enviaron a un campamento para aprender alemán y allí me volví loca por Hugo, que se pronunciaba casi como «Yugo». No le entendía muy bien porque era americano y mi inglés era un poco flojo y no entendía su acento, pero no nos separamos las tres semanas que duró el campamento. Hicimos todas las actividades juntos y aún con trece tenía un cuerpo atlético y moreno como Samuel. Lo de Daniel Radcliffe no sé si *decirlo, bueno, sí. Me enamoré de él, bueno, de Harry Potter, y salta a la vista que se parecen. Una vez en la hamburguesería lo comenté con los amigos y Gorka me dio la razón, aunque Janine dijo que no se parecían ni en el blanco de los ojos. Y luego Blas… Lo de Blas no fue amor, pero me marcó y tenía esa nariz respingona. Pero mi verdadero amor, el que me dejó poso de verdad es el amor más tonto e irracional que puede sentir una niña: el amor hacia mi papá. No, no es rollo incesto, es rollo amor incondicional, y cuando Samuel pronunció mi nombre en su casa, el día que le pedí agua, pude escuchar a mi padre decirlo en su boca. Su boca… Por eso amé siempre a Samuel, porque Samuel es él, único, inigualable y sobre todo personal, pero representa a todos esos chicos a los que quise y a los que de un modo u otro siempre querré. Siempre le querré. Pasará el tiempo, conoceré a otros, me enamoraré y mi amor hacia él será algo que me parecerá insignificante, pero en este momento sé que es verdadero, que lo que siento es verdadero, porque el caballo desbocado corre dentro de mí y soy incapaz de echarle el lazo.*

Paula lo vio claro y notó que algo cambiaba dentro de ella, que entendía cosas que pensaba que eran ininteligibles. Sabía que ese amor estaría dentro de una cajita y que intentaría guardarlo, aunque probablemente Samuel nunca supiera de su existencia. No quería ser una boba arrastrada que pierde los papeles y casi la dignidad cuando un chico le dice que corra. No quería que el amor pudiera controlarla como a una marioneta. Cortó las cuerdas y se sintió frágil y desnuda y entonces sí que lloró, pero no de pena, sino de nostalgia al darse cuenta de que ya no sería la niña que se deja llevar por las emociones. La niña que alimenta su motor de amor ella misma. Era maravilloso querer a alguien, era maravilloso lo que él le hacía sentir, pero no era justo que ella quedara relegada a un personaje secundario de su propia vida.

Podía haber ido a casa de Gorka, pero no tenía ningún sentido. Podía haber ido a casa de Janine, pero pensó que el regalo podía esperar, así que se fue a su casa, le dio un beso a su madre, le dejó un mensaje a su padre diciéndole lo importante que era para ella, y llenó la bañera. Antes de meterse dentro, se miró desnuda frente al espejo y le gustó lo que vio. Muchas veces había odiado su «ella» mujer. Lo pasó tan mal cuando le vino su primera regla, porque todo el mundo la despreció, que siempre había evitado sentirse mujer, prefería ser siempre niña, pero ahora, al verse desnuda, se gustó y sonrió.

*

Janine volvió al colegio. No quería quedarse en casa, no le parecía bien, y aunque sus padres, que estaban totalmente impactados por lo que había ocurrido, intentaron convencerla de lo contrario, ella se vistió con el uniforme. Chaqueta azul oscuro con ribete rojo y falda a juego.

Fue casi como un protocolo nuevo, como las geishas con la ceremonia del té. Le recordó la primera vez que se puso ese uniforme. Ella lo odiaba, creía que simbolizaba muchas cosas malas y, sobre todo, le parecía que convertía a los chicos en seres neutros carentes de personalidad. ¿Cómo sería Las Encinas si cada uno pudiera vestir a su modo? Suponía que la gente seguiría haciendo clanes, mucho más marcados, pero le parecía que llevar uniforme en el siglo XXI era clasista y estaba anticuado. Aun así, el uniforme era bonito. Lo completó con uno de sus broches favoritos a modo de escudo, pensó que era una de esas *magicals girls* de las historias que leía, una *sailor moon* que al pasar los dedos por el cristal de plata se transformaba en superheroína. Se sentía muy pequeña esa mañana y cualquier tontería que apuntalara su valor, por estúpida que fuera, la hacía mínimamente más poderosa, aunque seguía siendo un manojo de nervios.

Su padre aparcó el coche delante del colegio. Le preguntó si quería que la acompañara a clase y ella, por supuesto, se negó. Le dijo también que no hacía falta que volviera, que podía tomarse unos días libres, que la directora lo entendería, pero Janine rechazó la propuesta.

—Estoy bien, papá, no soy una cobarde. Sea hoy o mañana, voy a tener que pasar por aquí y prefiero que sea lo antes posible. ¿Sabes cuando me hago la cera en las piernas? Sí, parece una tontería, pero siempre le digo a Berta que tire sin avisar, que me arranque la banda de cera casi a traición, que no me deje pensar en el dolor...; pues hoy me siento un poco así. Quiero que pase ya y ya está.

El padre lo entendió, le dio un beso en la mejilla, le dijo que le llamara si se sentía mal y le deseó un buen día. Janine podía con esto. Cuando encontró la pintada en su taquilla, se armó de valor y la convirtió en algo bonito, y pensaba hacer lo mismo: evitar lo malo y sacar lo positivo del momento, si es que había algo.

Al igual que en todas las películas adolescentes que había visto, la gente le abría un camino de cuchicheos y susurros por donde pasaba, pero nadie se acercó a preguntarle nada. Nadie le puso la mano en el hombro como gesto de apoyo. Daba igual, ella no necesitaba falsa compasión de un puñado de estudiantes que la había ignorado siempre, que no sabía de su existencia hasta ese día. La gente sabía que ella era la buena de la historia, que ella era la víctima, aunque Janine empezara a odiar esa palabra porque la veía por todas partes y ella se sentía una heroína. «A Wonder Woman le pasan muchas cosas malas, pero no es la víctima», pensó. Todo iba más o menos según lo previsto.

La primera asignatura era la que más odiaba de todas: Educación Física. No entendía por qué, siendo tan mayores y pudiendo hacer deporte cada uno por su lado, estaban obligados a jugar estúpidos partidos de baloncesto. Suponía que era una manera de justificar y amortizar las instalaciones. No lo soportaba, no porque fuera vaga, sino porque odiaba tener que cambiarse con las otras chicas. Ella estaba contenta con su cuerpo, le gustaba, no lo odiaba como las anoréxicas, pero si coincidía con chicas de otros cursos se sentía observada y mal. Como si vas a pedir una hamburguesa a un restaurante y el camarero te dice: «¿Seguro que no prefieres una ensalada, bonita?». Pues eso.

Cuando llegó al vestuario, ya estaba casi vacío. Esa mañana Janine llevaba un tempo diferente e iba lenta, pero sabía que si entraba cinco minutos tarde a la clase nadie le diría nada. Prefería llegar tarde para que nadie la sometiera al tercer grado.

De pronto entró en el vestuario una chica rubia, sin esmalte en los dientes —probablemente por la bulimia— y con un corte de pelo excesivamente moderno para Las Encinas. Se llamaba Wendy: Janine no conocía su nombre, pero se había cruzado con ella alguna vez en el comedor o por los pasillos del instituto. La acompañaban dos clones sin gracia. Parecía una cantante pop con dos guardaespaldas, pero en vez de ser grandes y negros, eran dos chicas monas demasiado maquilladas como para pegarse con nadie si hiciera falta. La chica dio un golpe muy fuerte en una de las taquillas y las pocas que se estaban cambiando salieron por patas al interpretarlo como un «fuera» en toda regla.

Janine continuó cambiándose tan tranquila. Nadie se atrevería a pegarle, ya no, así que siguió con su ritmo pausado y a lo suyo. Sabía que pasaría algo así y estaba totalmente mentalizada. No lo disfrutó, claro que no, era una situación muy desagradable, pero la gestionó con calma pensando que ella tenía el poder, que ella tenía el control y, sobre todo, que ella tenía el broche mágico. Aunque justo se acabara de quitar la camisa y la hubiera dejado perfectamente doblada encima del banco.

Janine, en ropa interior, frente a Wendy en un duelo sin ring.

—¿Quién coño te crees que eres, gorda de mierda? —empezó la recién llegada, directa al tema—. ¿Te crees que alguien va a tragarse que él te pegó, por mucho vídeo que haya? Ya puedes ir a la policía a quitar la denuncia o te juro que yo sí que te voy a partir la cara. Y tengo diecisiete, así que no me da ningún miedo lo que me pueda pasar. ¿Qué? ¿Te gusta mi novio? Ya me ha dicho que llevas acosándole desde el principio de curso y que en vez de entender la negativa te has inventado toda esta patraña.

—Perdona —le dijo a Wendy mientras se ponía el pantalón de gimnasia—, no sé quién eres, ni tengo que darte ninguna explicación.

—Que no sabe quién soy, dice la cerda… Porque eso es lo que eres, una cerda. Mirad qué lorzas tiene. ¿No te da asco ser así?

La chica era muy predecible, y todo lo que tenía de guapa lo tenía de poco ingeniosa. Nada de lo que le dijo hizo que a Janine le temblara el pulso. Al contrario: las mofas y los insultos hacían que fuera ganando madurez, y tanto su silencio como su parsimonia irritaban mucho más a Wendy, que no sabía muy bien cómo adaptarse. Esperaba inspirar miedo desde el principio.

En los segundos que siguieron, Janine se enfundó la camiseta de manga corta, los calcetines y las zapatillas sin decir una palabra, mientras Wendy seguía con la ristra de insultos: la reina de lo predecible y sus dos escoltas en el gimnasio desierto.

Terminó de anudarse las zapatillas blancas de deporte y se levantó del banco:

—Si no te importa… —dijo en tono sereno al tiempo que pasaba al lado de la rubia y de su clan de poca monta.

Salió del vestuario dejando a las tres con un palmo de narices, y cuando ya nadie la veía se esforzó en respirar

hondo, recomponerse y entrar en el gimnasio victorio-
sa. A todos los alumnos les sorprendió ver cómo Janine
se unía a la clase de Educación Física con una especie de
sonrisa, pero es que había derrotado a uno de los villa-
nos de la pantalla final. Una tía peligrosa la había insultado y, como decían las abuelas, a ella le había entrado
por un oído y le había salido por otro. Había ganado.

La que no estaba nada cómoda era Wendy Moira,
—se llamaba así realmente— al notar que sus insultos y
vejaciones no hicieron más que engrandecer a su opo-
nente en ese miniduelo de tres minutos.

*Sí, me llamo Wendy Moira, pero cuando cumpla dieciocho me
lo cambiaré. Mi padre era un* hippy *loco que había leído demasiadas veces* Peter Pan *y quería que yo fuera una niña para
siempre. Pues ya ves, no lo soy. Aunque sí que he sido una niña
perdida... más o menos. Estoy muy cabreada con lo de Mario.
A ver, no puede decirse que nosotros fuéramos novios como tal,
pero hemos follado casi cada día desde que empezó el curso y eso,
quieras que no, me da ciertos derechos, como por ejemplo el de
defenderle, el de intentar mantener su honor. Y si una puta
foca va diciendo cosas sobre él y tengo que darle un susto, pues
lo haré. Vale, no puedo hacer gran cosa porque la gorda en
cuestión está ahora en el punto de mira de todos los profesores y
tengo todas las de perder, pero ya encontraré alguna manera de
que pague...*

*Mi novio no es un maltratador, Mario no es nada de eso.
Tiene su pronto, pero nunca pegaría a nadie, a mí no me ha
puesto la mano encima. Dicen que hay imágenes y esas cosas,
pero yo no me lo creo. Es muy fácil distorsionar lo que ves, sobre
todo si no puedes escucharlo. Puede que ella estuviera pidién-*

dole que le pegara, es que a saber, hay muchas posibilidades. A mí me da mucha pena, porque sé que él es bueno y no merece que se le tache de maltratador para arriba. Si leyeras lo que se dice de él en Twitter... A la gente le encanta pillar un cabeza de turco y vomitar sobre él sus mierdas. Lo han comparado con la Manada y con monstruos por el estilo. Vamos, yo creo que es injusto y, si no hay justicia en este mundo, pues puede que tenga que hacerla yo, no sé cómo, pero hacerla. Jo, me gustaría que Mario viera que he insultado a esa tía a la cara. Es una pena que no quiera verme; lo entiendo, está escondido y pasa de ver a nadie o de tener que hablar siempre de lo mismo, pobrecillo. Espero que todo esto se resuelva y sea a la puta gorda a la que encarcelen por calumniar a mi chico. Es que manda narices.

*

Melena sabía que ese era el día de la fiesta de final de curso. Le parecía una chorrada todo lo relacionado con las fiestas y el esfuerzo del instituto por que los alumnos se relacionaran entre ellos. Aunque todo era una absurda encerrona. Una trampa para que las niñas pudieran ponerse sus vestidos de firma y los chicos pudieran subir fotos de esmoquin sacando la lengua o haciendo los cuernos con los dedos como si fueran estrellas del rock. A ella no le gustaba el rollo, a ella no le gustaban muchas cosas asignadas para la gente de su edad. ¿Era *hater*? Mucho, pero con conocimiento de causa. Nunca se había sentido niña, nunca se había sentido adolescente. Ella percibía que había pasado de los cinco a la edad adulta. Aunque en realidad no era cierto y a veces se comportaba como una auténtica niñata, sobre todo cuando se drogaba. En esos momentos de evasión, afloraba en ella su yo más infantil e indómito, sus ganas de bailar y hacer locuras.

Hoy Melena no se encontraba bien. Por fuera se la veía hecha un verdadero cromo, pero por dentro tenía todo tipo de desórdenes, entre ellos el digestivo. Comía muy mal y a deshoras y eso hacía que unas veces tuviera un hambre voraz, otras se sintiera empachada y otras se pasara horas en el baño. Pero lo peor era la cabeza.

Cuando no se drogaba, sentía algo muy raro. Como si le hubieran llenado el cráneo de aceite y su cerebro estuviera naufragando en ese charco. Cuando se movía o giraba, su cerebro giraba con ella, pero el aceite imaginario hacía que llegara un par de segundos después y eso le daba una extraña sensación de vértigo, de mareo. Movía los ojos como los Furbys, o eso le gustaba pensar: imaginaba un mecanismo que los movía lentamente o que abría sus párpados despacito. Y si a eso le juntamos la falta de higiene y que las calvas que tenía en la cabeza parecían más marcadas por el pelo grasiento, pues sí, Melena no estaba en su mejor momento.

Ella no quería ir a la fiesta, pero quería ir. No quería ir porque renegaba de todo lo que tuviera que ver con su vida anterior, con la estabilidad, con sus examigos, con las apariencias del colegio, con el postureo... Pero había una parte dentro de ella, una parte chiquitita, que casi no se hacía oír, que pensaba que presentarse en la fiesta era un modo de retomar las riendas de su vida. No podía seguir sucia, malcomiendo y medio drogada todo el día. No podía vivir en la incertidumbre de no saber si su madre volvería, si les embargarían la casa o si la palmaría por una sobredosis o si la encontrarían ahogada en su propio vómito. Sí, esta última era una imagen muy recurrente. Tenía varias opciones.

A) Quedarse en casa y llamar a Papa John's Pizza, pedir tres medianas y seguir viendo cosas subtituladas en Netflix.
B) Ir a la fiesta y armarla, drogarse como una chunga y dar un espectáculo lamentable diciendo verdades y salir por todo lo alto.
C) La B, pero en versión discreta: ir a la fiesta, no llamar mucho la atención, tal vez hablar con sus examigos, pedir ayuda, llorar delante de otros, etcétera.

Lo bueno de esto es que no sabía qué opción elegir, pero lo que estaba claro era que la A quedaba descartada. Pensó que si se daba un baño, uno de los largos, igual se despejaba del todo. Lo hizo, llenó la megabañera del baño de la *suite* de su madre y nadó, literalmente, dentro de ella. Sí, un gasto absurdo de agua en época de sequía, pero ella creía que se lo merecía. Se mareó un poco y se aclaró el jabón con agua fría, algo que siempre le había resultado reconfortante. Se secó e intentó no asustarse al ver varios pelos en la toalla blanca. Miró hacia otro lado otra vez. Puso música y bailó, intentando animarse, y recorrió la casa en toalla, y cuando la canción subió a su punto álgido, ella tomó la toalla y la lanzó sobre el suelo enmoquetado. Se pintó las uñas, aunque nunca lo hacía porque le parecía una chorrada:

color coral para las manos y el rojo más oscuro, casi negro, para los pies.

Buscó en su armario y todo le parecía aburrido y anticuado. Probablemente estaba teniendo un pico de serotonina por las nubes. Cuando te drogas, te medicas y demás, tus emociones se montan en el Dragon Khan. Puedes estar arrastrándote por los suelos pensando en la muerte y acto seguido subir a lo más alto de la alegría y la euforia. Ella no estaba alegre, pero tenía un extraño cosquilleo, como si supiera que estaba haciendo lo correcto y que eso iba a traer algo bueno.

En ese momento, Mele se sintió como la versión femenina de Macaulay Culkin en *Solo en casa*, se rascó la barbilla como tramando algo y salió, todavía desnuda, al pasillo. Y lo cruzó hasta llegar al paraíso de los trapitos, el armario de su madre. ¿Para qué ponerse un anticuado y aburrido vestido sin personalidad cuando podía acceder al exagerado museo de la moda que era el vestidor de su madre? Muchas veces, Melena dudaba del poder adquisitivo de su progenitora, muchas veces pensaba que se estaba arruinando, pero que conservara todos esos modelitos le hacía entender que la situación no debía de ser tan crítica, porque colgados en un montón de perchas blancas había miles y miles de euros. No quiso hacer la escenita de *Pretty Woman* y probarse mil vestidos: sacó algunos y miró, sobre todo, que el largo se adaptara a su cuerpo, ya que ella no era la modelo de metro ochenta que era su madre. Melena era tirando a desgarbada, con poco pecho y bastante delgada, pero si hubiera caminado más recta y tuviese un par de centímetros más podría haber seguido la estela de su madre sin problema. Ella no quería ser modelo, tenía todo tipo de prejuicios por lo que representaba ese trabajo y nunca se le había pasado por la cabeza. ¿Qué quería ser entonces? Esa era una pregunta demasiado complicada cuando estás desnuda en un ropero repleto de vestidos caros.

Ella no sabía nombres de diseñadores, no, los había escuchado en bobas conversaciones de su madre, pero era incapaz de recordar cuáles eran los buenos y cuáles no. Lo que sí recordaba es que su madre tenía predilección por una diseñadora llamada Vera Wang. Era una señora famosa por sus vestidos de novia, pero la madre de Melena tenía varios diseños suyos de fiesta, hipercaros y casi sin estrenar. El más bonito, uno con cuello halter en tono azul cerúleo. El corpiño estaba forrado de un tejido vaporoso que le daba cierto relieve, pero que aun así marcaba estupendamente la figura de cualquiera. De cualquiera que cupiera en él. La falda era ajustada hasta por encima de las rodillas, así que Melena no tenía problema de altura con ese modelito. Se miró en el espejo y se vio radiante.

Entendió de pronto los excesos que había cometido la loca de su madre al comprar trapos y más trapos. Vestir esos diseños hacía que los picos emocionales de la montaña rusa que tenían ambas por corazón rozaran la parte más alta y alegre. Se recogió el pelo con las manos para verse los hombros descubiertos y se gustó. Melena se gustó. Puedes contar con los dedos de una mano las veces que la chica se había sentido cómoda consigo misma y, borracha de lujo, pensó:

… el vestido está bien, pero si le pongo unas sandalias de Jimmy Choo estará mucho mejor. A ese sí le conozco, porque mi madre jura siempre por él cuando habla con las tontas de sus falsas amigas. Eso sí, pienso quitarme este pintauñas ahora mismo, que, aunque el coral no queda mal con este azul, me da un aire de choni que no sabe lo que hace, pues fuera… No me puedo creer que vaya a ir a esa puta fiesta. No me lo puedo creer. Que ojo, igual llego allí y me rajo en la puerta y paso de todo y me voy así vestida al Café Berlín a bailar como si no hubiera un mañana. No sé, no me quiero presionar. En casa no me quedo, que estoy cansada ya de estar aquí. Bueno, lo primero son los zapatos; mi madre tiene un pinrel más grande que el mío, pero al ser abiertos seguro que encuentro algo.

Y claro que encontró. Justo lo que estaba buscando: unas sandalias del susodicho diseñador malayo, con tacón finísimo y con correas forradas con una discreta pedrería multicolor. Una maravilla. Se los colocó y sintió que volaba. Melena siempre había renegado de su feminidad, siempre se había quejado de las faldas y los vestidos y había asociado todo eso a la superficialidad o a la falta de personalidad, pero, en realidad, dentro de su alma había un impulso estético que la hacía tener un don para la moda y combinar las cosas con gracia. Era su primera vez vestida como una *celebrity* y se lo estaba gozando. Imagina que nunca has probado el chocolate, porque crees que está malo, porque no te gusta el color marrón o porque has oído que engorda, y de pronto te encierran en la fábrica de Willy Wonka con ríos de *foundant,* con tabletas y bombones de chocolate con leche rellenos de praliné…; pues te volverías como un cencerro dando rienda suelta a tus impulsos más primarios. Y lo que le pasó a Melena es que, una vez probó el chocolate, ya no quería alimentarse de nada más. Y sea un mito o no, tanto el chocolate como la alta costura generan endorfinas, así que, por primera vez y sin esfuerzo, Melena sonrió.

Poco le iba a durar la sonrisa. Muy poco.

Mientras ella jugaba al cambio de imagen frente al espejo de su madre, esta entraba en la casa y subía la escalera con desgana. Cuando llegó al pasillo no tuvo que buscar mucho para descubrir a su hija a lo lejos, cubierta con uno de sus vestidos y encima de unas sandalias con taconazo. Las miradas de ambas se encontraron como en uno de esos duelos de las películas del Oeste. Doce metros de pasillo las separaban, aunque cualquiera de las dos podría haber desenfundado el arma sin ningún tipo de problema. Pero ¿quién iba a disparar primero? ¿Quién iba a abrir la boca por primera vez?

Cuando vi a mi madre al fondo del pasillo, justo al terminar la escalera, me quedé petrificada y mis neuronas saltaron todas por las orejas dejándome sola frente al peligro. No sabía qué hacer. No sabía si correr hacia ella y llorar como una niña pequeña lanzándome al suelo y abrazándome a sus piernas o si debía ignorarla o si, tal vez, debería haberle echado en cara su ausencia de esos días. Soy una chica de recursos, pero podría haber muerto desnutrida, podría estar interna en un centro de menores, me podría haber suicidado (varias veces lo podía haber hecho). Me asaltaron montones de imágenes de mi relación con ella. Mi cerebro intentó buscar los buenos momentos, pero

la mente es selectiva y no nos lo ponía nada fácil... Solo la po-
día recordar sobre mí pegándome como si quisiera matarme,
como si me odiara de verdad. ¿Y ella? ¿Qué estaba pensando
ella plantada al otro lado del pasillo con los ojos fijos en mí? No
podía leer su mirada a esa distancia. ¿Era decepción? ¿Era
impacto por verme allí? ¿Qué era? Empecé a temblar y di dos
pasos hacia ella confiando en que no los tomara como amena-
za. Quería preguntarle algo con sentido, un «¿dónde estabas?»,
un «¿tan poco te importo?». Pero no dije nada, no me dio tiem-
po, ella se adelantó.

—Estás ridícula con ese vestido.

Fue un insulto, pero no había desprecio, fue una frase sincera
desde el corazón, casi como si quisiera encontrar un puente
hacia la complicidad o algo así. Yo no me lo tomé a mal. Le
parecía que me quedaba mal porque no me sentaba tan bien
como a ella, porque no llenaba el pecho, pero yo me había mi-
rado en el espejo y él me había dicho que nunca había estado
tan guapa en toda mi vida. Por eso no me ofendí, porque en-
tendí que su insulto era una frase de cercanía y no una bofeta-
da en palabras.

    Mi madre suspiró como si le saliera el alma por la boca.
Llevaba una bolsa en la mano derecha y la soltó sin interés. Me
acerqué un poco más, pero despacio. No sé cómo lo hacen los
domadores de leones, pero, sabiendo lo peligrosos que son, su-
pongo que entran a la jaula guardando la distancia y un poco
acojonados. Y entonces mi cuerpo empezó a reaccionar solo, sin
mi consentimiento, y comencé a llorar. No tenía el control. Su-
pongo que consecuencia de todo el cóctel de drogas que había
ingerido esos días y supongo que porque, aunque yo me haga la

fuerte, la independiente, la que no sufre y la niña de hierro...,
hierro no tengo ni en la sangre, y soy una niñata.

Melena empezó a llorar como si abriera un grifo,
como si hubiera estado secuestrada por unos terroris-
tas albanokosovares y la hubieran dejado en libertad
frente a su familia. Puede que sí quisiera a su madre,
puede que sí estuviera preocupada, puede que sí sufriera por su paradero, por sus problemas mentales y
por su ausencia. Así que ver a esa señora apoyada en
la balconada de la escalera le dio un extraño respiro
de tranquilidad, y debido a todas esas cosas mezcladas
sus lágrimas brotaron. Mele quería decir algo con
sentido, quiso empezar una conversación otra vez,
pero alcanzó a decir una sola frase balbuceada por el
llanto:
—Se me está cayendo el pelo otra vez.
Su madre apretó los labios y miró hacia abajo, ¿aver-
gonzada? Puede ser. Tanto Melena como ella estaban
comportándose de un modo raro, enseñando expresio-
nes y registros muy diferentes a los que estaban acos-
tumbradas. La última vez que se vieron llegaron al punto cumbre de la tensión y el odio, y bajar de ahí, por
poco que fuera, siempre era de agradecer.
—Mamá, ¿de verdad te parece que este vestido no
me queda bien? ¿Estoy ridícula en serio? —preguntó la
hija mostrando su lado conciliador.
La madre alzó la mirada y negó con la cabeza, suspi-
rando nuevamente.
—No es tu estilo. Es un Vera Wang que vale más
que... yo qué sé.

—Ya... Ahora me lo quito, es que hoy es la fiesta de final de curso.

—¿Y vas a ir? Me llamaron varias veces del instituto para decirme que no estabas yendo a clase.

La madre se encendió un cigarro que sacó del bolsillo de la gabardina talla XL que llevaba puesta.

—No, no he ido. No he hecho nada más que estar tirada, dormir...

—Drogarte —la interrumpió la madre sin ninguna acritud.

—Drogarme, sí.

Dio una larga bocanada a su cigarro y le ofreció uno a su hija. Normalmente Melena no fumaba, pero le pareció bonito aceptarlo, como si fuera la pipa de la paz. Su madre nunca le daba cosas, nunca le ofrecía nada, y aunque fuera algo que podía provocarle cáncer, no vio mejor opción que cogerlo y encenderlo.

—Estamos perdidas, María Elena. Estamos acabadas... Esto es un camino sin retorno, creo. No quiero pelear más. Sé que lo del otro día se nos fue de las manos.

—Sí, sí, sí... —apuntilló la hija.

—Pero he estado pensando y he llegado a una conclusión. No te quiero, hija. Es la verdad. No me quiero a mí, no puedo querer a nadie.

Los añicos del corazón de Melena se podían escuchar desde lejos, no hacía falta acercarse a ella para notar que algo dentro se le había roto de un modo violento. Tiró el cigarro en la moqueta y sin molestarse en pisarlo echó a andar hacia su habitación mientras trataba de bajarse la cremallera del Vera Wang, algo que era prácticamente imposible.

—Lo vas a acabar rompiendo —oyó decir a su madre en tono neutro. La templanza de su voz llevaba el eco de sus sedantes habituales.

—¡Que se rompa!

—No te vayas, hija. Quiero hablar…

—¡PUES YO NO QUIERO HABLAR! —le gritó Melena casi echando fuego por la boca y peleándose cada vez más fuerte con el vestido.

—Necesito decírtelo, lo necesito.

—¡Ah, perfecto! ¡Tú necesitas decírmelo! ¿Y lo que yo necesito? ¿Qué? ¿Eh?

—No estamos hablando de ti, hija, no seas egoísta.

Si fuera una obra de teatro, en ese momento los espectadores que pensaban que por fin iba a haber un acercamiento entre las dos antagonistas se llevarían las manos a la cabeza al ver los palos de ciego que daba esa pobre señora loca. Así lo entendió Melena. Su madre estaba como un cencerro y era imposible intentar nada para poder salvarla, así que se ofreció, como quien ofrece la cabeza a la guillotina: suspiró, se giró hacia ella y rompió el vestido para intentar salir de él, pero no pudo, el azul cerúleo seguía oprimiéndole el cuerpecito.

—¿Contenta? —le espetó a dos metros de distancia.

—Gracias —susurró la madre al ver que su hija reculaba y volvía con ella—. He sido muy desgraciada toda la vida, hija, toda la vida… A lo mejor parece que las cosas me han ido bien, pero no es así. Todo el mundo ha abusado de mí, todo el mundo se ha aprovechado de mí, de mi vida, de mi cuerpo… No me mires así, eso lo sabes porque salió en las revistas y sé que lo leíste, aunque yo te dije que no lo hicieras. He hecho cosas espantosas.

Unas porque quise y otras porque me obligaron a hacerlas, y no sé vivir en sociedad. No sé relacionarme con los hombres, con la gente en general. Era tan guapa y tan tonta que parecía que llevaba un cartel luminoso para que la gente me utilizara. Y yo no me daba cuenta. Pero ahora, cuando las cosas ya van mal, cuando todos los chupópteros me lo han quitado todo, es cuando me doy cuenta de que no puedo dar marcha atrás. Qué pena todo. Qué pena.

A Melena no le daba pena. Nunca había visto a su madre tan expuesta y tan frágil, pero la cantilena la conocía muy bien y no le trasmitía nada. La chica vio el cielo abierto y pensó:

Esta es mi oportunidad, está puto loca y un poco enajenada, pero no grita, ahora o nunca, ahora o nunca, si me da una respuesta convincente puede ser el billete de ida hacia otra vida.

—¿Quién es mi padre?

Melena disparó la frase como si fuera su último cartucho en un tiroteo. La madre tiró al suelo la colilla del cigarro, que se le había consumido en la mano, y sonrió a su hija con esa extraña mirada perdida.

—¿Tú crees que si hubiera sabido quién es tu padre no le habría sangrado ya? No lo sé, hija. Yo era una muñeca que iba de unos brazos a otros. A veces por capricho, a veces por amor, pero casi siempre por dinero. Supongo que fuiste concebida en una de esas fiestas a las que me llevaban. Fiestas que empezaban entre jijís y jajás, pero que acababan… No quieras imaginártelo. Podías estar con varios hombres en una misma noche, hombres que pagaban mucho, muchísimo dinero para hacer lo que quisieran conmigo. Pudo ser uno u otro, pero te aseguro que fuera quien fuera no sería un hombre bueno o de fiar.

A la chica le asaltó a la cabeza la imagen de aquella fiesta en la que estuvo, más concretamente la imagen de aquel señor mayor que se abalanzó sobre ella. Si no hubiera sido suficientemente consciente en el momento, o mejor dicho, si no hubiera vomitado, puede que Melena hubiera seguido con el inmenso error del linaje familiar de hijas bastardas no reconocidas. Melena sentía en muchos momentos que era desgraciada por una cuestión genética, que, por mucho que ella intentara levantar cabeza, estaba maldita. Saber que no era fruto del amor o que nació de una relación sexual semiconsentida apuntalaba esa teoría. Apretó los puños con fuerza. Se sentía muy dolida. Si su madre le hubiera dicho que nació en una probeta fruto de un experimento genético, le habría resultado igual de aterrador. Siempre había fantaseado con la idea de un padre salvador, guapo y maravilloso, que la iba a rescatar sobre un corcel blanco. Al conocer la verdad, su única esperanza se destruyó.

De pie en el pasillo, su madre seguía hablando y cada palabra era como una esquirla de vidrio que se clavaba en el cuerpecito de Melena, bajo el vestido de alta costura.

—No tienes padre, María Elena. Ni lo tienes ni lo tendrás. Supongo que soñabas con eso. Pero no te pierdes nada. El mío abusó de mí hasta que me fui de casa con dieciséis… No te recomiendo un padre. Ni una madre, ya ves lo que es tener una. Yo he intentado quererte, de verdad que lo he intentado, pero no he podido. Nunca he podido. A veces te he odiado más, a veces menos y a veces me has dado igual, pero esa indiferencia es lo más cerca que has estado de importarme. Creo que es mejor que sepas, que lo sepas para siempre, que no tengas dudas de que nunca te he querido y nunca te querré. No te quiero, Melena —dijo mirándola a los ojos—. Cada noche cuando me voy a dormir pienso lo bonito que habría sido que no nacieras, no tenerte. Es muy duro, pero es la verdad, creo que ya estás preparada para oírla. ¿Lo estás? Yo creo que sí. No te quiero.

Este último «no te quiero» de su madre salió como un susurro que se abría paso entre sus labios inyectados de ácido hialurónico y le llegó a la chica a lo más hondo. Ya imaginaba que su madre no sentía mucho por ella, pero escucharlo de su boca era una gran tortura, era daño sin sentido. Dolor por dolor. Melena gritó, un rugido que le salió de las entrañas y que llevaba un montón de miserias maceradas de toda su vida. Sus decepciones, sus frustraciones mezcladas explotando en un grito desgarrador que levantó sus brazos en un acto inconsciente y sin darse cuenta, o dándose toda la cuenta que podía en ese momento, y empujó a su madre con fuerza.

Todo su odio, toda su rabia se concentraba en las palmas de sus manos golpeando con fuerza a su progenitora, a la que en el fondo ella sí quería. La empujó con la misma fuerza y las mismas ganas con las que se contuvo para no devolverle las bofetadas que le dio en el suelo en aquella fatídica pelea antes de que desapareciera.

Solo ese fuerte empujón bastó para que la madre se precipitara hacia atrás. No pudo ni intentar cogerse a su hija o a la barandilla, porque el empujón fue tremendo. Y sí, todo sucedió a cámara lenta y, por tanto, la madre cayó hacia atrás impactando contra los peldaños, rodando como un saco lleno de persona, golpeándose con cada escalón. En uno de los giros, su cuerpo dejó de parecer humano: no tenía sentido, como si le hubieran aparecido nuevas articulaciones. Un nuevo codo que hacía que su brazo estuviera partido en tres. Una vértebra rotatoria que mostraba su columna como la de una serpiente…, y llegó al suelo.

El fuerte golpe de la cabeza contra las baldosas de mármol devolvió la escena a su velocidad normal. Ya no había cámara lenta. Solo había un sonido de cráneo contra suelo que resonaba en la cabeza de Melena como si fuera un gong que se repetía eternamente dentro de ella. La sangre de la madre era como un río que bajaba desde la cabeza, entre el pelo y las mechas, hasta el frío suelo blanco.

Melena bajó tres peldaños corriendo y se dio cuenta de que con los tacones que llevaba podría ser la siguiente en despeñarse por la escalera, así que se frenó y la vio desde la distancia. No se movía y eso no era buena señal. La quietud y la sangre gritaban la palabra «muerte», que, aunque muda, parecía repetirse retumbando en la casa. Muerte, muerta. Está muerta. Muerta, muerte. La chica no quiso bajar más escalones. Empezó a entrarle el pánico y susurró un «mamá» casi imperceptible. Fue tan sutil que nadie podría haberlo escuchado ni estando a dos centímetros de ella.

—Mamá.

Esa palabra de cuatro letras que ella siempre evitaba decir cobraba ahora más sentido que nunca: era su manera de aferrarse al mundo. Era su manera de pedir perdón al universo por lo que había hecho. La escena podía tener miles de lecturas, pero la objetiva, y el titular que hubieran puesto los señores del jurado, es que María Elena había empujado a su madre por las escaleras. Ella se dio cuenta de la magnitud de los hechos y lentamente bajó los peldaños con cuidado de no tropezar por las sandalias de Jimmy Choo. Cada peldaño que bajaba era uno que subía en su terrible sensación de remordimientos y de miedo. Llegó junto al cuerpo y se llevó las manos a la boca, como si quisiera taparse la respiración como hacen las *scream queens* cuando están escondidas en las películas de terror, como si no quisiera que el banal sonido de su respiración entrecortada pudiera molestar al cuerpo de su madre.

Melena había llorado demasiado y estaba tan impactada por el suceso que sus lagrimales se declararon en huelga. Estaban secos. Se arrodilló frente a su madre, que cada vez estaba más encharcada en sangre, intentó colocarla en una postura que pareciera humana, porque la estampa era complicada, pero prefirió no tocarla e hizo algo que jamás había hecho hasta ese momento: acurrucarse a su lado, cobijarse en su cuerpo, como si ambas se fueran a dormir. No le pareció que el mármol estuviera frío, no le pareció que su madre empezara a estarlo, no le molestó el charquito de sangre que iba creciendo entre ambas, con el rojo cada vez más cerca del azul cerúleo de su vestido. No le molestó nada, olvidó todo y se sintió, por primera vez, cómoda a su lado.

—Buenas noches, mamá.

Y el silencio volvió a reinar en la casa.

*

Cuando Gorka se presentó con su americana y su corbata en casa de Paula, no sabía si conseguiría arrastrarla al baile o si ella se mofaría de él. Susana abrió la puerta y recibió al chico con un despliegue de buenas maneras, por más que le costara quitarse de la cabeza la imagen de ese muchacho atractivo con orejas de soplillo besando a su hija, sobándola y estando encima de ella en posición del misionero. Por suerte para ella, Paula no tardó en bajar la escalera. Llevaba un vestido verde esmeralda y los labios rojos, una combinación fácil, pero efectiva.

—¿Habíamos quedado? —preguntó ella.

—Eh… no, no, pero como no contestabais en el grupo, no sabía si alguien iba a ir a la fiesta o si me iba a ver allí yo solo —respondió él dejando claro que se había autoinvitado.

—¿Queréis que os lleve? —dijo la madre.

—No, pedimos un coche, mamá. Así nos desentendemos.

—Sí, señora, es que queda como mal llegar a la fiesta de final de curso en el coche de los padres… Es como que ya somos mayores —intentó frivolizar Gorka.

Esta última frase hizo que la madre se lo imaginara desnudo haciéndolo con su hija y gritándole lascivamente: «Vamos, Paula, qué mayores somos, hacemos cosas de mayores». Susana luchó por quitarse esa imagen de la cabeza y sonrió como pudo.

—Claro, claro, qué disparate. Es que por las noches damos libre a Lorenzo, nos parece absurdo tenerle pendiente del coche si nunca hacemos nada.

Este último comentario pareció un alarde esnob de la madre y generó un silencio incómodo entre los tres.

—Voy a ponerme una Coca-Cola, ¿queréis algo? —ofreció la madre.

Los chicos declinaron el ofrecimiento y se quedaron solos. Paula no era la chica más avispada del mundo, pero no le costó leer lo que estaba pasando y rompió el silencio para preguntarle a su amigo con una sonrisa de oreja a oreja:

—¿Para qué has venido, Gorka?

El chico sintió que le habían pillado y se llevó la mano a la parte trasera de la cabeza frotando el pelo arriba y abajo y sonriendo un poco torpón. Levantó las cejas y se sinceró.

—¿Tú qué crees? Pues porque me apetecía ir contigo, Paula. Me parecía la hostia de raro proponerte que fuéramos juntos, porque no quería que te sintieras violenta ni ponerte en un compromiso. También esas chorradas de pedirle a alguien ir al baile, es como una soplapollez muy de película y tú y yo estamos por encima de eso, ¿no?

—Sí —contestó ella sonriendo—. Y me apetece ir contigo. Tenía ganas de verte.

Gorka se sorprendió un poco, porque con más o menos amor las palabras de ella sonaban muy sinceras, y eso era lo importante.

—Y ¿sabes, Gorka? Soy yo la que te lo va a pedir. ¿Te gustaría ir conmigo a la fiesta de final de curso de Las Encinas?

—Nada me gustaría más.

—Pues ya está —finiquitó ella.

—Estás preciosa, por cierto. No te lo quería decir para que no te asustaras, pero como me has pedido que te acompañe al baile…

Él se burló haciendo mofa de su última frase y ella le pegó un golpecito en el brazo. Ambos, un poco pavos, rieron, y tras despedirse de la madre salieron de la casa. Gorka abrió la puerta del jardín, como el caballero que era, dejando que la chica pasara por delante. Sí, eran unos protocolos arcaicos, pero tenían su gracia. Gorka buscó un coche con la *app*, pero antes pensó algo.

—Mira, Paula, me hace mucha ilusión que vayamos juntos a la fiesta, pero…

Ella se quedó un poco desconcertada. Pensaba que ya iban a entrar de nuevo en el bucle de las cosas raras —los «Tú me dijiste», «Es que yo hice», bla, bla, bla—, así que se tensó un poco. Escuchó atentamente a Gorka y asintió a su propuesta.

*

Janine abrió la puerta de su casa en pijama, con el pelo convertido en un nido grande, uno de esos de cigüeñas que hay en lo alto de los campanarios, y se podían ver restos de Oreos en las comisuras de sus labios. Claro que Gorka quería ir con la chica que le gustaba a la fiesta, pero le hacía más feliz que intentaran raptar a Janine y que la sacaran de su pozo de rareza. Era lo justo. Al fin y al cabo, siempre habían sido un grupito de amigos y aunque ahora estuvieran aflorando cosas poco a poco, debían seguir siendo una piña. ¿Qué clase de colegas serían si no hubieran salvado a Janine del aburrimiento más absoluto?

—Chicos, gracias por venir, pero no pienso ir —rechazó la propuesta aún en la puerta—, me da una pereza que me muero. Todo el mundo me va a mirar y cuando se emborrachen será mucho peor. ¿Qué necesidad tengo de pasar por ahí? No, en serio, ¿para qué me voy a exponer a eso? Las clases sí, pero la fiesta… paso.

Gorka miró fijamente a los ojos de la chica, le puso las manos sobre los hombros y se lanzó a un *speech* sobre la importancia de que los acosadores no se salieran con la suya.

—Mira, Janine, si yo te viera mal sería el primero que me habría puesto las bermudas y me habría traído la Play para jugar al *Singstar* aquí contigo, pero te veo bien. Eres una tía que te cagas y no te vas a achantar porque cuatro pringados sin vida necesiten de la tuya para sacar la suya adelante y pasárselo bien. Que los jodan a todos, ¿o no? Que los jodan. No mereces quedarte en casa comiendo Oreos mientras la gente está dándolo todo con el reguetón, ¿no crees? No has hecho nada mal y no es justo que te pierdas la puta fiesta. Si tú no vas, yo no voy.

—Anda, ni yo —dijo la rubia con un paso al frente.

—Pues nada, nos quedamos los tres en casa —le restó importancia Janine.

—¿Eso quieres? Vale —Gorka se quitó la chaqueta y se abrió paso hacia el interior de la casa.

—¡ES QUE NO TENGO NADA QUE PONERME!
—gritó Janine.

Al final la convencieron y subieron todos veloces a elegir el modelito. Fue bastante más divertido y con mejor final que el juego de *Pretty Woman* de Melena, eso seguro. Se decantaron por un vestido sencillo, pero Paula le planchó el pelo y quedó espectacular. Así que pidieron un coche y los tres amigos de punta en blanco entraron en la fiesta.

—¿Odiabas a Marina? —preguntó la inspectora muy normal, casi como cambiando de tema.

—¿Qué? No. Claro que no.

Paula no sabía dónde meterse. La pregunta la había pillado desprevenida. No quería mentir, pero tampoco quería airear sus trapos sucios, sus conflictos sentimentales delante de una panda de adultos desconocidos que la estaban tratando como si realmente fuera una criminal.

—Sabes que tienes que ser sincera, ¿verdad?

Ella estaba cada vez más nerviosa y no sabía qué decir. Hubiera dado alguna de sus extremidades a cambio de que su padre estuviera ahí con ella solventando la situación. No quería estar ahí, quería irse. E intentó ser lo más clara para que la escena acabara lo antes posible.

—Oiga, inspectora, ¿se me acusa de algo?

—No, Paula, tranquila, solo estamos intentando averiguar qué pasó con Marina Nunier.

—Pues yo no lo sé. No sé nada de Marina ni de en qué líos andaba metida, la verdad. Yo llegué a la fiesta a eso de las siete y media, no me acuerdo. Lo puedo chequear, porque Janine, Gorka y yo subimos un *stories* justo en la entrada. Estaba con ellos, ellos lo pueden corroborar. Bailé, bebí, es cierto que alguien le había puesto alcohol al ponche y eso me dio un puntillo, pero poco más. No sé qué espera que le cuente.

—Nada, eso, lo que hiciste —le dijo la inspectora muy tranquila, pero sin apartarle la mirada.

—Estuve bailando con un chico y estábamos a punto de besarnos cuando cortaron la música y usted dijo que desalojáramos la sala. No hice nada más. Esa fue mi noche.

—Ajá. Estuviste con ellos toda la noche.

El tono de la inspectora había cambiado y se notaba cierto tonito tramposo en la pregunta.

—Sí —contestó rotunda la chica.

—¿Sabes? Alguien te vio abandonar el recinto de la fiesta sola justo después de que Marina se fuera también de la sala.

Paula recibió este último comentario como un ataque y lo cierto es que surtió su efecto. Se sintió acorralada de pronto.

—¿Adónde quiere llegar? ¿Qué insinúa? ¿Que yo maté a Marina? Es la cosa más loca que he escuchado nunca.

—No insinúo nada, solo quiero que me digas la verdad.

—¡Sí, vale, odiaba a Marina! ¡Sí, pensé en su muerte varias veces, no se lo voy a negar! Pero eso no me convierte en una asesina. Por favor… ¡SOLO SOY UNA NIÑA!

—Marina también lo era.

Las palabras de la inspectora cayeron en la sala como un jarro de agua fría y todo se quedó en silencio.

Capítulo 8

Con todo el dinero que pagaban los alumnos, el comité de fiestas de Las Encinas se podía haber esforzado un poco más o incluso haber alquilado una sala para el evento. Pero no, era una fiesta en las instalaciones del instituto con algunos adornos colgados del techo, globos blancos y dorados y una pancarta un poco cutre en la que ponía «Fiesta de Fin de Curso», por si alguien no recordaba dónde estaba y pensaba que se hallaba en la de Halloween o en la de fin de año.

Cuando eres un adolescente y te emborrachas un fin de semana sí y otro también, tener que hacer un paripé en una fiesta de tarde en la que no sirven alcohol es un poco rollo. Aun así, también era una excusa perfecta para poder ver cómo visten tus compañeros una vez se han quitado el uniforme. Si hubieran tenido que coronar a la mejor vestida de la fiesta, sin duda hubiera ganado Carla por unanimidad: llevaba un vestido blanco precioso y estaba espectacular. Pero no daban ese premio. El único premio que se otorgaba en la fiesta de final de curso era al Mejor Estudiante del Año, un trofeo muy pesado que te concedía una beca en el extranjero.

Gorka, Janine y Paula sabían de la existencia del premio, pero les importaba bien poco. En clase había tres o cuatro personas que le habían echado el ojo y ellos pasaban de intentarlo. El premio lo ganó Marina, curioso que un rato después apareciera asesinada. Ella subió, aunque lo recogió en el estado de pasotismo y trauma que arrastraba desde hacía varias semanas, como si le incomodara la vida, el aire, como si acarreara una gran mochila de problemas y estuviera a punto de alzar el vuelo sin destino. Subió a recogerlo y se excusó, pues no se creía merecedora del galardón, y no era la única que pensaba que no lo merecía. Varios estudiantes se llevaron las manos a la cabeza al escuchar su nombre en plan «Whaaaaaat?». No tenía que ver nada con el VIH, claro que no; al revés, era maravilloso el que una chica con VIH ganara ese premio tan importante, porque ayudaba muchísimo a la visibilidad, era más una cuestión de esfuerzo. A nadie le parecía que Marina se hubiera esforzado mucho ese curso e incluso había rumores de que tenía problemas con la marihuana, otra más.

La hermana de Guzmán dio un discurso demasiado personal, un discurso que improvisó sobre la marcha, algo que la hacía adorable y odiosa al mismo tiempo. No se planteaba nada y aun así era considerada de las mejores, no tenía sentido. Luego salió de la sala con el pesado galardón a cuestas y al rato Samuel fue tras ella, todo frente a la mirada de Paula, que era una mera espectadora de la historia entrecortada de esos dos.

No tenía ni idea de si estaban o no, pero algo sí tenía claro:

—Janine —dijo volviéndose hacia su amiga—, ¿no crees que a Samuel le van mal las cosas por culpa de Marina? No soporto a esa tía, de verdad, es que le tengo una manía... No me gusta. Ahora vengo.

—¿Dónde vas?

—¿Tú qué crees? Al baño.

Paula salió de la sala un poco contrariada y se encerró en el baño, únicamente por estar sola con su indignación. Se apretó la cara, se tocó el pelo intentando descifrar qué veía la gente en la chica del premio y se repitió un clásico «¿Qué tiene ella que no tenga yo?». Salió del cubículo, suspiró, se arregló el maquillaje y se quedó un rato sola mirando el móvil. La verdad es que Janine se había quedado un poco pensativa, porque le llamó la atención la mala leche con la que Paula habló de Marina, pero no tenía las mismas piezas del puzle que su amiga y no sabía a qué cosas se refería cuando hablaba de Samuel y de la que probablemente era su chica. Paula, en realidad, tampoco sabía gran cosa, pero no hacía falta ser una detective de una novela de Agatha Christie para atar cabos. Él siempre iba tras ella como un perrito faldero y ella pasaba cuando quería pasar o le daba amor cuando quería... el típico rollo de toma y daca, de tira y afloja. Paula estaba mucho más relajada con el tema, pero sentía que Marina era odiosa y narcisista y no pensaba en los demás. Aunque, claro, quién era ella para opinar si no sabía de la misa la mitad. Minutos después salió del baño y volvió a la fiesta, se unió al grupito y no volvieron a mencionar nada ni de Samuel ni de la ganadora de la beca.

Los chicos bailaron y se rieron de todo: del evento, del

lugar y de ellos mismos. Al menos la música estuvo pasable y no abusaron del reguetón como temían: mucho disco, rock y algo de pop blandito, salpicado de vez en cuando con alguna lenta. En una de ellas, y entre risas y tonterías, Gorka sacó a bailar a Paula casi autoparodiándose. Janine sintió que sobraba y salió a dar un paseo por el jardín. La verdad es que lo estaba llevando bastante bien. Claro que hablaban de ella, pero pasó olímpicamente.

Aunque, la verdad, reconozco que estaba mirando al techo todo el rato. Cuando era pequeña me marcó mucho Carrie. *Uno, por la escena de la regla en el vestuario y, dos, por la del cubo de sangre de cerdo, sí, creo que era sangre de cerdo, no me acuerdo bien. Sé que hay gente en el instituto que me considera una persona valiente, pero luego tenemos otros cafres que creen que soy la bruja mala del cuento; entre ellos Wendy. Imagínate que me llega a colocar un cubo con sangre y estuviese esperando el momento exacto para tirármelo encima… Bueno, es difícil, porque yo me muevo mucho, pero, con lo básica que es, seguro que lo ponía cerca de la mesa del* catering, *como si yo, por ser gordita, fuera a pasarme toda la fiesta engullendo magdalenas, que, por cierto, son sin gluten, porque hay varios celíacos en Las Encinas, y saben a serrín, un asco.*

Lo que era verdaderamente un asco es que cuando la tontería del baile pegadito de Gorka y Paula estaba dando paso al baile real entre ellos sin sonrisas ni bobadas, cuando ambos se miraron a los ojos y se disponían a hacer lo que les pedía el cuerpo como aquella vez en el gimnasio, justo en ese instante sonó el móvil de Gorka. Y no era una de esas llamadas cortarrollos para que te cambies de compañía, no. Era una de sus mejores amigas, con un terrible cuadro de ansiedad, que lloraba y decía cosas sin sentido, cosas complicadas de entender.

El chico se separó de Paula, porque no escuchaba nada con la música y pensó que Melena estaba drogada o que se había metido en problemas, y no iba muy desencaminado.

—Es que no te escucho, Melena, no te escucho bien… Vale, vale, vale… Voy para allá.

Gorka se acercó a Paula para decirle que se tenía que ir, pero en ese momento el rizo se rizó aún más cuando la inspectora subió al escenario para decir que tenían que abandonar el instituto ordenadamente, que había pasado algo. Los rumores se extendieron como la pólvora entre los alumnos. Marina estaba muerta. Eso decían. La gente corría hacia la salida sin hacer mucho caso a la indicación de la inspectora. La gente hablaba en corrillos. Unos lloraban, otros susurraban y otros se movían nerviosos sin saber por dónde escapar pensando que podían ser los siguientes. Aun así, varios alumnos intentaban estirar la jarana porque les parecía una tremenda bola lo de la muerte. La policía no había confirmado nada y era algo demasiado fuerte como para que fuera real. ¿Alguien había matado a Marina? ¿De verdad? ¿Quién iba a hacer eso? ¿Quién podía ser capaz de asesinar a sangre fría a la alumna modelo?

*

Janine intentaba volver dentro del instituto, pero era tal la avalancha de gente que salía que entrar era imposible, lo tenía claro. Ella no tenía ninguna duda: en cuanto el rumor de la muerte de Marina llegó a sus oídos, supo quién era el responsable. Un escalofrío la recorrió de pies a cabeza al recordar las palabras que Mario había dicho en el pasillo del colegio. «Él lo dijo, le dijo que estaba muerta». Janine entró en pánico, su pulso se aceleró y le dio fuerzas para abrirse paso a contracorriente hasta el colegio. Ya no quería buscar a sus amigos, solo quería encontrarse con la policía para explicarles que sabía quién había matado a Marina.

En vez de entrar por la sala donde estaba la fiesta, pensó que sería un atajo infalible cruzar por el pasillo. La noche había caído y estaba desierto. Las luces apagadas hacían que la estancia solo estuviera iluminada por la luz de las farolas que entraba desde la calle. Era siniestro como poco. Janine recordó todas las películas de terror que había visto y se asustó mucho. Escuchó pasos tras ella, no quiso girarse, porque no quería saber quién había detrás. Pero la persona en cuestión le gritó:

—¡Eh!

Se dio la vuelta y se detuvo, dubitativa; quiso pensar que sería uno de los policías que venían a decirle que ahí no podía estar, pero se equivocaba. La persona caminó lentamente hacia ella y cuando la luz manchó su cara, Janine dio un grito al descubrir a Mario. Ella gritó. Sí, su vida ya era una película de terror en toda regla.

—¡No corras, Janine! ¡Espera!

Nada de eso. Janine corrió a más no poder. Intentó abrir un aula, luego otra, pero estaban todas cerradas, subió las escaleritas y cruzó la cafetería sin dejar de gritar:

—¡No! ¡Socorro! ¡Asesino! ¡ASESINO!

Mario era atlético y la ventaja que ella había ganado era cada vez más corta. Él estaba cerca, muy cerca. Más cerca, hasta que ella entró en el baño de las chicas e intentó bloquear la puerta con una papelera. Algo absurdo, porque él la derribó de una patada. Janine se escondió en uno de los cubículos y cerró con pestillo. Sabía que no eran muy resistentes, pero con eso ganaría unos segundos para poder llamar a la policía. Sacó el móvil del bolso con tan mala suerte que se le cayó y rebotó fuera del cubículo en el que se resguardaba. Mario, caminando tranquilo, pisó el teléfono casi sin pensar, haciéndolo añicos. Algo que asustó aún más a la chica.

—Abre la puerta, Janine.

—No pienso abrir.

—Abre la puerta, nadie te va a escuchar. Solo quiero que hablemos.

—Yo no tengo nada que hablar contigo, asesino, déjame. ¡Socorro! ¡SOCORRO!

—¿Qué dices? —dudó él.

—¡Déjame en paz! ¡Ayuda! —siguió gritando la chica desde dentro del baño.

Él se enfureció y se lanzó contra la puerta mientras Janine gritaba aterrada.

—Solo quiero que hablemos —repitió—. Tienes que quitar esa puta denuncia. Me están haciendo la vida imposible. ¡Joder!

Mario se abalanzó una vez más contra la puerta y las bisagras crujieron. Otro golpe y tiraría la puerta abajo. Janine no había estado tan asustada en toda su vida. Se veía muerta y enterrada. Las lágrimas brotaban y la ansiedad hacía que no escuchara nada de lo que él estaba diciendo. No era capaz de razonar, no era capaz de hablar. Sentía que era una presa con todas las de perder. Sentía que era ese ratoncito con el que juega el gato dándole zarpazos antes de metérselo en la boca y acabar con su vida.

—¡¡Que me abras!!

Él gritó, ella gritó más y cuando el chico estaba a punto de lanzarse contra la puerta, una agente entró, como pasa en las películas, al grito de «¡Alto, policía!» y con la pistola en la mano. Mario obedeció, levantó los brazos sabiendo que la había cagado nuevamente. Una policía joven —«demasiado joven», pensó luego Janine—, que se parecía a Blanca Suárez, según contó ella a sus amigos, la invitó a salir y le dijo que ya todo había pasado, que estuviera tranquila, y la escoltaron hacia la puerta. Mario iba esposado.

La gente que quedaba fuera del colegio no daba crédito. Por un lado, Marina Nunier estaba muerta; por otro, se llevaban esposado a Mario, y era obvio que todo el mundo pensó que él la había matado; y para colmo, la policía escoltaba a Janine a un coche policial.

Paula no se había enterado de esto último, solo se había dejado arrastrar por la marea hacia la salida mientras Gorka corría hacia casa de Melena. Estaba desconcertada, como todos, y se sentía rara, porque ella había pensado varias veces en la muerte de la chica. La había deseado y ahora se sentía culpable porque, una vez muerta, Marina ya no le parecía tan mala ni tan egoísta.

Marina era una chica como yo. Una chica probablemente ena-
morada, como yo. A veces nos dejamos llevar por los impulsos y
tomamos las decisiones incorrectas. ¿Quién soy yo para juzgar-
la? Supongo que siempre la he envidiado. Supongo que todas en
la clase la hemos envidiado. Si me interrogan y me preguntan
«¿quién crees que mató a Marina?», diré que podía haber sido
cualquiera. Es el odio y la envidia que genera un ser de luz, una
persona que brilla sin esfuerzo, alguien que nos muestra que el
resto somos una panda de mediocres. Creo que por eso Gorka me
hace sentir así, porque me quita la mediocridad de encima con
sus miradas, hace que me sienta especial y es tan mono... ¡Joder!
No dejo de pensar en él, otra vez pensando en él.

    Me gusta Gorka, eso es así y eso ya está muy dentro de mi
ser. ¿Me recuerda a alguien? Creo que no... ¿Está hecho con
pedacitos y recuerdos de otros? No. Me gusta solo por ser quien
es y por cómo me hace sentir. Esta noche he sentido que me hacía
vibrar. Cuando estábamos bailando, he apoyado la cabeza en
su hombro, haciéndome la tonta y riéndome como la pava que
realmente soy, y he sentido cosquillas. He querido que me besara.
He querido besarle, he querido que me cogiera la cara con sus
manos duras por las mancuernas y me la acercara a su boca y
me besara como solo él me ha besado. No hay duda, me gusta
ese chico. Y para colmo, verlo tan majo, tan servicial, tan bue-
no —invitando a Janine a la fiesta, algo que yo ni había pen-
sado (vaya mierda de amiga soy, solo pensando en mi ombligo)
o saliendo por patas a ayudar a Melena (que a saber en qué
mierda se habrá metido esta vez)— ha hecho que sintiera que
valía la pena estar con él, que sería tonta si dejaba pasar la
oportunidad de ser su novia.

    Así que voy a coger las riendas y seré yo la que le diga:
«Gorka, me gustas, pero mucho. Gorka, quiero que me hagas el

amor y que seas tú y no otro, no hay nadie ya en mi cabeza que
me apetezca que esté dentro de mí que no seas tú». Sí, lo voy a
hacer. Sí, es el momento para hacerlo. Me gusta Gorka. Qué
bien. Me gusta Gorka, ¡ay, madre! Me gusta Gorka.

*

Las luces de la ambulancia rebotaban por el interior de
la casa. Las paredes blancas, el mobiliario caro, la moqueta o el mármol se inundaban de color naranja de un
modo intermitente llenando de falsa calidez la estancia.
¿Podemos decir que Gorka era un salvador? Sí. Había
llegado corriendo a casa de su amiga, alucinó con la estampa de sangre y vestidos de fiesta, pero no dejó que
eso le paralizara y auscultó el cuerpo, que creía sin vida,
de la madre de Melena. Él no tenía ninguna intención
de dedicarse a la medicina, pero había visto tantos capítulos de *Hospital Central* cuando era niño que sintió en
ese momento que estaba preparado para hacer una
operación a corazón abierto. Melena estaba en *shock*.

No recuerdo nada. Yo estaba en el suelo y me estaba quedando
dormida, hasta que empecé a sentir que la adrenalina se adue-
ñaba de mi cuerpo, como si me hubieran inyectado algo y pasa-
ra de cero a cien en un segundo. Tengo pequeños flashes: *la*
llamada a Gorka, las vueltas que di arriba y abajo, el miedo
que pasé, mi reflejo en todos los espejos de la casa con el vestido
roto de Vera Wang y las manchas de sangre, de sangre que no
era mía. Es como si todo hubiera sido un videoclip de la produc-
tora Canadá lleno de imágenes impactantes. Luego Gorka, la
ambulancia, los ATS, el desconcierto, el miedo de nuevo, las

sirenas… Hasta que por fin cerré la puerta. Recuerdo que no conté la historia a nadie, que no me lo preguntaron. A Gorka le expliqué que habíamos discutido, pero al resto les edulcoré la tragedia: dije que escuché un golpe y que ella estaba en el suelo, creo que le eché la culpa a sus zapatos, no sé, no me acuerdo bien. Tengo la cabeza que me va a reventar. Noto cada latido del corazón bombeando la sangre directamente al cerebro. Bum, bum, bum. Siento todos los órganos del cuerpo. Necesito descansar, necesito dormir. Siento todo, siento mi sangre, siento mi…, tengo que dormir.

El pijama de Melena constaba de una camiseta de propaganda de una ferretería y un pantalón corto de chándal de chico, pero era mucho mejor para irse a dormir que el Vera Wang. Gorka, que probablemente lloraría como un niño en cuanto llegara a su casa por la intensidad de la situación, manejó aquella escena como todo un adulto desde el principio cuando convenció a la chica de que no acompañara a la madre al hospital, obligándola a descansar. Hurgó en la cocina para calentarle un vaso de leche a su amiga, pero descubrió que la nevera estaba vacía y que ella vivía en una situación, ¿cómo decirlo?, peculiar. La metió en la cama, le acarició el pelo, intentó tranquilizarla con palabras y tópicos que había escuchado por ahí, pero sobre todo con su presencia. Y ella se dejó hacer. Necesitaba tanto un poco de contacto, un poco de cariño, que le dio igual que no viniera de su madre, que viniera de un amigo con el que horas antes no tenía relación. Mele no estaba asustada por la situación de su madre, no estaba pensando en ella prácticamente: para ella su madre había muerto con la caída por las escaleras, que la chica no dejaba de recordar, y a su mente le costaba procesar el «ahora muerta», «ahora viva», así que siguió pensando que estaba muerta. En realidad, su estado era crítico: estaba viva porque respiraba, pero su barrita del *Street Fighter* estaba totalmente en rojo.

El teléfono de Gorka parecía descontrolado. El chico lo silenció al rato de llegar, pero estaba recibiendo mensajes y llamadas de Paula, de Janine, wasaps en grupos que hablaban de la muerte de Marina... A él solo le importó avisar a sus padres de que dormiría en casa de Melena. A la madre no le hizo ninguna gracia, porque una compañera de clase había muerto asesinada, pero en cuanto él mencionó por encima lo de la madre de Melena se le concedieron todos los permisos. Se remangó la camisa y se tumbó al lado de su amiga. Ella le dio las gracias y él le dijo que no hablara, que él estaba allí, que tenía que descansar, y ella accedió, porque Gorka insistió en quedarse a dormir. Ella se quedó frita en nada, como un bebé que sí es querido, con la boquita abierta y con la seguridad de que si pasara cualquier cosa, un incendio o vete a saber, alguien le protegería. Era la primera vez que se sentía arropada realmente.

*

La noche fue avanzando sin más noticias, con Melena inmersa en un sueño profundo. Era Gorka quien no podía pegar ojo. Era ya de madrugada cuando, con mucho cuidado, se levantó de la cama y deambuló por la casa. Claro que Melena era su amiga, pero eso de culpar a los tacones de su caída por las escaleras le parecía una chorrada. Había visto a esa mujer caminar con los tacones más altos de la historia y que pareciera la cosa más sencilla del mundo. Amanda era modelo, desfilaba siempre, no solo en las pasarelas, sino también en la vida. Era como si levitara. ¿Se iba a caer sola por la escalera de su casa? Pero, por favor, ¡si había subido y bajado por esa escalera mil veces y con tacones más altos que los que vestía el día de la caída! Gorka la había visto borracha, casi en coma etílico, y aun así caminar digna. Esa versión era endeble. Mucho. No pensaba que su amiga hubiera intentado matar a su madre, pero sí que la escena no había sido como Melena les había contado a los médicos y a la policía.

Gorka se sintió un detective privado mientras recorría la casa y barajaba todo tipo de hipótesis. Entró en la habitación de la madre y estaba todo manga por hombro, sobre todo el armario. Casi podía ver a Melena, unas horas antes, desnuda frente al vestidor. Tenía dos teorías. Una muy loca que consistía en que la madre de Melena había obligado a su hija a vestirse muy bien para llevarla a una fiesta de magnates y empresarios y allí prostituirla sin escrúpulos, lo que hizo que Melena la empujara escalera abajo al enterarse. Y otra según la cual Melena le robó un vestido a su madre para ir a la fiesta de final de curso, su madre la pilló, se enzarzaron en una pelea, la madre le pegó —como Gorka sabía que había pasado otras veces— y Melena, al devolverle la bofetada, no controló su fuerza y la empujó escalera abajo. Esa teoría le parecía muy coherente, pero algo le llamaba la atención, algo no le encajaba: las colillas en el pasillo, delante de la escalera. Eso era sinónimo de que habían estado hablando ahí paradas y que una empujó a la otra, pero ¿sobre qué hablarían? ¿Qué fue eso tan importante que hizo que una hija intentara matar a su madre? Ni lo sabía ni quería seguir investigando. Tenía sueño y estaba cansado.

La verdad es que con el desconcierto de la ambulancia, la sangre y tal se había olvidado de decirle a Melena que Marina estaba muerta. Sabía que ya no tenían relación, pero habían crecido juntas, las madres de ambas eran muy amigas, y le pareció importante que lo supiera. La miró fijamente por si se despertaba, pero nada más lejos de la realidad; siguió durmiendo.

Gorka se acercó, besó la mejilla de Melena como si fuera realmente de su familia y le acarició la cabeza para notar que el pelo se le estaba cayendo de nuevo. La tristeza le invadió. Era su amiga, no estaban en su mejor momento, pero era su amiga y le apenaba que viviera una situación tan desastrosa, porque mirando la habitación o mirando la casa o analizando un poco la vida de la chica, pensó que era muy duro ser ella. Él se había quejado por vicio de un montón de cosas relacionadas con la adolescencia o con los caprichos, y comparando sus historias con el día a día de su amiga le pareció que lo había tenido siempre todo muy fácil y agradeció al universo el tener una vida tan sencilla. Sus únicas preocupaciones eran las relacionadas con su vida social —«me gusta esta chica» y demás—, y eso hizo que se sintiera bastante mal y bastante superficial. Cerró los ojos y se quedó dormido sobre la cama de su amiga.

*

Cuando Melena abrió los ojos, Gorka ya no estaba. Se había marchado un par de minutos antes. «No, no ha sido un sueño», pensó para sí. Ella necesitaba la luz del sol y un poco de aire. Se puso una bata y bajó al jardín, abrió la puerta para que el aire entrara y se ventilara todo un poco, porque el mal ambiente, la tensión y la sangre habían convertido la casa en un agujero oscuro en el mundo. Hacía frío, pero daba gustito taparse. Si hubiera tenido café se habría hecho una taza, pero como no tenía no le quedó otra que abrazarse a sí misma para darse calor. Buscó su teléfono y tardó bastante en dar con él: lo encontró entre los cojines del sofá y dejó un mensaje a su amigo con un gran GRACIAS en mayúsculas. Podía decirse que él había salvado a su madre, que él las había salvado a ambas. Solo después de eso miró el resto de sus grupos y descubrió lo que había ocurrido en la fiesta de fin de curso.

*

Melena no entendía por qué estaba sentada delante de la inspectora de policía. Pensó que había muchas cosas que podrían haberle preguntado. Cosas relacionadas con drogas, fiestas ilegales, prostitución o el «accidente» de su madre, pero todas las preguntas iban dirigidas en la misma dirección: Marina.

—Inspectora, ya se lo he dicho. Hay un montón de enfermeros que le dirán que estuve en casa, no pasé por la fiesta. Lo verá en las grabaciones. La última vez que vi a Marina fue en el instituto hace mucho.

La inspectora lanzó el diario encima de la mesa, cayó con violencia, algo que las sorprendió a ambas, porque no era su intención. Melena abrió mucho los ojos y lo cogió.

—¿Y esto? ¿Cómo han conseguido esto? Es privado. No tienen ningún derecho a… ¿Piensan que tengo algo que ver con la muerte de Marina porque han leído un montón de tonterías en mi diario? No me lo puedo creer. No voy a decir nada, no tienen pruebas contra mí. Es absurdo.

—Entonces, si es solo una chiquillada…, ¿por qué estás tan alterada, María Elena? ¿No te parece curioso que esto aparezca en el buzón de la policía al día siguiente de la muerte de Marina?

*

Melena empotró a Gorka contra la fachada de su casa. Estaba hecha un basilisco. Y no le dio opción a réplica, llegó, él salió y directamente lo empujó contra la pared. Ella misma estaba sorprendida de la fuerza que albergaba dentro, era todo una cuestión de ira, de rabia, que le hacía sacar energía de donde ya no quedaba absolutamente nada. Pero Gorka, que estaba cediendo a la violencia por educación, le quitó los brazos y se la apartó de encima. La madre de Gorka salió un poco asustada, todo el mundo estaba muy nervioso en el barrio tras la muerte de Marina, pero el chico le pidió que volviera dentro.

—Mamá, déjanos en paz, cosas nuestras.

La madre obedeció y los dejó solos de nuevo. Melena se llevó las manos a la cabeza, no se lo podía creer, se sentía muy traicionada. Otra vez, la única persona en la que creía que podía confiar la había vuelto a vender, y ya no se trataba de una tontería o de dimes y diretes, ahora estaban hablando de cosas mucho más graves, con la policía de por medio. Ella se giró hacia él rabiosa e indignada.

—¿Robaste mi diario?

—¿Mataste a Marina?

La pregunta le parecía tan estúpida, tan surreal. ¿Cómo iba a matar a Marina? Y sobre todo, cómo él, que la conocía desde hacía mil años, pensaba que ella podía ser capaz de algo así.

—No, claro que no. ¿Cómo se te ocurre? ¿No me conoces?

—No, no te conozco, Melena. Pensaba que sí, pero no. Yo robé el diario, claro que lo robé. Estuviste dormida un montón de horas y lo encontré. No estaba registrando nada, lo vi. Simplemente estaba ahí encima de la mesa y solo hizo falta que lo ojeara un poco para darme cuenta de todo ese odio que llevas dentro. ¿Cómo quieres que no piense que mataste a Marina si tienes un diario en el que pone que quieres matarla? ¿Eh? ¿Cómo coño quieres que no lo piense? Si acababas de intentar matar a tu madre…

La cara de Melena hablaba por ella. No podía estar más sorprendida.

—¡Yo no he intentado matar a mi madre, fue un accidente! —gritó a tal volumen que probablemente todos los vecinos de la urbanización lo oyeron—. No tienes ni puta idea de lo que ha sido vivir con ella. ¡Ni idea! Me ha pegado un montón de veces y yo nunca he hecho nada salvo aguantar, Gorka, callarme como una puta, estar en silencio y no decírselo a nadie. Y ayer llegó, después de estar desaparecida varios días en los que yo no sabía si iba a volver, si me iban a llevar los servicios sociales o si me iba a morir de hambre porque no tenía un puto duro, y nos peleamos. Sí, discutimos y claro que le di un empujón, obviamente, porque me apretó las tuercas como nunca, diciéndome cosas muy fuertes, tratándome como a una verdadera mierda, provocándome; sinceramente, me dio la sensación de que ella quería que le devolviera todo lo que me había hecho siempre. Y lo hice. La empujé, pero no con intención de matarla, sino para que se callase de una vez, que no dijera más que no me quería…

—¿Te dijo que no te quería?

—Demasiadas veces —contestó ella—. Y claro que odio a Marina, la odio con todas mis fuerzas. Siempre la he odiado. Ella era la hija perfecta, la niña perfecta, la hermana perfecta, la estudiante perfecta. Y daba igual que creciera convertida en una porrera kamikaze a la que poco le importaba su vida, o que pillara el VIH por ahí. Daba igual que en realidad no fuera tan perfecta, porque siempre fue la imagen de la perfección y mi madre me lo restregaba por la cara. Mi madre era íntima de la madre de Marina. A ella le tocó la hija con pelazo rizado y a mi madre la niña emo, la rara medio calva. Me restregaba los logros y hazañas de ella todo el rato. Me hacía sentir muy mal, Gorka. Marina, Marina, Marina, Marina. ESTABA HASTA EL COÑO de ella, de su nombre, de su todo. Quería que le pasara una desgracia, quería que muriera, la odiaba, quería verla hundida en la miseria para mirar a mi madre y decirle: «¿Seguro que es esta hija la que hubieras preferido?».

»Cuando empecé a hacer terapia y luego cuando entré en la clínica de desintoxicación, me hablaron de la importancia de la escritura. Descargar la rabia en ese diario del chino era una válvula de escape, era una manera de no sentir que era el último mono insignificante del universo, ¿entiendes? Pero ahora que ella ya no está no siento nada. Ni culpa, ni pena, ni remordimiento. No era a ella a la que odiaba, Gorka, era a mí. Me odiaba a mí misma y vomitaba mis pensamientos hacia Marina, pero, en realidad, todas esas desgracias las deseaba para mí, porque no quería seguir viviendo. Y porque daba igual que Marina triunfara o no, eso no iba a hacer que yo consiguiera el cariño de mi madre. Porque, mira, no lo conseguí... nunca. Qué pena.

Gorka había enmudecido. Se sentía muy culpable. Era obvio que cualquiera en su situación habría pensado en la culpabilidad de Melena. Todas las flechas de neón apuntaban hacia ella y él solo encajó las piezas que se le estaban sirviendo en bandeja, pero la explicación de la chica tenía todo el sentido del mundo y, sobre todo, su discurso salía desde las entrañas, desde el corazón, y él estaba convencido de que ese no se podía fingir.

—Lo siento mucho. Siento haber dudado de ti, pero lo vi muy claro, no sé... Estaba siendo todo tan loco, lo de tu madre, lo de Marina y..., yo qué sé.

Ella se levantó del suelo, pues se había sentado en el bordillo de la acera mientras contaba su versión de los hechos. No dijo nada. Se sacudió la falda que se había puesto para ir a la comisaría y se dispuso a marcharse, pero recordó que le quedaba algo en el tintero y no quería irse sin zanjar todos los temas.

—¿Leíste el diario?

—¿Cómo? No. Bueno...

—¿Leíste la parte en la que decía que estaba enamorada de ti?

Él negó con la cabeza. La noticia le pillaba por sorpresa, pero todo lo que había salido por la boca de la chica era tan fuerte que ya no podía sorprenderse más, había llegado al límite del asombro.

—Pues ya lo sabes. No solo es odio lo que sale por mi boca, ¿ves?

Gorka no supo qué decir y dejó que la chica se marchara calle abajo. Si la pena y la tristeza dejaran rastro como lo dejan las babas de los caracoles, Melena habría dejado un reguero muy marcado en la calzada. Estaba hecha polvo, desconsolada, frágil, era un despojo camino del hospital.

No, no voy a desconectar las máquinas que mantienen con vida a mi madre. Solo voy a ver cómo está, para que me cuenten, y en base a eso creo que ha llegado el momento de que tome una decisión sobre mi futuro. ¿Una asesina? ¿Cómo ha podido pensar que yo era una asesina? Nada me duele más que ver a mi madre en esa situación. Yo la empujé presa del odio y de la rabia, pero no quise que muriera, es que ni me planteé que eso fuera una opción, la empujé y ya está, quería hacerle daño, quería que sintiera el mismo dolor que me había provocado a mí, pero eso es muy complicado de calibrar. Supongo que cuando la empujé no me importó nada, ni lo que le pasara ni lo que me pudiera pasar, ni nada. Quise pegarle y devolvérsela, y lo hice. Fin. ¿Me arrepiento? Sí.

El tren del amor es así. En algunas estaciones pasa, en otras para, en otras se queda quieto esperando a los pasajeros y luego se va. Era lo que les estaba pasando a Gorka y Paula. El tren había estado en la estación de ella mucho tiempo y, cuando por fin encontró el andén, el tren estaba ya marchándose, vacío, sin ningún pasajero, y es que Gorka, después de escuchar que Melena estaba enamorada de él, notó que se le revolvieron las tripas y pensó que eso del amor y las relaciones no era para él, o no por el momento. Sí que le gustaba Paula, pero le parecía que lo de los sentimientos era muy complicado, y más ahora que el verano estaba llegando. A las propuestas de Cupido, sus respuestas eran no. No quería líos. Ni chicas enamoradas de él, ni chicas que no le correspondieran, no le apetecía.

En la fiesta, Paula estaba regalada. Antes de que empezara la catástrofe la tenía en el bote y me pareció que iba a tomar la iniciativa ella mismita. Pero puede que el que sonara el móvil y nos cortara el rollo fuera una señal, para darnos cuenta de que estamos metiendo la pata totalmente. Paso de rollos, paso de esos rollos. ¿Para qué? ¿Salir? Que todo acabe mal, ¿que yo me pille más por ella y ella esté como una veleta sin saber lo que quiere? Paso. No me apetece. Igual me bajo Tinder, como hacen todos, y me paso el verano quedando con tías sin compromiso… O igual no. No lo sé, pero lo que tengo claro es que me apetecen unas vacaciones, pero unas de mí mismo. Ha sido un año muy complicado, muy raro, y el curso ha acabado de la peor manera posible. ¿Tú construirías una casa sobre un terreno pantanoso? Yo no, por muy encaprichado que estuviera de esas tierras, si veo que no van a ser suficientemente firmes, mejor esperar. Total no tengo necesidad de cambiar nada. Estoy bien aquí. Y ¿qué voy a hacer? Pues adelantarme a los acontecimientos por una vez.

*

El abogado de Mario le había insistido en que contara toda la verdad. Lo normal en estos casos es ir con pies de plomo, pero el chico no tenía nada que esconder. Él no mató a Marina.

—Ya, pero es que todos los alumnos escucharon cómo le decías algo así como: «Estás muerta, Marina».

—¡Joder! Que me haga caso de una puta vez. No le he tocado un pelo a esa tía. Claro que se lo dije, porque por su culpa estoy jodido, muy jodido, pero nunca le habría hecho nada. Fui al colegio, sí, pero mi objetivo era otro. Ni soy un asesino ni soy un puto maltratador.

—Pero pegaste a una chica —asintió la inspectora.

—Otra vez —resopló Mario—. Sí, coño, pegué a esa tía, soy culpable de eso, pero no le pegué en plan violencia, le pegué, le di un guantazo como se lo hubiera dado a un amigo que hubiera metido la pata. No contemplé que era una chica, no lo pensé.

—Pues debías haberlo pensado, Mario. Es que, aunque no fuera una chica, no puedes ir pegando a la gente por ahí.

—Nunca he pegado a nadie, solo lo normal, lo que hacen los tíos de mi edad que se meten en líos de vez en cuando. ¿Me escucha? ¿Tengo alguna denuncia anterior? ¿A que no?

—Si tu objetivo no era Marina, ¿por qué te colaste en el colegio? —preguntó la inspectora.

—Pues para ver a Janine, para pedirle perdón, para decirle que tenía que quitar la denuncia. Quería hacerlo de buenas, pero se puso a gritar por el pasillo. Dijo que yo era un asesino, se puso a correr y me entró la mala leche. Yo qué sé. Sí, tengo mucho pronto, pero soy inofensivo.

*

Ese mismo día, la policía detuvo a Nano como presunto autor de la muerte de Marina, entre otras cosas porque Samuel le culpó tras verle salir de la escena del crimen justo antes de encontrar el cadáver de la chica. Por lo que las dudas que estaban vertidas sobre los compañeros de clase quedaron despejadas. Al menos, las referentes al caso de asesinato, porque Janine no tenía pensado retirar la denuncia interpuesta contra Mario. Dudó en algún momento, pero le parecía que el tema había tenido demasiada trascendencia y una acción semejante necesitaba un castigo ejemplar. Se dijo que lo que le había pasado ayudaría a dar visibilidad a todos los marginados o frikis de todos los colegios que sufren acoso y abuso. Ella no lo veía como violencia machista, porque si hubiera sido el gordo, el de las gafas, el gay afeminado o el del problema de dicción, Mario no se habría cortado un pelo en darle una colleja, pero le había tocado a ella: la chica que estaba en el sitio equivocado en el momento equivocado. Así que mantendría la denuncia y esperaba que eso tuviera algún tipo de consecuencia. Si conseguía que un solo estudiante de cualquier colegio se cortara un poco por ver que pegar o insultar acarreaba algún tipo de castigo, ya se daría por satisfecha.

En casa hemos aprendido a frivolizar un poco con todo lo de Mario. Mi madre estaba hecha un manojo de nervios y lloraba cada dos por tres pensando en su hija y en lo mal que lo había pasado, pero como se descubrió que Mario no había entrado al colegio para matarme, pues pensé en frivolizar con ello delante de mis hermanos. Yo, ya sabes, siempre intento sacar la parte positiva de las cosas. A ver, es cierto que me sentí una Final girl *de cualquier* slasher *y corrí por el pasillo intentando abrir las puertas y me encerré en el baño, suerte que no me caí en ningún momento, porque ese tópico está muy pasado y aunque sufrí como la que más, me encanta reírme de mi misa y explicarles a mis hermanos cómo fue, casi como haciendo mi propio* Scary Movie. *La idea surgió porque cuando lo conté debí de parecer cómica y a mi hermano Salva le dio la risa. Al ver que se reía apreté la comedia, y eso, que acabé haciendo mi propia* Scary Movie.

«Claro, ya sabéis que los deportes y yo no, así que iba corriendo con la lengua fuera, toda tonta. Que si una puerta por aquí, otra por allá y nada. Yo le llamaba asesino, pero, claro, con la boca tan seca creo que no me entendía, no me entendía. Y bueno, bueno, bueno, cuando me encerré en el baño, una peste, un pestazo que lo flipas. Yo pensaba que o me mataba él o me mataba la peste. Un cuadro. Y al final nada, que no me quería matar a mí, pero como yo soy tan creída, es que es ver un asesino y pensar que viene a por mí».

Vale, no, futuro como monologuista no tengo, eso es cierto, pero aunque aquel día, aquel momento fuera de los peores sustos de mi vida, reírme de ello con mi familia hace que me sienta bien, sobre todo porque sé que si me ven bien están bien. Hay que sacar la parte positiva de las cosas, ¿no? ¿Y en el fondo cómo estoy? Desconcertada. Creo que hay algo cristiano en mi educación, esa cosa de alma samaritana, y saber que a Mario le puede caer un buen puro por nuestro conflicto hace que me sienta rara. Yo provoqué su locura con el chantaje que le hice, pero nada de lo que hagamos justifica la violencia, o yo lo veo así. También pienso que en la cárcel, en el caso de que lo encierren, estaría muy poco tiempo e igual le vendría bien un poqui-

to de humildad. Pasar una temporada en un lugar donde él no
fuera el rey. El rey seguro que no sería.

*

Paula amaneció dolida por la muerte de Marina. Había
pasado todo tan rápido que no había asimilado aún que
una compañera de clase hubiera sido asesinada. Es fuerte eso de que un día vayas al colegio, tomes decisiones,
te enamores o te desenamores y al día siguiente te inci-
neren o te entierren. Ella no fue al entierro. Le parecía
algo demasiado íntimo y no era de recibo.

*El entierro de Marina… Sí que me supo mal no ir. Hay gente
que fue solo para que la vieran llorar, pero yo, qué quieres que
te diga, no voy a ir a un velatorio para hacerme un* stories *y
que la gente vea lo bien que lloro. Los que tenían que llorar a
gusto eran los familiares y tener una panda de espectadores
interesados no me parece bien. Además los odio, no me gustan.
Le dejaré un mensaje a Guzmán, porque era su hermana y va
a mi clase, pero creo que en esas movidas pones en una tesitura
muy complicada a todos esos familiares. Tendrán ganas de llorar, no de sentirse obligados a ser sociales, aparentar compostu-
ra… y que yo vaya a decirles que los acompaño en el sentimiento, algo que no sé muy bien ni lo que quiere decir, me parece una
tontería.*

¿Y Samuel? Debía de estar hecho polvo. Paula sabía que
Samuel había ido al arrastre de esa chica y ahora ella
estaba muerta y, para colmo, según decían, muerta a
manos de Nano, su propio hermano. Eso debía de ser

más duro de lo que podía imaginar. Pensó en escribirle una carta anónima, una carta alabando sus virtudes para que no se sintiera tan mal, diciéndole que sentía mucho lo que había pasado. De hecho, se incorporó, arrancó una hoja del cuaderno y se puso manos a la obra. Escribió todo lo que había sentido hacia él, sin datos que le ayudaran a identificarla, pero Samuel no era tonto y automáticamente habría pensado en ella, porque su espectáculo patético pidiéndole un vaso de agua o su insistencia por llevarle al hospital tras la pelea eran pistas clarísimas. Así que estrujó la hoja donde había empezado a escribir y la lanzó a la papelera para encestarla. No lo consiguió y se levantó para cogerla y meterla, no quería dejar un fragmento de carta cursi rodando por el suelo.

Ella tenía claro que ahora Samuel ocupaba un segundo lugar en el ranking de su amor y que caía posiciones estrepitosamente, ya que Gorka estaba arriba del todo. Gorka… Siguiendo sus propias directrices, Paula le dejó un mensaje para quedar, muy parecido al que le dejó él un tiempo atrás. El chico contestó de modo formal y quedaron para tomar un café. Ella tenía muy claros los puntos que debían tratar:

1. Perdón por todo.
2. Me estoy colando por ti.
3. ¿Podemos empezar algo juntos?

Frente a una negativa del punto tres, tenía varias respuestas que darle al chico para convencerle y no dejarle escapar:

1. Podemos ser amigos que se enrollan, todo sano, sin conflicto ni nada.
2. Si no quieres ser mi novio, ni ser mi follamigo, podemos quedar de vez en cuando y enrollarnos. Que es lo mismo que follamigo, pero más desenfadado. (Ella estaba convencida de que a través del sexo podría conquistarle).
3. Podemos ser amigos. (Este punto era el menos agradecido, pero mientras no le perdiera de vista podría intentar utilizar todas sus armas para conquistarle. Él la quiso una vez y volvería a hacerlo).

Esa tarde se vieron en la cafetería de la plaza. Se sentaron en una mesa muy al fondo, ocultos de todo, porque ella lo prefirió así para evitar distracciones. Tenía el discurso aprendido y quería soltarlo del tirón, sin interrupciones, porque le daba miedo perderse, repetirse, y creía que no se le daban muy bien las improvisaciones. Sin embargo, no pudo ni hacer el despliegue, porque la conversación se complicó un tanto.

Primero hablaron de lo de Marina, pero el tema se agotó enseguida y, antes de que ella pudiera darle al *play* de su lengua y soltar el discurso que le iba a abrir las puertas del noviazgo, Gorka se adelantó:

—Mira, Paula. Tú me gustas, la verdad, y yo sé que puede que yo empiece a gustarte un poco.

Ahí, en ese momento, la cara de ella todavía estaba iluminada. Pero cuando él dijo la palabra que ninguna chica enamorada quiere escuchar, la luz quedó tapada por un montón de nubes negras. Una sola palabra de cuatro letras que hacía que el barco del amor que tenía un rumbo tan claro naufragara a la deriva: «pero».

—... *pero* noto que este no es nuestro momento. Yo no quiero ahora estar pendiente de lo que siento o de lo que dejo de sentir. Quiero pasármelo bien y la verdad es que desde nuestro primer beso cuando nos colamos en la fiesta de Samuel, un beso de puta madre, la verdad, me he estado volviendo loco y no por tu culpa, en serio que no te culpo, es normal que cada uno haga lo que siente en cada momento, pero me he sentido raro conmigo mismo y me apetece frenar, ¿lo entiendes? En la fiesta de fin de curso, cuando bailábamos aquella canción lenta noté que quería besarte, que quería apretarte fuerte contra mi cuerpo y amarte, en el sentido más romántico de la palabra y también en el otro. Vamos, si no hubiera llamado Melena, te habría llevado al baño y te lo hubiera hecho allí mismo aun sabiendo que a lo mejor corría el peligro de que pensaras en otros y esas cosas... No, no digas nada, lo entiendo, no te juzgo. Pero no noto que tenga que dar este paso, que tengamos que darlo. Yo te valoro como amiga y no quiero que estropeemos todo esto, ¿vale? Prefiero que estemos así como estamos y, cuando pase el verano, pues hablamos, o no, si no nos da la neura, pues nada... Yo qué sé. No me mires así.

El chico sonrió y ella se quedó sin argumentos. No pudo darle las opciones que tenía pensadas, no pudo besarle como pensaba que haría justo al final de su monólogo soñado y no pudo hacer nada más que decirle:

—Sí, tienes razón, Gorka. Qué mareo todo, qué lío y qué raro. Que somos tú y yo. Paula y Gorka, y no vale la pena.

—Joder, me alegro de que pienses eso, porque estaba un poco acojonado creyendo que te me ibas a declarar. Por eso preferí hablar yo antes porque me conozco y sé lo loquito que me vuelven esos ojitos tuyos, y si me hubieras dado alguna señal positiva, estaría perdido... Así que mejor que no hayas dicho nada.

—No tenía nada pensado para decir. —Mentira—. Quería quedar contigo, porque me apetecía verte, comprobar cómo estabas por lo de Marina y, no sé, saber cómo estaba Melena... y cómo estabas tú.

—¿Yo? Yo estoy bien. ¿Y tú?

—¿Yo? Yo estoy bien, Gorka.

—Pues ya está.

—Pues ya está.

El chico sonrió con esa sonrisa suya y se rascó una de sus orejas de soplillo tan monas, y Paula se derritió por dentro presa del amor y presa de la pena también. Hablaron de tres o cuatro cosas más. Se contaron sus expectativas para el año siguiente y esas promesas tontas que se hace uno consigo mismo cuando tiene diecisiete años y acaba de terminar un curso y que luego no recuerda en septiembre. Porque la madurez es eso: proyectar, proyectarte en el futuro, no cumplir las metas y luego echar la vista para atrás y darte cuenta de que en realidad, aun sin ser quien querías ser, estás en el sitio en el que crees que debes estar.

Después de aquello Paula llegó a casa con la intención de hacer uno de sus clásicos: tirarse en la cama y llorar, pero no pudo hacerlo como hacían todas las princesas Disney. No es que ella siguiera esos patrones a rajatabla ni de un modo consciente, pero un par de años después, cuando ella misma vio el meme con Ariel, Aurora o Bella llorando en la cama, sintió que la habían programado para eso aunque no fuera consciente. No pudo llegar a la cama, porque su padre estaba esperándola en la puerta, aún con el traje de piloto puesto. Qué guapo era ese hombre y qué bien le quedaba el uniforme. Se abrazaron con fuerza. A ella se le juntó todo con las ganas que tenía de verle y se sentaron en el balancín del porche para ponerse al día: hablaron de los viajes de él y de las cosas que habían pasado en el instituto. Paula se abrió y mencionó a Samuel y a Gorka, sin contar nada de sexo para que a su padre no le diera un síncope. Y cuando la conversación se estaba apagando y al padre se le caían los párpados por el *jet lag* y el cansancio acumulado, Paula hizo una petición, algo que no había pensado mucho, pero que le parecía lo correcto en ese momento:

—Papá, quiero cambiar de instituto. Quiero dejar Las Encinas.

Ella empezó a enumerar un montón de cosas: dijo que le parecía un colegio muy bueno pero demasiado caro y un despilfarro..., prefería que ellos ahorraran ese dinero para más adelante.

—El mundo está fatal, papá. Oigo miles de historias de abogados y arquitectos que trabajan en McDonald's y yo no quiero que me cueste encontrar trabajo de lo mío cuando realmente sepa qué es lo mío. Igual me hago piloto. No se dice «pilota», ¿no?

—No —contestó el padre con una sonrisa de total adoración.

—Prefiero que ahorréis y que me ayudéis si algún día lo necesito.

—Hija, nosotros te ayudaremos siempre, siempre que podamos. Las cosas van bien.

—Lo sé, pero quiero notar que colaboro. Quiero dejar de ser la típica rubia tonta que se gasta los ahorros en ropa que no se pone. Papá, yo soy lista y voy a estudiar y a aprender sea donde sea, con el plan de estudios que sea. Hablo perfectamente inglés y alemán y chapurreo chino. No necesito seguir formándome en ese colegio para aparentar que estoy en una élite de la que no quiero formar parte. Quiero ver cómo son las otras escuelas, cómo es el mundo al que me voy a tener que enfrentar en dos años cuando acabe esto, ¿entiendes? Quiero estar preparada, esa es la enseñanza que quiero.

El razonamiento de su hija le pareció de lo más sabio e inteligente y él asintió.

—Haremos lo que tú consideres, cariño.

Paula lo tenía muy claro y lo decía de verdad. Quería aprender muchas cosas, pero en otros entornos, ver cómo eran los demás con mayor o menor posición social. Estaba cansada de que le vendieran una moto de perfección clasista y no quería pertenecer a ese mundo en el que triunfaba el que más dinero tenía o el que más podía pagar, en lugar del que más lo merecía. La muerte de Marina le había enseñado que, por mucho que sea un tópico, solo tenemos una vida, y le parecía una pena malgastarla viviendo en una autoimpuesta jaula de cristal. Abrazó a su padre y, en vez de subir a llorar a la habitación como tenía planeado, se fue al despacho, encendió el ordenador y pensó en algo en lo que nunca lo había hecho: su futuro.

Epílogo

Las historias no tienen un final, quiero decir, la vida no tiene uno. Puedes contar un momento concreto de unas personas, una etapa, un curso escolar, por ejemplo, pero la vida siempre sigue hasta que acaba y ese es el único final posible. En cualquier caso, Melena, que llevaba un año horrible, se sentía totalmente acabada, en la casilla final, como si los guionistas de su vida hubieran dejado de crear y hubieran puesto el piloto automático en modo drama y se hubieran ido a fumar con la casa sin barrer. Sin embargo, se equivocaba. Puede que fuera el destino o puede que fuera el karma, pero una sorpresa positiva estaba a la vuelta de la esquina y le iba a devolver la fe. En Dios no, porque nunca la tuvo, tal vez la fe en la magia de su unicornio de peluche, o en esa cosa mística de energías de que cada uno recoge lo que siembra y tal.

Los días después del «accidente» de su madre transcurrieron tranquilos para María Elena, pero vivía en un constante estado de incertidumbre. No sabía qué pasaría si su madre se despertaba. Había sido tan bicho en vida que al levantarse vería el cielo abierto para denunciar a su hija por intento de asesinato, que, se mire como se mire, o con mejor o peor intención, es básicamente lo que fue: un intento de homicidio en toda regla. Y por mucho que ella tuviera dieciséis años aún, no se iba a librar de ese cargo. Esa idea le daba pánico, pero de todos modos no huyó, no hizo nada, se inventó una rutina e intentó portarse mejor con ella misma, cuidarse un poco. Estaba muy sola, pero eso no la deprimía. No se sentía bien consigo misma como para poder relacionarse con normalidad con el resto de los humanos, así que pensó que lo mejor que podía hacer era aislarse hasta que se sintiera a gusto y orgullosa de quien era.

Todas las tardes iba al hospital a visitar a su madre. Nunca la había visto tan apacible. Su clásica mueca de amargura había dejado paso a una cara de relajación. El coma —y alejarse del alcohol y las pastillas— le estaba sentando estupendamente a su piel, y tanto Melena como el equipo médico la cuidaban con mucho mimo. Si Amanda llega a saber que estaba en un hospital de la Seguridad Social, habría puesto el grito en el cielo, pero mejor no podía estar. Tal vez porque los enfermeros sabían que ella era aquella señora guapa que salía en la tele, o tal vez porque la sanidad pública es mejor de lo que la gente suele decir.

Mientras su madre estaba ingresada, Melena leyó varios libros y, aunque parezca una tontería, aprendió a tejer con unos tutoriales en YouTube e hizo una bufanda con lana gorda de color rosa monísima. Eso la tenía ocupada y relajada, por más que manipular lana en verano fuese una tortura china. En la cafetería del hospital trabajaba un chico muy majo llamado Jerome, tenía un acento muy raro y ella todavía no se había atrevido a preguntarle de dónde era. Cruzaban tres o cuatro frases al día y a Melena le hacía mucha ilusión verlo porque le daba vidilla y eso es maravilloso. No necesitaba quedar con él o besarle o tener una cita. Solo necesitaba que Jerome la saludara todos los días, le preguntara por su madre, bromeara con las infusiones que tomaba la chica y fin. Ni más ni menos. Un tonteo de lo más inocente en toda regla.

Ese día llovía. Era la típica tormenta de verano, esa exagerada que inunda las calles y que luego aparece en las noticias con gente atrapada en coches, perritos sufriendo y vecinas entrañables achicando agua, esas. Pero a Mele le gustaba mojarse, le encantaba. Su pasado emo le había dejado esas secuelas tan tristes como poéticas. Llegó a la habitación del hospital con un paquete de galletas Príncipe con doble chocolate y la revista *Cuore*; no es que le gustaran los cotilleos, pero le hacía gracia cómo redactaban las críticas a los modelitos de las peor vestidas, aunque eso era un secreto que nadie sabría nunca. Todo contradicciones la chica. La sorpresa se la llevó al entrar y ver que su madre no estaba. Automáticamente se puso en lo peor. Que se la hubieran llevado solo podía significar una cosa. Corrió al mostrador y le dijeron que la doctora Álvarez hablaría con ella para contarle todo. Y así fue. La pasaron a una consulta, se sentó frente a la doctora y recibió la noticia.

—María, tu madre… ha despertado.

La cara de Melena era un poema. Claro que estaba contenta porque su madre no había muerto; porque, tuvieran la relación que tuvieran, si hubiera muerto, la culpa habría sido totalmente de ella y sería una asesina del todo. Pero no. La cara de alegría le cambió rápido al pensar que lo primero que haría la madre sería llamar a la policía.

—Sin embargo, me temo que hay un problema —prosiguió la doctora—: tu madre no recuerda nada. Absolutamente nada. Ha perdido la memoria.

—¿Cómo que ha perdido la memoria? —preguntó Melena.

—Amnesia. Es posible que no te reconozca cuando vayas a verla a planta. Va a ser muy frustrante, pero te necesita más que nunca. Tienes que ayudarla todo lo que puedas.

Melena salió del despacho muy confusa. Subió en el ascensor a la planta cuarta y buscó la habitación 411, donde estaba su madre. Llamó a la puerta, la abrió y encontró a Amanda sentada en la cama con cara de desconcierto, pero con un extraño halo de dulzura. El sol entraba por la ventana y salpicaba su cabellera despeinada que creaba un aura angelical. Melena nunca la había visto tan hermosa. Ni cuando la coronaron miss ni en ninguno de sus desfiles o sesiones fotográficas.

La enfermera le hizo un gesto a Melena para que pasara. Ella misma la presentó.

—Mira, Amanda, ha llegado tu hija. Vienes calada, cielo —le dijo a Melena antes de volverse de nuevo hacia su paciente—: Es que está lloviendo mucho. Qué suerte tener una hija tan buena, ha venido todos los días y nos ha ayudado a curarte, a ponerte cremas.

La madre de Melena miró a su hija como si fuera la primera vez que la veía, como si no entendiera que ella podía tener una hija tan mayor. Ambas se quedaron un poco paralizadas, pero la enfermera les echó un cable que lo cambió todo. Se giró hacia Melena y le dijo:

—María Elena, niña, que puedes abrazarla si quieres, cielo, que no te va a morder.

Y lo hizo. Melena rompió a llorar como una chiquilla y se abalanzó sobre su madre. La besó por toda la cara y la abrazó muy fuerte mientras la madre no entendía muy bien lo que estaba ocurriendo. Puede que la adolescente estuviera haciendo un teatro o puede que no porque lloraba de un modo muy sincero, pero lo cierto es que, por primera vez en todo el año, vio la luz al final del túnel, una esperanza y una posibilidad de resetear su relación. Así que Melena fingió ser la hija perfecta y coló para todos, hasta para su propia madre.

—¿Eres mi hija? —susurró la madre.

—Sí, mamá. Te he echado mucho de menos, tenía tantas ganas de poder abrazarte.

Y eso era completamente cierto. Melena quería abrazar a su madre desde que era pequeñita, pero nunca había podido hacerlo y ahora se estaba quitando esa espinita sin recibir golpes o insultos. Puede que sí existiera destino entonces y puede que les estuviera dando una segunda oportunidad, pero eso era lo de menos.

A partir de ahí todo fue a mejor. La madre no recordaba absolutamente nada y eso facilitaba el camino a Melena, que empezó poquito a poco a inventarse un pasado maravilloso para ambas. En la vida que había creado, ellas se llevaban muy bien y eran buenas amigas. Melena le contó que ya se había cansado de lo de ser famosa, que eso no le gustaba y que estaban ahorrando las dos para montar una pequeña cafetería.

—¿No te acuerdas, mamá? Sí. Estabas harta de fotos, de lujos tontos y de superficialidad y decías que querías vender la casa para montar una pequeña cafetería. Una cafetería superchula con tartas de todos los sabores, yo qué sé, de zanahoria, de queso de esa americana que lleva como mermelada de arándanos por encima…

—¿De verdad?

—Sí. Primero quisiste montar una tienda de ropa, porque la ropa te encanta, pero luego pensamos que eso era un rollo y que tendríamos que estar cambiando de género cada dos por tres. No sé. Tú nos veías en una cafetería, con unos mandiles chulos, atendiendo a la gente y poniendo cafés.

Inventaba con tanta ilusión que nadie podía dudar de la veracidad de su historia.

—La verdad es que eso suena la mar de bien. ¿Y tenemos que vender la casa?

—Claro, mamá. Es enorme para nosotras y ya ves que es muy peligrosa. Te caíste por las escaleras y no me gustaría que te pasara nada. Es una casa muy cara, seguro que nos dan un buen pico por ella.

—Cuéntame más, hija.

—¿De la cafetería? No sé…, pues mira, querías que tuviera un rollo rústico en las paredes y muebles de diferentes estilos, pero bien puestos, no como cogidos de la basura, que eso ya no se lleva. Y querías cortinitas en los ventanales y tener una carta de cafés, porque eso es lo más importante.

No, la madre nunca había querido una cafetería,

nunca había querido servir a nadie, pero fue lo primero que le pasó a Melena por la cabeza y lo defendió a muerte, y a medida que la historia y la mentira crecían como una gran bola de nieve, la madre iba recuperando la felicidad y las fuerzas y eso era muy bueno para ambas. Melena estaba eufórica: tenía una madre, una de verdad, una que era blandita y amable y que la miraba con orgullo por ser una chica tan espabilada y maja. Su vida, que antes era gris y estaba en la recta final, ahora tenía un propósito, un objetivo, un hombre en el que apoyarse…, y poco a poco el pelo fue naciendo de nuevo en su cabeza.

Antes de que le dieran el alta, Mele limpió toda la casa. Tardó un día en lo que unas chicas de servicio doméstico hubieran tardado tres. No, no tomó cocaína; es que quería que todo estuviera perfecto para que cuando llegara su madre encontrara un hogar y no una casa fría y llena de malos recuerdos y malas vibraciones. Ordenó todo, limpió todo. Llenó la nevera tirando de la tarjeta de su madre, y dejó preparada la cena.

La madre alucinó con lo grande que era la casa; no recordaba absolutamente nada.

—Es que no recuerdo nada, ni el olor, ni el suelo, ni los muebles… ¿Y dices que por ahí me caí yo?

—Sí, mamá. Fue horrible.

—Ya, debí de darte un buen susto cuando me encontraste.

—Lo cierto es que sí. Pero llamé a un buen amigo y me ayudó con todo, la verdad.

La morriña se apoderó de la chica por un momento. Estaba más contenta que nunca y no podía comentarlo con nadie y eso era un tanto frustrante, pero lo principal es que tenía una vida y era una vida que le gustaba.

Y como si de un cuento se tratara, las cosas por primera vez salieron bien. Melena rozó el punto cúspide de felicidad cuando se acurrucó con su madre en el sofá de casa. Estaban dando *Clueless* en la tele y Amanda sonreía con la interpretación de Alicia Silverstone. Había visto esa peli mil veces, pero era como si la viese por primera vez y le gustaba, y a su hija le gustaba que le gustara y, en resumidas cuentas, fue bonito.

Cuando llegó la noche, la madre le preguntó a la hija si le importaba dormir con ella.

—María, es que es una habitación muy grande y me siento muy rara ahí, la verdad. Luego cuando me duerma ya te vas si quieres, pero, hasta entonces, si no te sabe mal…

La hija aceptó encantada y durmieron juntas no solo esa noche, sino las siguientes. Antes de quedarse fritas, hablaban siempre de cómo sería la cafetería. Y probablemente luego soñaban con tartas de calabaza, *cupcakes* y humeante café por la mañana. Melena estaba pletórica. No se le ocurría una mejor verdad que la mentira que había creado junto a su madre, que era otra persona.

Si la vida fuera una serie o una película, los espectadores, que son muy malpensados y disfrutan con los giros locos de guion, estarían esperando el momento en el que la cosa se complicara, pero no sucedió. Muchos de esos espectadores escribirían en Twitter, seguro, comentarios tipo: «Yo creo que la madre sí que recuerda todo, pero le sigue el rollo». Y puede que eso fuera cierto, puede que Amanda quedara impresionada por el despliegue de su hija y eso le hiciera seguirle el rollo, porque la vida que le planteaba era infinitamente más bonita que la que dejaba atrás. La misma Melena tenía esa sospecha de vez en cuando, pero ¿acaso importaba eso? No. Lo importante es que siguieron siendo felices lo que quedó de verano, y si el destino tenía pensados nuevos giros oscuros para ellas, ya sería a la vuelta de las vacaciones, con el comienzo del nuevo curso.